Die Jagd von Narroway
Grenzmauer
Zone von Arko
Fort Arko
-NARROWAY-
Wachturm
Klippen
Dämmerungsklippen
Longwood Forest
Hook River
Brackermoor
Die Sumpfgrotten
Sonnenbaum
- REICH DER USKLER -
Falltür
Market Town
unterirdisches Tunnelsystem
Tunnel
Wikric

Rhiannon Williams

WILD CREATURES

Die Hexe aus dem Brackermoor

Rhiannon Williams

Wild Creatures

Die Hexe aus dem Brackermoor

Aus dem Englischen
von Anne Brauner

cbj

Inhaltsverzeichnis

Für die Familie und die Pelztiere

1

Die Austerndiebin

Vor sieben Jahren …

Als Scoot das Knirschen und Klirren von Stahlkappenstiefeln hörte, kletterte er an der Mauer hoch und zwängte sich in eine Nische. Kurz darauf erschienen unten zwei Männer. Die Stadtgarde von Wikric durchsuchte die Slumtunnel.

»Komm raus, Kleine. Wir tun dir nichts.«

Scoot wusste, wen sie suchten, denn wenige Minuten zuvor hatte er einen spitzbübischen Schatten gesehen, der durch einen Spalt in der Tunnelwand geschlüpft war.

»Perlen sind etwas für Prinzessinnen, meine Liebe – nicht für *Brackwassermilben*. Gib sie wieder her, dann kannst du weiterziehen.«

Die Wachposten waren kurz davor, das Versteck des Mädchens zu entdecken. Möglicherweise würden sie auch daran vorbeilaufen, doch Scoot ging auf Nummer sicher, griff zu seiner Schleuder und schoss ein Steinchen in die entgegengesetzte Richtung. Es klimperte, als es weiterhüpfte. Die Wachposten verharrten kurz, um das Geräusch einzuordnen, und hasteten dann mit gezogenen Schwertern davon.

Grinsend sprang Scoot von der Mauer. Da er der Diebin geholfen hatte, wollte er sie überreden, ihm ein oder zwei Perlen abzugeben.

In dem Moment, als er sich durch den Spalt zwängen wollte, hörte er drinnen Stimmen.

»Keine Angst, sie sind weg.«

Scoot spähte durch den Spalt in eine Nische und konnte zunächst nichts erkennen, weil es zu dunkel war. Doch dann leuchtete ein verhülltes grünliches Licht auf. Ein Mann mit einem schwarzen Spitzbart hatte ein getöntes Glasgefäß aus seiner blauen Jacke geholt, in dem, wie Scoot vermutete, Leuchtstäbe glühten. So etwas hatte er schon einmal gesehen, feilgeboten von Kaufleuten aus dem Brackermoor weiter oben am Fluss. Mit seiner anderen Hand umklammerte der Mann einen Gehstock, doch Scoot hatte den Verdacht, dass er sich nicht wirklich darauf stützte. Offenbar diente er nur zur Zierde, und das konnte nur eins bedeuten – er hatte Geld.

Ein Mädchen mit dunkelblondem Haar stand ihm trotzig gegenüber. Zu ihren Füßen befand sich eine Holzkiste, und das Netz, das sie über die Schulter geschwungen hatte, enthielt einen dicken Laib Käse. Sie kniff die Augen zusammen. »Was wollen Sie?«

»Dir eine Arbeitsstelle anbieten«, sagte der Mann.

»Wieso?«

»Weil du jung und …«, er tippte mit dem Stock auf die Holzkiste, »… auf der Flucht bist.«

»Falsch. Das sind nur Austern und ein bisschen Käse. Sie hören bald auf, danach zu suchen.«

»Perlen«, sagte der Mann.

»Austern – ranziges altes Ungeziefer aus dem Meer.« Sie öffnete die Kiste, nahm eine dunkle Muschel in die Hand und streckte die Zunge heraus.

Als der Mann seine Leuchtstäbe darauf richtete, fiel Licht auf ein altes Wandgemälde mit verblichenen Zeichen. Das Bild war sehr alt und stellte ein Mädchen mit langen Haaren dar, das etwas an die Lippen hielt. Ihre Haltung erinnerte Scoot an die alte Dudelsackspielerin, die in der Dämmerung am Flussanleger zu hören war.

Der Mann begutachtete die Austern. »Die stammen von den Perlenfarmen bei den Sumpfgrotten, stimmt's?«

Von Austern aus den Sumpfgrotten hatte Scoot schon einmal gehört. Den Händlern zufolge gab es im Süden Mystiker, die noch vor dem Öffnen spürten, welche Austern Perlen enthielten und welche nicht.

Mit spinnenartigen Fingern und einem scharfen silbernen Messer brach der Mann die Schalen auseinander und stach ins Fleisch. Das Mädchen quiekte überrascht. Obwohl Scoot nicht sonderlich gut sehen konnte, glaubte er einen winzigen Vollmond in einem schleimigen Nest zu erkennen.

»Keine Angst. Es gibt diesen Arbeitsplatz. Du musst zwar weit von hier weggehen, aber für Unterkunft und Verpflegung ist gesorgt. Die Arbeit ist hart, Isla, aber in jedem Fall besser als das, was dich erwartet, wenn sie dich schnappen.«

Das Mädchen trat einen Schritt näher an ihn heran. »Woher wissen Sie, wie ich heiße?«

»Selbstverständlich bleibt die Entscheidung dir überlassen, aber ich rate dir dringend, darüber nachzudenken. Die Anwerber werden bis Sonnenuntergang auf dem Verruchten Markt stehen – du musst nur den Mann finden, der eine Entenfeder am Hut hat.«

»Skip«, sagte das Mädchen. »Eigentlich heiße ich Skip.«

Von diesem Namen hatte der Mann eindeutig noch nie gehört. »Skip?«

»Von Skipper. Das ist mein Nachname.«

»Ach ja?« Mit einem verhaltenen Lächeln wandte sich der Mann zum Gehen.

Das war das Zeichen für Scoot, der aus dem Spalt hinaus erneut die Mauer erklomm und in die Nische kroch. Während er wartete, dachte er darüber nach, was er erlauscht hatte. Eine Arbeitsstelle? Arbeit, die jemand seines Alters erledigen konnte? Sollte er vielleicht mitgehen? Die Aussicht auf ein Bett war sehr verlockend, auf Essen noch viel mehr. Doch Scoot hatte früh gelernt, niemandem zu vertrauen, der anbot, ihn mitzunehmen.

Als er es endlich wagte, zurückzukehren, waren sowohl das Mädchen als auch der Käse verschwunden. Die Austernkiste war jedoch noch da. Das Mädchen war offenbar der Meinung, sie nicht mehr zu brauchen.

Scoot holte eine Schneckengabel aus der Tasche, die er

einer Dame aus dem Picknickkorb gestohlen hatte. Er hatte vermutet, dass sie sich hervorragend zum Schlösserknacken eignen würde. Der Dame hatte er damit nur einen Gefallen erwiesen – sie hatte jetzt eine Ausrede, um keine Schnecken mehr essen zu müssen.

Scoot knackte sämtliche Austern und füllte seine Taschen mit Perlen. Von ihrem Erlös konnte er sehr lange zehren und sogar einen hübschen Schlafplatz ergattern.

Obwohl er ihren Namen bereits vergessen hatte, bedankte Scoot sich im Stillen bei der Diebin und dem Mann mit dem Stock. Dieses Jahr begann vielversprechend.

2

Der Albtraum

Etwas Schweres fiel auf Ottilies Bett.

Ein Bildersturm. Hochgedrückte Schulterblätter, dann geballtes weißes Fell, schwarze geifernde Reißzähne. Zwei Messer wirbelten in ihren kleinen Händen.

Obwohl sie noch gar keinen Überblick über den Raum hatte, wälzte sie sich auf den Boden und griff nach dem Dolch, den sie unter dem Bett versteckt hielt.

Ein vertrautes Lachen durchbrach die Dunkelheit.

Blinzelnd ließ Ottilie den Dolch fallen, kroch wieder ins Bett und schubste Gully herunter. »Du bist *furchtbar.*«

Ihr Bruder hörte nicht auf zu lachen.

Verschlafen warf sie einen Blick auf die geschlossenen Fensterläden, durch deren Ritzen kein Licht schimmerte.

»Was machst du hier mitten in der Nacht?« Während der Schreck nachließ, merkte Ottilie, wie erschöpft sie war und wie weh ihr die Knochen taten. Sie war noch ganz steif, nachdem sie am Vortag auf der Jagd übel gefallen war, und der harte Fußboden hatte nicht geholfen. Doch das war sie gewohnt. Es zählte zu den leichteren Risiken, wenn man Jagd auf Ungeheuer machte. Ottilie und ihre Freunde waren Jagdleute in Narroway. Die Schattenschlinger, die grausamen Biester, gegen die sie kämpften, waren sehr viel gefährlicher als blaue Flecken und müde Muskeln.

»Hör auf zu lachen!« Doch eigentlich wünschte sie sich das gar nicht, denn sie konnte sich nicht daran erinnern, wann Gully zum letzten Mal so herzlich gelacht hatte. Nachdem sie einige Leuchtstäbe in den Wasserkrug an ihrem Bett gelegt hatte, musterte sie ihn, während er sich mit seiner daumenlosen linken Hand den Bauch hielt.

»Es ist kurz vorm Morgengrauen.« Er stieg wieder aufs Bett. »Ich muss zur Jagd, aber vorher wollte ich dir zum Geburtstag gratulieren.«

Er hatte recht, es war der zweiundzwanzigste Sommertag. Zu Hause im Brackermoor hatten Old Moss und Mr Parch, die beiden älteren Siedler, die in dem Durchgangstunnel vor ihrer Grotte schliefen, ihren Geburtstag an genau diesem Tag gefeiert.

Doch Ottilie hatte es vergessen und ein Wunder war das nicht. Sie war mit zu vielen schrecklichen Dingen beschäftigt. Welche Rolle spielte es, dass sie vierzehn wurde, wenn ihre Freunde in Gefahr waren – in noch größerer Gefahr als ohnehin schon? Scoot war zu Stein erstarrt und Bill war verschwunden und wurde von der Hexe Whistler gefangen gehalten. Sie lauerte in einer dunklen Ecke von Narroway, wo sie sich zweifellos auf den nächsten Angriff vorbereitete.

Ein Geburtstag war in schrecklichen Zeiten wie diesen einfach zu banal.

Gully drückte sie mit einer Umarmung aufs Bett. »Nie denkst du dran!«

»Aber du zum Glück«, keuchte sie und befreite sich, um Luft zu holen. »Mit wem gehst du auf die Jagd?« Sie versuchte, lässig zu klingen. Die Frage war ihr zur Gewohnheit geworden, denn sie wollte sichergehen, dass er mit Jägern zusammenarbeitete, die ein Auge auf ihn hatten.

Anfangs, als Ottilie aus dem Reich der Uskler gekommen war, hatte sie Narroway für gefährlich gehalten und hätte sich niemals vorstellen können, dass es noch viel schlimmer kommen konnte. Narroway verband die Usklers wie eine Brücke mit den zerstörten Laklands, in denen die Schattenschlinger hausten, und wurde selbst ebenfalls von diesen Ungeheuern heimgesucht. Einst hatte die Jagd geglaubt, die Schattenschlinger würden aus den Laklands auf ihr Gebiet übergreifen, doch Whistler hatte aufgedeckt, dass dies nicht der Fall war.

Sie hatte sie zum Narren gehalten, denn Whistler hatte die Schattenschlinger selbst heraufbeschworen und insgeheim ein großes Heer geschaffen. Sie wartete nur auf den richtigen Moment, um zuzuschlagen.

Die Laklands waren die perfekte Tarnung. Niemand hatte nach einem Schuldigen oder einem Grund für die Plage in Narroway gesucht, und Whistler hatte in der Jagd ihre Rolle als Anführerin der Knochensinger spielen können, ohne dass auch nur der Hauch eines Verdachts auf sie gefallen wäre. All das gehörte zu ihrem Racheplan, mit dem sie den König Varrio Sol für ein Verbrechen bestrafen wollte, das nur ihr allein bekannt war.

Vor einem Monat hatte Whistler den ersten Schritt gewagt und ihr Heer gegen Fort Richter, den westlichsten Stützpunkt der Jagd, in die Schlacht geführt. Seit ihrer Niederlage hielt sie sich versteckt, doch jeder wusste, dass sie nicht für immer verschwunden war. Es war nur eine Frage der Zeit, bis sie erneut angreifen würde, und wenn Gully eine Schicht jenseits der Grenzmauer hatte, befürchtete Ottilie mehr denn je, dass er nicht zurückkommen würde.

Gully verzog das Gesicht, während er sich anstrengte, sich an seine Mitstreiter zu erinnern. »Fawn und Horst – glaube ich.«

»Das sind alle?« Ottilie runzelte die Stirn. Eine größere Gruppe wäre ihr lieber gewesen.

»Und Ned.«

Sie entspannte ihre Schultern. Selbstverständlich würde Ned mitkommen, sie waren schließlich keine Grünschnäbel mehr. Mittlerweile waren sie zu Jägern der zweiten Stufe aufgestiegen, die nicht mehr von Mentoren angeleitet werden mussten. Dennoch wurden der ehemalige Mentor und sein Grünschnabel fast immer in eine Gruppe gesteckt, um auf die Jagd zu gehen oder Patrouille zu schieben. Ottilie hatte so ein Gefühl, dass dies Neds Idee war. Als Jäger der vierten Stufe konnte er derartige Ansprüche stellen.

Als die Glocken läuteten, zuckte Gully zusammen. »Ich muss mich fertig machen!« Er warf sich quer übers Bett und legte seine Stirn an Ottilies. »Herzlichen Glückwunsch zum Geburtstag«, flüsterte er und eilte zur Tür hinaus.

Ottilie fischte die Leuchtstäbe aus dem Krug und ließ sich auf ihr Kissen zurückfallen. Ein blasses Rechteck umrahmte die verdunkelten Fensterläden. Sie würde erst später auf die Jagd gehen und überlegte, was das Wetter wohl für sie bereithielt. Wenn es regnete, konnte sie sich eine Pause gönnen. Bei Regen verschanzten sich die Schattenschlinger. Er war zu rein und zu sauber für sie.

Sie erwog aus dem Fenster zu schauen, kam aber noch nicht so richtig hoch. Als sie gerade wieder unter die Decke schlüpfen und die restliche Zeit in ihrem sicheren kleinen Hafen genießen wollte, klopfte es. Das war vermutlich ihr Freund Preddy. Leo, ihr ehemaliger Mentor, dachte nicht daran zu klopfen. Und Scoot auch nicht. Sie kniff die Augen zu. Solche Gedanken setzten ihr zu – es war, wie wenn man vergaß, sich unter einen vertrauten Ast zu ducken.

Ottilie wälzte sich aus dem Bett und zuckte zusammen, als sie ihr steifes Bein belastete. »Ich habe nicht abgeschlossen«, krächzte sie und ging zur Tür.

Als sie geöffnet wurde, errötete sie vor Überraschung, Ned auf der Schwelle zu sehen. Sie setzte gerade noch ein Lächeln auf, das hoffentlich nicht zu nervös ausfiel.

»Gully ist schon weg, um sich fertig zu machen.« Sie sprach leise, um die anderen Jäger der zweiten Stufe nicht zu wecken, die in den Nachbarräumen schliefen. Ihr Blick glitt zu Scoots verwaistem Zimmer, das direkt neben ihrem lag. Gerüchtehalber hätte Preddy dort einziehen sollen, doch er hatte es nicht übers Herz gebracht. Scoot hätte gescherzt, dass Preddy nur sein weitläufiges Zimmer auf dem Gang der ersten Garde nicht aufgeben wollte. Doch Ottilie wusste, dass es nicht stimmte. Preddy lag etwas daran, es für Scoot zu verwahren.

Sie riss sich aus ihren Gedanken. Ned sah sie verwirrt an.

»Bist du gar nicht auf der Suche nach Gully?«, fragte Ottilie. »Ich dachte, du wärst deshalb …«

Er lächelte. »Ich bin deinetwegen hier.«

Sie wusste nicht, was sie davon halten sollte. Ned war blass, und seine Augen waren verquollen, doch so sahen heutzutage viele von ihnen aus. Sie saßen in dieser Ruhe vor dem Sturm in der Falle. Es war ein Albtraum ohne einen Schimmer der Morgendämmerung, die ihn vertreiben könnte. Ein Albtraum, der sie alle mit gebeugten Schultern, erschöpften Gesichtern und Verletzungen zeichnete. Ihre Wunden, Prellungen und Blutspritzer, die einst als Ehrenabzeichen für eine hohe Punktzahl sprachen, bewiesen heute nur, dass sie noch einmal davongekommen waren und Schlimmeres zu erwarten hatten.

»Ich habe Gully getroffen. Deshalb weiß ich, dass du wach bist«, sagte Ned. »Ich wollte dir nur zum Geburtstag gratulieren.«

Ottilie hatte ein merkwürdig kippendes und dümpelndes Gefühl, als würde ihr Herz auf Wasser tanzen. Sie sollte etwas sagen. *Danke* wäre eindeutig angebracht, doch sie war immer noch sprachlos, als Ned einen Schritt näher kam und ihr einen flüchtigen Kuss auf die Wange drückte.

Sie schloss kurz die Augen und öffnete sie erneut, als er wieder zurücktrat. Ottilie wusste nicht, was sie sagen oder tun sollte.

Auf der Suche nach irgendetwas, womit sie ihr Schweigen brechen konnte, blieb ihr Blick an dem untersten der drei Brandmale auf Neds Unterarm hängen. Die Wunde war geschwollen und blau an den Rändern. Mittlerweile hätte sie längst verheilt sein müssen. Unwillkürlich nahm sie seine Hand und hielt seinen Arm in den Schein der Laterne. Ihre Verlegenheit war verflogen.

»*Ned …*«

Seine Hand zuckte, doch er riss sich nicht los. »Nicht so schlimm«, sagte er. »Ich war damit in der Krankenstation. Die Patchies meinen, das Brenneisen sei möglicherweise verunreinigt gewesen. Sie behalten mich im Auge.«

»Tut es weh?«

Sein Blick glitt zur Seite. »Manchmal.«

»Du siehst nicht gut aus.«

»Ich schlafe schlecht.«

Ottilie konnte sich gut vorstellen, dass viele seit der Schlacht um Richter Schlafprobleme hatten. Whistlers Schweigen verschlimmerte alles nur. Ottilie befürchtete, dass die Hexe sich nicht blicken ließ, weil sie etwas Vernichtenderes als den Angriff auf den westlichen Stützpunkt plante.

Dagegen konnte niemand etwas unternehmen. Sie hatten sie gesucht – die Hexenschichten, die vor etlichen Monaten für die Jagd auf Gracie Moravec eingeführt worden waren, konzentrierten sich jetzt darauf, Whistler zu finden. Doch sie blieb unauffindbar. Es war hoffnungslos. Ottilie war sicher, dass Whistler erst entdeckt werden würde, wenn es ihr selbst passte.

»Ich träume sehr viel«, sagte Ned.

»Was denn?«, fragte Ottilie, weil er sie seltsam anschaute.

Er riss sich los. »Das spielt keine Rolle.« Sein Tonfall war scharf, doch er fügte mit sanfterer Miene hinzu: »Herzlichen Glückwunsch zum Geburtstag.« Dann lächelte er sie an und ging.

Die Brandmale hatte Whistler ihm zugefügt. Das hatte Ned ihnen jedenfalls erzählt. An jenem Tag, als Whistler sich offenbart hatte, hatten Gracie und ihre Wyler Ned, Gully und Scoot angegriffen, und Gracie hatte Ned in die Felshöhlen verschleppt, wo Whistler sie erwartete. Bill war geholt und weggebracht worden. Was die Zeit danach anging, hatte Ned große Erinnerungslücken, oder er wollte einfach nicht darüber sprechen. Ottilie und Leo hatten ihn gerettet, bevor sie alle in der Schlacht um Richter gekämpft hatten. Sie sah ihn immer noch vor sich, wie er an dem zerstörten Brunnen zusammengesackt war, weil er nicht mehr stehen konnte.

Wenn sie daran dachte, wurde Ottilie furchtbar wütend. Gleichzeitig wurde ihr übel, da Bill immer noch in Gefangenschaft war. Sie wollte ihn befreien und in den Höhlen des Canyons nach ihm suchen, doch ihre Freundin Maeve bestand darauf, sie zuvor auszuspionieren. Maeve war ein Fiorn und konnte sich in eine Eule verwandeln, sodass sie sich sehr viel heimlicher umschauen konnte als Ottilie. Doch in den Höhlen war niemand, sagte sie. Whistler und Gracie waren wie vom Erdboden verschluckt.

Was wollte Whistler von Bill? Er war ein Goedl, ein seltenes uraltes Wesen mit unendlichem Wissen, das in seinem Kopf umhertrieb. Wozu wollte Whistler ihn benutzen? Was hatte sie mit ihnen allen vor?

3

Die Teufelstöterinnen

Als sie sich den Weg durch den morgendlichen Dunst bahnte, fühlte es sich an, als würde sie durch eine Welt aus Erinnerungen fliegen. Die Zeit schien sich rückwärts aufzufalten wie zerknüllter Stoff und die Augenblicke überlappten sich. Ottilie sah eine Formation am Rande der Klippe – es war der Felsen, an dem Leo ihr zum ersten Mal etwas über Wingerslinks, die großen geflügelten Katzen, erzählt hatte, die im Außengelände hausten.

Der Abgrund war nicht erkennbar, da die Klippenstufen silbern in der Sonne lagen, doch sie sah sie trotzdem vor sich, als sie sich erinnerte, wie sie die Treppe hinuntergesprungen und zum Reservat der Wingerslinks gerast war, nachdem Whistler Bill entführt hatte.

Damals war Gracie ebenfalls draußen gewesen. Ottilie fiel ein, wie sie die bekannten Dolche gezogen hatte, und hörte noch ihren leisen Befehl: »Schnappt euch ihren Bruder.« Vor ihrem inneren Auge sah sie, wie die Wyler sprangen und das Blut an Gullys Fingern herunterlief. In ihrer Wahrnehmung trafen die Tropfen wie Trommelschläge auf die Erde.

Eine Bewegung erregte ihre Aufmerksamkeit. Sie schaute sich um und entdeckte Skip, die über das Kleefeld marschierte. Ihre Uniform trug sie wie eine zweite Haut, obwohl sie sie erst vor einem Monat bekommen hatte. Es war erst vier Wochen her, und doch konnte Ottilie sich das Bild der Magd, die sie im Frühjahr kennengelernt hatte, nur noch schwer vor Augen rufen.

Als Ottilie mit den anderen Grünschnäbeln angekommen war, waren Mädchen in Narroway nur als Dienerinnen geduldet worden. Mägde wie Skip hatten in der Festung gearbeitet und die Jagdleute bedient. Als die Schattenschlingerplage überhandgenommen hatte und die Mädchen sich nicht einmal selbst hatten schützen können, hatten Ottilie und Ramona Ritgrivvian, die einzige Rangerin, begonnen, heimlich mit ihnen zu trainieren. Das Geheimnis war schließlich aufgeflogen, als die Truppe der Mägde den Jagdleuten in der Schlacht um Richter zu Hilfe geeilt war.

Trotz der Schlacht und des Sieges, trotz der Kampfpause und des drohenden Krieges bestand die Zeit darauf, wie gewohnt zu vergehen. Die neuen, eigens ausgesuchten Grünschnäbel, die ihre erste Prüfung bereits bestanden hatten, waren aus Fort Arko gekommen. Als das Direktorat schließlich die Regeln geändert und die Erlaubnis ausgestellt hatte, dass auch Mädchen in die Jagd aufgenommen werden durften, war es für die Prüfung zu spät gewesen. Deshalb wurden alle, die in Richter mitgekämpft hatten, automatisch zu den Grünschnäbeln gerechnet und besonders ausgezeichnet. Niemand konnte bestreiten, dass sie es verdient hatten – zumal jetzt jeder, der kämpfen konnte, zählte.

Ottilie konnte sich gut an den Tag erinnern, als Skip endlich zur Jägerin ernannt worden war. Seine Eminenz Edderfed hatte damals in der Mitte des Mondhofes im heulenden Wind gestanden, während die Mädchen sich vorne aufgestellt hatten.

Ottilie und Leo waren zu spät gekommen. Flieger arbeiteten normalerweise allein, doch seit der Schlacht jagten die beiden gemeinsam, wann immer es ging. Es war ihnen wichtig, aufeinander aufzupassen.

An jenem Tag waren sie von einem nervigen Vorrigle aufgehalten worden. Das war ein bösartiger Schattenschlinger mit giftigen Stacheln auf seinen federlosen Flügeln, der wie ein überwucherter behaarter Geier aussah. Vorrigles waren schwer zu erlegen. Schließlich hatten Ottilie und Leo gleichzeitig geschossen und beide den Sieg für sich beansprucht, doch das ließ sich jetzt nicht mehr klären. Früher war die Jagd ein tödliches Spiel gewesen, ein harter Wettbewerb auf dem Weg zum Sieger der Jagd, doch Punkte wurden nicht mehr vergeben.

Die Spätankömmlinge hatten sich in den Mondhof geschlichen, wo Leo zur ersten Garde gehen wollte, ohne sich darum zu kümmern, ob er die Zeremonie störte, sondern im Gegenteil begierig darauf war, Aufmerksamkeit zu erregen. Doch Ottilie hielt ihn zurück und zwang ihn, sich neben Maeve zu stellen.

Maeve und Alba zählten zu den wenigen aus der Mägdetruppe, die nicht in die Jagd aufgenommen werden wollten. Sie nahmen zwar am neuerdings vorgeschriebenen Training für alle Bewohner von Narroway teil, doch Alba hatte sich schon ganz am Anfang geweigert, Jägerin zu werden. Lieber kehrte sie zu ihrer alten Arbeit zurück und half ihrer Mutter Montie in der Küche.

Maeve gestand, dass sie ganz gerne dabei gewesen wäre, sich aber darauf konzentrieren wolle, ihre Magie zu beherrschen. Selbstverständlich verriet sie diesen Beweggrund niemand anderem, denn Maeve war bereits einmal wegen Hexerei angeklagt und nach ihrer Verurteilung beinahe in die Laklands verbannt worden. Ehrlich gesagt, war Ottilie froh, dass Maeve weiterhin als Magd arbeitete, denn auf diese Weise war sie weniger gefährdet. Es war wichtiger als je zuvor, dass Maeve in Höchstform war. Ottilie schöpfte Hoffnung daraus, eine Hexe an ihrer Seite zu haben, vor allem für Scoot. Eine Hexe hatte ihn in Stein verwandelt. Dann würde ihn doch eine andere Hexe heilen können. Sie mussten nur noch herausfinden, wie.

Eminenz Edderfed hatte sich geräuspert. Es war ein merkwürdiges Gefühl, ihn dort stehen zu sehen, da üblicherweise Hauptmann Leier bei Zeremonien dieser Art die Ansprache hielt. Doch er war schon vor Wochen nach All Kings Hill im Osten gereist, um den König zu bitten, Verstärkung nach Narroway zu schicken.

Seine Eminenz hatte eine grimmige Miene aufgesetzt und eine tiefe Falte hatte sich zwischen seine Augen gegraben, als fiele es ihm schwer, die Worte auszusprechen.

»Die Legende mag einigen von euch bekannt sein …« Seine Stimme war gewohnt tief und voll, doch seine Ansprache war in einer Weise hölzern, die Ottilie nicht von ihm kannte.

»Ich spreche von einem neunhundert Jahre alten Mythos, in dem es um ein großes Ungeheuer geht, das im Westen Angst und Schrecken verbreitete. Es suchte die Sumpfgebiete heim und wurde bald als Moorteufel bezeichnet.«

Ottilie kannte die Geschichte. Alba hatte ihr die Sage vom ersten Schattenschlinger und der Prinzessin erzählt, die ihn zur Strecke gebracht hatte. Interessant, dass Eminenz Edderfed dafür das Wort Mythos gebrauchte. Alba hatte darauf bestanden, dass sich die Geschichte in ihren Grundzügen tatsächlich ereignet hatte.

Jemand hatte Ottilies Ellbogen angestupst und geflüstert: »Das war Hauptmann Leiers Idee.«

Sie zuckte zusammen und drehte sich um. Ramona Ritgrivvian war zu ihnen gestoßen. Sie hatte Blutspritzer auf der Wange und Matsch auf ihrer Augenklappe.

»Beinahe hätte ich es verpasst!«, murmelte Ramona. »Wir haben zwei Pferde verloren.« Ihr feuerrotes Haar hatte sich aus dem Zopf gelöst, und das Auge, das von keiner Klappe bedeckt wurde, blickte mitgenommen und ernst. »Ein Rudel Pikkaminer, das wie aus dem Nichts erschienen ist.«

Ottilie hatte das Bild der grauen spindeldürren Wesen

mit ihren nadelspitzen Reißzähnen und den breiten Füßen vor Augen gehabt. Sie hatten sich bestimmt direkt auf die Beine der Pferde gestürzt und ihnen die Sehnen zerschlitzt, damit sie stürzten. Und dann waren sie ausgeschwärmt …

Erschauernd hatte sie diese Bilder verdrängt.

Wie aus dem Nichts, hatte Ramona gesagt. Hoffentlich war es nicht im Wortsinn gemeint und bedeutete, dass neue Schattenschlinger an die Oberfläche beschworen worden waren. Weitere Ungeheuer konnten sie wirklich nicht gebrauchen. Doch sie war nicht nur nervös, weil die Anzahl der Monster sich möglicherweise erhöht hatte, sondern weil es hieße, dass Whistler aktiv war und gegen sie operierte.

Die Knochensinger, die früher als Punktezähler und mystische Beschützer der Stützpunkte gedient hatten, waren in Wirklichkeit Anhänger von Whistler gewesen, die sie im Laufe der Jahre gerettet hatte. Sie hatte ihnen Macht verliehen, mit deren Hilfe sie Rituale über den Knochen der Schattenschlinger vollzogen hatten. Unter dem Vorwand, eine Wiederbelebung zu verhindern, hatten sie genau das in die Wege geleitet. Doch soweit Ottilie wusste, konnte nur Whistler allein Schattenschlinger aus der Tiefe heraufbeschwören.

Streifte Whistler nun erneut durch Narroway? Lauerte sie den Jagdleuten auf? Ottilie hatte sie in der Vergangenheit so oft dabei beobachtet, diese verhüllte Gestalt mit der Kapuze …

Sie glaubten, dass sie früher ein reiner Fiorn gewesen war, so wie Maeve – eine Hexe, die sich in einen Vogel verwandeln konnte. Doch unter dem Druck ihres Zorns und ihres Hasses hatte Whistler begonnen, Schattenschlinger ins Leben zu rufen und sie zu beherrschen. Daraufhin hatte sich ihre geflügelte Gestalt in ein Ungeheuer verwandelt, das jenen Wesen ähnlich sah, die sie als ihr Heer um sich versammelte. Die geballte Macht wollte sie gegen den König der Uskler, ihren Neffen Varrio Sol, einsetzen.

Ottilie hatte sich vorgestellt, dass Whistler aus ihrem Versteck zugeschaut hatte, wie die Pikkaminer die Pferde zu Boden gerissen hatten, und war blass geworden. »Und die Reiter?«

»Sie haben überlebt«, hatte Ramona geantwortet. »Aber es ist eine entsetzliche Sache, sein Reittier sterben zu sehen.«

Ottilie war von einer Woge von Phantompanik überflutet worden. Sie konnte sich nicht einmal vorstellen, ihre Wingerslinke Nox zu verlieren.

Weiter vorn hielt Eminenz Edderfed noch immer seine sonderbare, gestelzte Rede. »Die Sage berichtet von einem Wesen, das einem flügellosen Feuerdrachen ähnelte. Eine Kreatur mit Schuppen und Reißzähnen so lang wie Speere, die fünf Mal so groß war wie ein Pferd und blauen Feueratem ausstieß. Dieses Wesen konnte alle vernichten, die sich ihm entgegenstellten. Doch das Ungeheuer musste gar nicht zu diesen Waffen greifen, da alle, die in seine unmittelbare Nähe gerieten, von allein tot umfielen. Sie wussten es nicht, doch das Wesen war ein Schattenschlinger, der erste, der auf den Usklers-Inseln verzeichnet wurde. Keine Armee konnte ihn besiegen. Unsere Leute starben wie die

Fliegen. Doch der Sage zufolge lockte die jüngste Königstochter namens Seika Sol die Kreatur über eine Klippe. Das Ungeheuer stürzte in einen Fluss und wurde ins Meer hinausgeschwemmt. Aus der Siegerin wurde Seika Teufelstöterin.« Seine Eminenz hatte kurz innegehalten und sich geräuspert. »Mit ihrem Bild werdet ihr ausgezeichnet und mit ihrem Namen werdet ihr geehrt.«

Er hatte nichts von der Ausstrahlung gehabt, die Hauptmann Leier verströmte. Kein Gewicht, kein Staunen in seiner Geschichte. Nur Fakten, die er präsentierte, als würde er sie selbst nicht glauben.

Ottilie war aufgefallen, dass die meisten Ranger eine steinerne Miene zur Schau trugen. Ranger Voilies hatte ein gemeines Grinsen in sein glänzendes Gesicht gemeißelt, während sich der ungepflegte einäugige Ranger Furdles zu ihm herüberbeugte und ihm etwas ins Ohr flüsterte. Das Grinsen sog sich nach innen, als hätte Ranger Voilies einen Schluck Traubenkirschensaft getrunken. Ranger Kinney, der Hüter der Wingerslinks mit seinem Goldzahn, saß Eminenz Edderfed am nächsten, doch er sah betont in die andere Richtung über die Köpfe der Mädchen hinweg, während er mit dem Daumen gereizt auf die Peitsche in seinem Gürtel trommelte.

»Edderfed war dagegen, so ein ›Brimborium‹ zu machen«, hatte Ramona gesagt und war noch näher herangerückt. »Aber Hauptmann Leier hat eingewandt, die Mädchen würden sich so ausgeschlossen fühlen und hätten einen gewaltigen Trainingsrückstand aufzuholen, dass er ihnen etwas Besonderes zukommen lassen wollte, an dem sie sich festhalten konnten.«

»Warum sollte Eminenz Edderfed sich die Mühe machen, ihnen einen besonderen Namen zu verleihen?«, hatte Ottilie geflüstert. Es war ihr ein Rätsel, warum sie nach allem, was geschehen war, immer noch über die angemessene Stellung der Mädchen in Narroway diskutierten.

»Die Legende von Seika Teufelstöterin ist recht seltsam«, hatte Ramona gesagt. »In alten Zeiten wurde sie mit finsteren Gerüchten unterfüttert, bis die Königsfamilie die Sage unterdrückte. Doch es ist nicht leicht, eine Geschichte zu begraben, in der eine Prinzessin ein Ungeheuer besiegt. Sie wurde trotz der Verbote flüsternd von Generation zu Generation weitergegeben.«

»Was für finstere Gerüchte?«, hatte Ottilie gefragt.

»Es hatte etwas mit Hexen zu tun. Der Vorwurf der Hexerei hebt stets sein hässliches Gesicht, sobald ein Mädchen etwas Unerwartetes oder Ungewöhnliches tut.«

Angst war solch eine sonderbare Reaktion. Ottilie würde diese Art zu denken nie verstehen. Sie hatte den Blick nach vorn gerichtet. Die Mägdetruppe war Geschichte, von nun an gehörten sie Seikas Jagdorden an und sollten bald unter der Bezeichnung Teufelstöterinnen bekannt werden. Hinter Eminenz Edderfed rollte Ranger Morse einen Vorhang hoch und enthüllte eine Bronzeplakette an der Mauer, in die eine Ente eingraviert war.

Wo kamen all diese Enten her? In Hauptmann Leiers Gemächern hing ein Entengemälde und auch in den Brunnen in der Canyonhöhle war eine Ente eingemeißelt. In den Usklers markierte eine Ente die Falltür zu den Wikric-Tunneln. Und nun kam diese Plakette hinzu. Außerdem war die Ente in die Uniformen der neuesten Rekrutinnen von Fiory eingestickt.

Eminenz Edderfed hatte der Ente keinen Blick gegönnt, doch Ramona hatte gelächelt. Offenbar hatten sie diesen Einfall ebenfalls Hauptmann Leier zu verdanken.

»Die Ente ist Seika Sols Abzeichen«, hatte Ramona erklärt. »Nach ihrem Sieg über den Moorteufel wurden daraus die königlichen Insignien, die jahrhundertelang Geltung hatten. Doch Viago der Eroberer entschied sich stattdessen für die Streitaxt, als er zum König ernannt wurde.«

»Whistlers Vater?«, fragte Ottilie. König Viago der Eroberer war für die Plage der Schattenschlinger in den Laklands verantwortlich. Ein Jahrhundert zuvor, als das laklandische Heer den Usklern gegen das Wanderreich beigestanden hatte, wurde allseits feierlich geschworen, dass die alten Fehden begraben sein sollten. Die Uskler beteuerten, niemals wieder in die Laklands einzumarschieren.

Der verdammenswerte Verstoß gegen diesen Schwur und die daraus entstandenen Kriegsgräuel vergifteten das Land. Dieses Gift tränkte den Boden, beschwor Schattenschlinger herauf und besiegelte das Schicksal der Laklands, dieses verelendeten westlichen Königreichs.

Das Volk hatte den höchsten Preis für das Böse bezahlt, das ihm widerfahren war. Die überlebenden Laklander flüchteten in die Usklers. Einige siedelten sich friedlich dort an, andere waren auf Rache aus. Bis heute bezeichneten die Uskler die Laklander als *Feinde.* Ottilie vermutete den Grund dafür in einer Angst der Uskler, die Laklander könnten ihnen niemals vergeben. Wie sollten die Uskler jenen Menschen vertrauen, die sie selbst in der Vergangenheit derart hintergangen hatten?

»Du verpasst es«, hatte Leo gezischt.

Glänzten seine Augen wirklich oder bildete Ottilie sich das ein? Als sie grinsend den Kopf gehoben hatte, erlebte sie gerade noch rechtzeitig mit, wie Eminenz Edderfed Skip ihre Uniform überreichte. Nach sieben Jahren im Dienst der Jagd von Narroway gehörte Skip endlich dazu.

Und nun stand sie an diesem dunstigen Sommervormittag in ebendieser Uniform vor Ottilie und verzog besorgt das Gesicht. »Ich habe gerade mit Alba gesprochen«, sagte sie. »Sie hat mir von den Brandwunden auf Neds Arm erzählt.« Ihre Augen wurden schmal. »Wir müssen ihn im Auge behalten.«

Ottilie wurde nervös. Sie hatte Alba beim Frühstück gestanden, dass sie sich Sorgen um Ned machte, und ärgerte sich, dass Alba es brühwarm an Skip weitergegeben hatte. Obwohl es eigentlich kein Geheimnis war, fühlte sie sich von Skips Einstellung in die Defensive gedrängt. »Was willst du damit sagen?«

Skip schaute sich um und senkte die Stimme. »*Na ja …* das ist doch genau das Gleiche wie bei Gracie Moravec, oder etwa nicht?«

Das weckte Ottilies Beschützerinstinkt. »Nein, ist es nicht!« Sie erinnerte sich an Gracies Wylerbiss, der wie glühende Kohlen geleuchtet hatte, und stellte sich vor, ihre eigene Haut würde sich wölben, Blasen werfen und schließlich platzen. Ottilie ballte die Faust. »Das sind nur Brandwunden, und sie stammen nicht von einem Schattenschlinger. Mit Blutbiestern hat das nichts zu tun.«

Blutbiester waren eine neue, fürchterliche Bedrohung in Narroway und hatten sich zu Ottilies persönlichem Albtraum entwickelt. Whistler belohnte ihre Lieblingsanhänger mit einer Verbindung zu einem Schattenschlinger. Ottilies Schätzung zufolge waren mindestens drei von ihnen dort draußen auf freiem Fuß. Gracie war mit einem Wyler verbunden – der Biss war nur der Anfang gewesen. Das orangefarbene Fell des Wylers war weiß geworden und das Biest war gewachsen. Als Ottilie es zum letzten Mal gesehen hatte, war es so groß wie ein Pony gewesen. Mittlerweile war der weiße Wyler Gracies Blutbiest und Gracie konnte ihn nicht nur ihrer Kontrolle unterwerfen und durch seine Augen sehen, sondern hatte auf diese Weise alle Wyler im Griff. Unter ihrem Kommando waren die Wyler zu einem tödlichen Rudel verschweißt, hatten Scoots Mentor Bayo Amadory getötet und viele andere schwer verletzt.

»Wir wissen nicht, was sie Ned in den Höhlen angetan haben«, sagte Skip. »Wenn die Wunden nicht ordentlich verheilen … Alba meinte, es hätte dir gar nicht gefallen, wie Ned heute Morgen aussah. Weißt du noch, wie krank Gracie geworden ist?«

»Hör auf, Skip!«

Sie zog eine Augenbraue hoch. »Wieso habt ihr euch überhaupt schon so früh getroffen?«

»Er hat mir nur zum Geburtstag gratuliert.« Warum sich das jetzt wie eine Lüge anfühlte, wusste Ottilie selbst nicht.

Das stimmte Skip freundlicher. »Du hast Geburtstag!« Sie grinste und schlang die Arme um Ottilie. »Schlachte zur Feier des Tages ein paar Ungeheuer ab!«

»Das hätte von Leo sein können«, schnaubte Ottilie.

»Echt schade, dass keine Punkte mehr verteilt werden, seit die Knochensinger als Whistlers Verbündete entlarvt wurden. Es hätte echt Spaß gemacht, ihn zu schlagen.«

»Ihr seid in verschiedenen Stufen und wärt gar nicht gegeneinander angetreten«, sagte Ottilie. »Zumal Grünschnäbel die Hälfte ihrer Zeit im Training verbringen. Ihr bekommt nicht einmal annähernd so viel Zeit zum Jagen.«

»Schön, dass du mir die Jagd erklärst.« Skip grinste. »Wie in alten Zeiten, nur umgekehrt.« Sie lachte. »Ich muss los. Preddy liegt auf der Krankenstation, ich will nach ihm sehen.«

»Auf der Krankenstation – warum denn?«, stammelte Ottilie. So weit war es gekommen – man lachte kurz und glaubte, alles wäre normal, und dann löschte die Wirklichkeit die Sonne aus. »Was ist passiert?« Hatte Preddy sich auf der Jagd verletzt?

Bis auf die Jagdleute der vierten Stufe, die ein Jahr von ihrer Mentorenarbeit pausieren durften, war die erste Garde bereits mit den neuen Grünschnäbeln zu Zweierpaaren ernannt worden. Deshalb hatte das Direktorat die Teufelstöterinnen auf eine möglichst passende Weise mit Jagdleuten der zweiten Stufe zusammengebracht.

Nach einer Begutachtung ihrer Fähigkeiten war Skip, die seit ihrem ersten Jahr in Fiory heimlich Reitunterricht von Ramona erhalten hatte, der Reiterstaffel zugeteilt worden. Preddy war nun ihr Mentor. Obwohl Skip gerne mit ihm zusammenarbeitete, beklagte sie sich, es sei eine gemeine Beleidigung, den Jagdleuten der vierten Stufe ein Jahr freizugeben und die Mädchen den weit weniger erfahrenen aus der zweiten Stufe zuzuteilen. Dem konnte Ottilie nur zustimmen.

Gullys Partnerin war Fawn Mogue, die sich damals als eine der ersten der Mägdetruppe angeschlossen hatte. Wie sich herausstellte, war sie ein Naturtalent im Umgang mit dem Buschmesser. Aus unerfindlichen Gründen war Ottilie kein Grünschnabel zugeteilt worden. Sie vermutete, dass man ihr nicht zutraute, eine gute Lehrerin zu sein. Es war ihr aber relativ egal, denn sie musste sich immer noch daran gewöhnen, mit Nox allein zu fliegen. Preddy war geritten, seit er laufen konnte, und deshalb als Mentor sehr viel besser geeignet. Dennoch war auch er verwundbar …

»Preddy hat nur einen Kratzer«, sagte Skip. »Er musste kurz verarztet werden.«

Ottilie atmete aus. »Ich bin spät dran.«

Leo konnte Unpünktlichkeit nicht ausstehen, und sie wollte nicht, dass er allein rausging.

4

Der Philoholzbaum

Die beiden Wingerslinks sausten tief über einem mit Krippygras bewachsenen Talkessel dahin und kämpften sich durch einen Stingerschwarm. Als von hinten ein kehliges Knurren zu hören war, lehnte Leo sich in Maestros Sattel nach hinten und schoss einem mit Schwertzähnen bewehrten Olligog einen Pfeil in den weit aufgerissenen Schlund.

Das schwerfällige Ungeheuer geriet ins Taumeln und zerwälzte sich in matschigen Spritzern. In den bläulichen Bauchschuppen spiegelte sich der mittägliche Himmel, bevor sie im Gras versanken.

Für Ottilie ging es bei der Jagd mittlerweile um mehr als nur Ungeheuer. Sie war permanent abgelenkt und suchte einerseits nach Schattenschlingern und andererseits nach Zeichen, nach irgendeiner Spur, die sie zu Bill führen könnte. Doch sie fand nichts. Jeden Tag aufs Neue – nichts.

Heute führte die Jagd sie nach Norden in den Welkenden Wald. Ottilie würde ihren ersten Besuch in diesem vermodernden Gebiet niemals vergessen. Nichts von all dem, was sie gesehen und erlebt hatte, machte ihr mehr Angst als diese welkende Krankheit. Und sie breitete sich aus. Während sie über Wälder hinwegflogen, die noch vor wenigen Wochen geatmet und gestrahlt hatten, schnürte es ihr die Brust zu. Schwärze leckte an den Baumstämmen, wand sich wie Krallen um die Äste und erstickte die Bäume, bis ihre Blätter matt herabhingen und tropften wie Stalaktiten.

»Da unten bewegt sich etwas«, sagte Leo.

In Ottilies Tasche brummte es – die Halskette mit dem Knochensplitter eines Schattenschlingers, die Bonnie ihr vor vielen Wochen gegeben hatte.

Ottilie hatte die Knochensingerin im Bau besucht und angefleht, ihr zu verraten, wie sie Scoot heilen konnte. Obwohl Bonnie ihr nicht helfen konnte, hatte sie Ottilie die Kette gegeben, die Whistler all ihren Knochensingern geschenkt hatte. Sie verlieh ihnen ein wenig Magie und schützte sie gegen Angriffe von Schattenschlingern.

Seitdem hatte Ottilie die Kette mit sich herumgetragen. Warum, war ihr selbst nicht ganz klar – vielleicht als Ermahnung, dass Whistler noch frei herumlief. Doch sie hatte noch nie auf diese Weise vibriert. Es war unheimlich.

Nox spannte die Muskeln an. Ottilie nahm ihren Bogen und stupste sie an, ein wenig tiefer zu gehen, doch die Wingerslinke schlingerte rückwärts und verweigerte den Gehorsam.

Weiter unten knurrte Leo: »Sieh zu, dass du sie in den

Griff bekommst, Ott! So etwas sollte sie nicht mehr machen!«

Obwohl Ottilie härter zustieß, kreiste Nox nur noch weiter in die Höhe. »Sie will einfach nicht!« Das konnte sie dem Tier nicht einmal verübeln. Der modernde Gestank war widerwärtig, sie bekam selbst kaum noch Luft.

Leo hob entnervt die Hände. Dann, nachdem er Ottilie angewiesen hatte zu warten, ging er mit Maestro tiefer. Das gefiel ihr gar nicht. Er sollte das nicht im Alleingang tun. Nox gefiel es sogar noch weniger. Sie fauchte, schlug mit den Flügeln und schaukelte hin und her.

»Was hast du denn?« Nox schleuderte Ottilie dermaßen umher, dass sie keinen guten Blick mehr durch das Blätterdach werfen konnte. Plötzlich blitzte unten etwas auf und Ottilies Herz setzte einen Schlag aus.

»Runter«, knurrte sie. Sie hatte nur noch Whistler im Sinn und dieses unfassbare schwarze Licht, das zu sehen war, wenn sie sich in ihre geflügelte Gestalt verwandelte.

Sie hatte damit gerechnet. Jeder wusste, dass Whistler nicht lange in ihrem Versteck ausharren würde.

Nox verstand sie. Leo war dort unten und sie mussten zu ihm. Die Wingerslinke schraubte sich in Kreisen weiter hinunter, sodass Ottilie sehen konnte, was dort unten geschah. Je weiter sie abstiegen, umso wärmer wurde es. Der Gestank, der in ihre Lungen drang, fühlte sich an, als würde ihr Gewalt angetan. Hustend riss sie sich zusammen.

Leo und Maestro waren auf einer abgestorbenen Lichtung in der Nähe der dunkelsten Stelle im Welkenden Wald gelandet. Sie waren weder in Gefahr noch war etwas Bedrohliches in Sicht. Leo, der nicht abgestiegen war, hatte einen Pfeil angelegt und fixierte etwas an dem breiten, noch immer senkrecht stehenden Baum, der bereits abgestorben war.

Der Baum sah aus wie die Hülle einer Spinne. Die übrig gebliebenen Äste hingen wie gezackte Arme zu Boden und schufen einen Käfig für den ausgehöhlten Stamm.

Im Kern dieses uralten Gerippes geschah etwas. Es knackte, als würden Knochen brechen, dann zuckte erneut ein Blitz. Es rauschte in der Luft, es pfiff wie Wind durch Ritzen im Gestein.

Als Nox neben Maestro landete und die heiße Luft ihr ins Gesicht schlug, wurde Ottilie von einem vertrauten Brechreiz ergriffen. Die Jagdleute hatten trainiert, die Schattenschlingerübelkeit abzuwehren, die jeden tötete, der ihr zu lange ausgesetzt war. Doch Ottilie hatte von Anfang an Probleme damit gehabt, selbst wenn sie den Abwehrring trug, den sie als Grünschnabel bekommen hatte. In diesen Ring war wie in die aller anderen ein Vers aus dem Blitzlied eingraviert. Gully hatte diesen alten Reim früher oft gesungen. *Schläferin kommt keinen holen.* Die Schläferin hatte die Aufgabe, die Toten einzusammeln, also beinhalteten die Worte das Versprechen, beschützt zu werden. Doch nach der Schlacht um Richter waren sie durch einen anderen Vers ersetzt worden: *Für deine Taten zahlen.* Nur Ottilies Ring war unverändert, weil Whistler angeblich, aus welchem Grund auch immer, noch nicht mit ihr fertig war.

Mit zusammengekniffenen Augen spähte Ottilie in den Dunst. Leo konnte ohne einen Ring abwehren, doch sie verstand nicht, wie er hier atmen konnte, ohne Anzeichen der Übelkeit zu zeigen.

Nach einem erneuten Knacken knirschte es, als würde ein Stiefel auf verbrannte Rinde treten. Sie sah Leo an – er war blass geworden und staunte mit offenem Mund. Es konnte kein Ungeheuer sein, das von den Knochensingern wiederbelebt worden war. Einige Knochensinger waren zu Whistler geflüchtet, bevor die anderen eingesperrt worden waren, doch selbst wenn sie hierhergeschlichen waren, um ihr Ritual zu absolvieren, warum sollten die Knochen im Kern dieses verfaulenden Baumes stecken? Das war mehr als seltsam. Nein, es musste sich um einen frischen Schattenschlinger handeln, der kürzlich heraufbeschworen worden war. Jemand hatte ihn gerufen – und sie wusste, wer …

Ottilie wandte den Blick ab und suchte nach Anzeichen für die Hexe, die sie in ihren Albträumen verfolgte.

Ihre Haut kribbelte. Sie drehte sich um.

Im Geäst entdeckte sie strahlende Augen.

Hinter ihr bellte ein Mörd, und der uralte Baumstamm brach in Stücke, als der Schattenschlinger sich losriss.

»Schieß, Leo! Bevor er rauskommt.«

Nach einem schnellen Zischen gab es einen dumpfen Schlag, als sein Pfeil ins Ziel traf. Ottilie konnte es sich nicht ansehen, doch als sie mit ihrem eigenen angelegten Pfeil durch die Bäume spähte, hörte sie, wie der Mörd berstend und zischend zerbrutzelte, kaum dass er dem Ort seines Ursprungs entkommen war.

Dann ertönte ein entsetzlicher Schrei. Sie machten Pfeil und Bogen schussbereit. Eine geflügelte Gestalt sauste durch die Dunkelheit, während ihr sturmgraues Gefieder heiße Luft aufwirbelte. Alles war verzerrt wie bei einem Wolf, der in Wasser getaucht, oder einem Vogel, der zermalmt und dann wieder in Form gezogen worden war. Der Schnabel war gebogen, die schuppigen Klauen blätterten dunkel ab. Die steifen Federn machten einen geschärften Eindruck, als könnte die Kreatur damit Haut durchtrennen. Nach einem Knacken und einem Blitz stand plötzlich Whistler vor ihnen. Sie hatte ein gefährliches Lächeln aufgesetzt und die Pfeile der Jagdleute in Aschehäufchen vor ihren Füßen verwandelt.

Whistler richtete ihre silbernen Augen auf Ottilie und sagte: »Es ist mir ein Vergnügen, wie immer«. Anschließend verbeugte sie sich schief.

Als Leo sein Buschmesser zog, überlegte Ottilie, es ihm gleichzutun, doch wenn sie mit ihren Pfeilen nichts gegen Whistler ausrichten konnten, würde ein Buschmesser auch nichts nützen. Ihr Herz pochte und ihre Finger zitterten an ihrem Bogen.

»Gefällt dir mein Geschenk nicht?«, fragte Whistler.

»Welches *Geschenk*?«, fragte Leo.

Ottilie konnte nicht denken, denn sie wurde vollkommen von ihrem Zorn beherrscht. Whistler hatte Scoot in Stein verwandelt. Vor Wut kamen ihr die Tränen.

»*Du* bist nicht gemeint.« Whistler schwenkte ihre violetten Ärmel in Leos Richtung.

Während Leo im Sattel das Gewicht verlagerte, konnte Ottilie seine Verwirrung spüren.

»Mein Mädchen möchte die Dinge erkennen, die Dinge verstehen, nicht wahr, mein Liebes?«, fragte Whistler mit einem merkwürdigen Zwinkern.

Mein Mädchen …

Ottilie stellte sich Bissmale vor, die durch ihre Haut brachen, und schon schien ihr Arm zu brennen. Sie sah Gracies Lächeln vor sich, ihren schimmernden Dolch, und mied Whistlers Blick.

Whistler schlurfte vorwärts und wies mit flatternden Armen auf den ausgehöhlten Baum. »Mein Geschenk … ist etwas ganz Besonderes … es verrät dir ein Geheimnis.« Sie hob einen in den Ärmelstoff gehüllten Finger an die Lippen und drückte ihre Hand dann auf einen Ast. »Wir befinden uns im Herzen des Welkenden Waldes. Der allererste Schattenschlinger, den ich heraufbeschworen habe, kam durch diese Öffnung.« Ihre Stimme klang beinahe wehmütig, doch das war nur Tarnung. Ottilie nahm die Gefahr, die darunter schwelte, wahr – wie die Augen eines Krokodils, die an die Oberfläche eines glatten Gewässers brachen.

»Öffnung?«, fragte Ottilie.

»Du kannst es dir wie eine Pforte oben an einer steilen Treppe vorstellen«, antwortete Whistler.

Eine Treppe aus der Unterwelt? Diesem höllischen Ort weit unten, in dem nur die grässlichsten Wesen hausten?

»Wieso sollten Sie ihr das zeigen?«, fragte Leo.

Doch Ottilie war dermaßen in ihre Gedanken verstrickt, dass sie die Antwort nicht abwartete. »Das ist der Grund, warum die welkende Krankheit sich von hier ausbreitet«, erklärte sie mit Blick auf den Baum. Ihr fiel wieder ein, dass sie etwas über einen Philoholzbaum gehört hatte, der mitten im Welkenden Wald stand. Das musste er sein. »Sie haben das Land vergiftet, indem Sie die Pforte geöffnet haben! Und jedes Mal, wenn Sie einen neuen Schattenschlinger heraufbeschwören, verbreitet sich die Krankheit weiter.«

»Das Land war bereits vergiftet«, fauchte Whistler. »Sonst hätte es niemals eine Treppe gegeben, von einer Pforte ganz zu schweigen.«

Es war bereits vergiftet? Ottilie wusste, dass böse Dinge ein Land genauso prägen konnten wie eine Person.

»Wovon vergiftet?«, fragte Leo.

Whistler hatte eine unheilvolle Miene aufgesetzt und Leo lehnte sich im Sattel zurück. Das hatte Ottilie schon einmal erlebt. Wenn Maeve starke Gefühle hatte, spürte Ottilie ihre veränderte Stimmung wie einen Wetterwechsel. Wie auch immer Whistlers Erinnerung an diesen Ort aussah, sie war auf jeden Fall so entsetzlich, dass selbst eine erfahrene Hexe wie sie ihre Gefühle nicht zurückhalten konnte.

Als Whistler Leo so böse ansah, steigerte sich Ottilies Angst ins Unermessliche. Das Bild, wie grauer Stein sein rotes Haar überzog, zuckte in ihren Gedanken auf. Sie musste Whistler ablenken.

»Aber was ist mit den anderen Stellen, auf die wir gestoßen sind?«, fragte Ottilie. Schmale, von der Krankheit heimgesuchte Streifen waren immer wieder aufgetaucht, hier und da, weit vom Welkenden Wald. »Was war das? Weitere Pforten?«

Whistlers Augen strahlten. »Früher konnte ich nur hier Schattenschlinger heraufbeschwören. Für jeden einzelnen musste ich herkommen. Doch mit der Zeit wurde Narroway schwächer … so viele Lügen, so viel Gewalt, das hat seinen Preis. Mittlerweile kann ich sie heraufbeschwören, wo ich will. Eines Tages wird dieses Land so fruchtbar Schattenschlinger hervorbringen wie die Laklands. Und dann wird niemand mehr nötig sein, um sie ans Licht zu holen. Sie werden sich ihren eigenen Weg suchen. Das Spiel läuft schon sehr lange.« Sie verzog den Mund. »Aber es hat sich gelohnt.«

Ottilie beugte sich vor. Sie wollte das alles verstehen. *Fruchtbar*, hatte Whistler gesagt, aber sie meinte doch sicher *verdorben, zerstört, infiziert.* Sie musste herausfinden, warum Whistler so handelte. Wieso hatte es den Philoholzbaum getroffen? Warum wollte sie den König bestrafen? Was hatte er verbrochen? Was war an diesem Ort geschehen?

Ohne dass sie es hätte begründen können, machte Ottilie Anstalten, abzusteigen.

»Ott«, murrte Leo.

Es gab so viele ungeklärte Dinge, sie konnte einfach nicht anders. Ottilie platzte mit der Frage heraus, die ihr am meisten auf den Lippen brannte. »Wo ist Bill?«, wollte sie wissen. »Was haben Sie mit ihm vor?«

»Es geht dich gar nichts an, was ich mit ihm vorhabe«, antwortete Whistler und stapfte ungeduldig im Kreis.

Ottilie nahm die Füße aus den Steigbügeln, denn sie wollte Whistler buchstäblich auf den Pelz rücken und zum Reden bringen.

»*Ott!*«

Es machte sie rasend. Die Jagd suchte Whistler, und nun stand sie vor ihnen, aber sie konnten nichts unternehmen! Sie konnten sie nicht überwältigen und nach Fiory schleppen. Sie konnten einzig und allein zuhören und aufnehmen, was sie ihnen gnädigerweise mitteilte. Und nein, nicht *ihnen*, sondern Ottilie.

Whistler lachte. »Freu dich an meinen Geschenken, solange es noch geht. Ein Gewitter ist im Anzug.« Mit einem Rauschen ihrer violetten Ärmel und einem schwarzen Blitz schwang sie sich in die Luft.

Am liebsten hätte Ottilie sie verfolgt und am Gefieder zurückgerissen. Whistler hatte einfach nur Lust gehabt, sie zu ärgern und ihnen zu zeigen, wie sie unbemerkt und unversehrt ein und aus irrlichtern konnte. Sie hatte ihnen keine einzige nützliche Information geliefert. Sie konnten sie nicht aufhalten. Alles beschränkte sich darauf, sich auf den großen Knall vorzubereiten.

Ottilie spürte Leos intensiven Blick und drehte sich um. Er hatte eine ängstliche Miene aufgesetzt.

»Keine Sorge, ich glaube nicht, dass sie zurückkommt.«

Als er die Augen zusammenkniff, begriff sie, dass er sich nicht davor gefürchtet hatte.

»Sie hat dich viel zu gern.«

Ottilie sah weg. »Was meinst du damit?«

»Nur das, was ich gesagt habe.«

Dabei wusste er längst nicht alles. Er hatte keine Ahnung davon, was Bonnie über die Worte in ihrem Ring gesagt hatte – nämlich, dass Whistler noch nicht aufgegeben hatte, was Ottilie anging.

Und was meinte sie mit dem Ausdruck *mein Mädchen*?

»Wovon hat sie überhaupt geredet, was sind das für *Geschenke*?«, fragte Leo. »Ich dachte, sie meinte den Mörd. Glaubst du, da sind noch mehr?« Er ließ den Blick durch den Wald schweifen.

Ottilie dachte nach. »Ich glaube, sie meinte *Hinweise*. Der Mörd war ein Hinweis, ja, also muss sie weitere ausgesetzt haben, einfach so, während sie mit uns geredet hat. Für Hinweise hat sie etwas übrig. Ich glaube, es macht ihr Spaß, sie uns hinzuwerfen. Das hat sie schon einmal gemacht.«

Ottilie meinte das Buch über die Königsfamilie, das Whistler ihr, Alba und Skip vor einigen Monaten gegeben hatte. Das war der Hinweis gewesen, dass es im Kern des Ganzen um die Familie Sol ging. Später, nachdem Whistler sich offenbart und aus Fiory geflohen war, hatte das Direktorat ihre große Sammlung verbrannt – sämtliche Bücher und Schriftrollen. Alle bis auf diejenigen, die Alba, Skip und Ottilie aus dem Haufen in Direktor

Yaists Gemächern gerade noch rechtzeitig hatten retten können.

»Ich glaube, sie möchte, dass ich etwas herausfinde«, sagte Ottilie mit einem mulmigen Gefühl. Whistler versammelte Menschen um sich, und Ottilie weigerte sich, dazuzugehören. Doch wenn Whistler Antworten gab, wollte Ottilie sie hören.

Sie zermarterte sich das Hirn und versuchte, sich an jedes Wort zu erinnern, das Whistler eben gesagt hatte. Es nützte nichts. Ihre Nerven hatten ihr Gedächtnis durcheinandergebracht.

5

Traumwandeln

Es fühlte sich an, als wären sie mitten in einem tiefen Atemzug erstarrt. Wenn Whistler sich gezeigt hatte, war es anschließend stets zu einer Katastrophe gekommen. Dementsprechend musste die nächste Tragödie unmittelbar bevorstehen, nachdem sie jetzt mit Ottilie gesprochen hatte. Von Hauptmann Leier hatte man nichts mehr gehört. Würde der König Verstärkung schicken? Wann würden seine Soldaten eintreffen? Täglich wuchs die Anzahl der Schattenschlinger, und bald würden es wieder so viele sein wie vor der Schlacht. Da im Übrigen mindestens drei Blutbiester frei herumliefen, würden organisierte intelligente Angriffe eventuelle Verluste ausgleichen.

Jeden Morgen fragte Ottilie sich, ob dieser Tag die Wende bringen würde. Niemand konnte erraten, was Whistler als Nächstes vorhatte. Es war ihr nicht gelungen, Richter einzunehmen, aber würde sie es erneut versuchen? Die Lage des Stützpunkts würde sich hervorragend eignen, um ihr

Heer mit den Schattenschlingern aus den Laklands zu verstärken. Wenn sie darüber nachdachte, fand Ottilie nicht in den Schlaf.

In einer dieser Nächte klopfte jemand leise an den Fensterladen. Die Neugier war stärker als die Angst und Ottilie öffnete das Fenster. Eine kalte Brise wehte herein, und im Schein des Mondes, der ihr Zimmer ausleuchtete, war eine dunkle Gestalt zu erkennen.

Als eine schwarze Eule auf ihrem Bett landete, lächelte Ottilie. »Du bist so spät noch unterwegs?«

Nachdem es mehrfach grob geknackt hatte und so etwas wie ein magisches Niesen ertönt war, zitterte das Gefieder, das anschließend irgendwie nach innen gesogen wurde und in Gestalt von Maeve Moth in die Luft flog. Ottilie kannte das schon, dennoch war es jedes Mal ein Wunder.

»Schnell!«, sagte Maeve und sprang auf. »Es geht um Ned.« Sie war sichtlich angespannt.

»Was ist los? Ist ihm etwas passiert?« Ottilie war zutiefst erschrocken. Darauf hatte sie die ganze Zeit gewartet – dass etwas Furchtbares geschah, etwas, das nicht sein sollte.

Maeve ließ Ottilie nicht einmal die Zeit, ihre Schuhe anzuziehen, sondern hastete zur Tür, riss sie auf und bedeutete Ottilie, ihr zu folgen.

Mit klopfendem Herzen nahm Ottilie ein Wasserfläschchen vom Regal und suchte ihre Leuchtstäbe. Das grünliche Licht flackerte auf, während sie mit Maeve durch den dunklen Gang raste.

»Ich wusste nicht, wem ich es sonst sagen sollte, wenn man bedenkt, wie es mit Gracie war …«

»Was hat Gracie damit zu tun?«

Das grüne Licht, das unruhig über die Wände des schmalen Flurs tanzte, steigerte Ottilies Nervosität, und Skips Worte fielen ihr wieder ein: *Das ist doch genau das Gleiche wie bei Gracie Moravec …*

»Irgendetwas stimmt mit ihm nicht«, sagte Maeve mit dünnem Stimmchen. »Ich habe ihn draußen im Auenhain gesehen. Er ist nicht bei Verstand. Ich glaube, er ist in einer Art Trance!«

Sie rannten ins Außengelände und waren bald so außer Atem, dass sie sich nicht mehr unterhalten konnten. Ottilie übernahm die Führung zum Auenhain und sprang und hüpfte mit nackten Füßen über Stöcke und Dornen. Als sie sich über eine mit Schnurrhaargras bewachsene Stelle schwang, bemerkte sie weiter vorn eine Bewegung.

Es dauerte einen Moment, bis sie das lang gestreckte Wesen erkannte. Dann begriff sie, dass es ein Shepherd war – einer der dunklen wilden Hütehunde, die das Gelände bewachten –, doch dieses Exemplar war kleiner, vielleicht jünger und noch nicht ausgewachsen. Und noch weiter vorn schlängelte sich Ned durch die Bäume.

Er war im Schlafanzug und barfuß, genau wie Ottilie. Doch im Gegensatz zu ihr achtete er nicht darauf, wohin er trat. Seine Art zu gehen, mutete seltsam an. Der Weg schien nirgends hinzuführen und wirkte dennoch nicht ziellos.

Der Shepherd lief knurrend auf Ned zu. Offenbar hatte der Hund gemerkt, dass etwas nicht stimmte.

Ottilie überholte ihn rasch und rief: »Ned?«

Er schien sie nicht zu hören.

Sie streckte die Hand aus wie nach einem scheuenden Pferd, doch sie hatte zu viel Angst, um ihn tatsächlich zu berühren. Ottilie ging um Ned herum und hielt die Leuchtstäbe hoch. Gracies Augen glühten rot, wenn sie in Trance den Wylern Kommandos gab oder durch die Augen ihres Blutbiests blickte. Das sah Ottilie nur zu oft in ihren Träumen. Doch Neds Augen glühten nicht und sie atmete erleichtert aus. Dennoch verhielt er sich eindeutig nicht normal. Er sah sie nicht, doch irgendetwas hatte er sehr wohl im Blick.

Sie zwang sich, den Mund zu öffnen. »Kannst du vielleicht in seinen Kopf eindringen?« Maeve hatte früher einmal Bills Gedanken und Erinnerungen an Ottilie weitergegeben.

»Darauf bin ich gar nicht gekommen!«, sagte Maeve. »Ja. Los.« Sie nahm Ottilies Hand und streckte vorsichtig die andere zu Neds aus.

Als Erstes hörten sie Geräusche. Wütende Stimmen. Das Knistern einer Flamme. Und dann, als hätten sich die Wogen geglättet, kamen die Höhlen im Canyon in Sicht.

Ottilie schrie leise auf. Ihr Blick glitt auf der Suche nach Bill sofort hin und her, obwohl sie eigentlich wusste, dass er nicht da war. Maeve hatte berichtet, die Höhlen lägen verlassen da und … Ottilie musste sich ermahnen, dass sie gar nicht wirklich dort war. Dies war Neds Traum, und dies waren nicht die Canyonhöhlen, wie sie sie erlebt hatte.

Prächtige Treppenhäuser führten im Zickzack an den Wänden entlang. Herrliche Torbögen waren um die Eingänge zu Tunneln gemeißelt, und der Brunnen, den Ottilie als zerstörte Ruine gesehen hatte, war makellos und stabil. Auf der Suche nach dem Abzeichen von Seika Teufelstöterin schweifte ihr Blick über den Stein – und da war eine schlichte Ente deutlicher als in ihrer Erinnerung seitlich in den Brunnen gemeißelt.

Direkt daneben lag eine lange Eisenkiste. Ein Sarg. Er stand offen.

Zwölf Gestalten standen im Kreis um eine Feuergrube herum, sie trugen sonderbare Kleidung aus einer anderen Zeit. Sowohl die Männer als auch die Frauen hatten ihr Haar kompliziert zu einer Art Krone geflochten. Nur eine Gestalt ließ die Haare offen hängen.

In welcher Zeit lag dieses Ereignis? Ottilie war sicher, dass es tief in einer lang vergangenen Epoche geschah. Sie musterte die Gestalten auf der Suche nach einem Hinweis, während der Feuerschein über ihre Gesichter zuckte, die von Abscheu über Zorn bis zu tiefer Trauer starke Gefühle vermittelten.

Als sie ihrem Blick folgte, wich sie entsetzt zurück. Was sie für Schatten und Rauch gehalten hatte, war ein mit Ketten gefesselter Mensch, der in der Feuergrube stand. Nein, doch nicht. Es war kein Mensch, sondern eine … Kreatur, die von oben bis unten mit grauen Schuppen bedeckt war.

Ob sie sehen konnte, war unklar, denn anstelle der Augen klafften dunkle Höhlen. Das Wesen stand reglos da, ohne den Flammen Beachtung zu schenken.

Eine der zwölf Gestalten hatte das Wort ergriffen. »... dein Zirkel befindet dich eines derart unsäglichen Verbrechens schuldig, dass wir es an diesem heiligen Ort nicht ansprechen.«

Zirkel? Ottilie kannte das Wort. Die Gestalten waren Hexen.

Das Schuppenwesen verzog den Mund zu einem grausigen Lächeln und enthüllte faulendes Zahnfleisch und Reißzähne, die an der Spitze zu einem winzigen Pfeil gefeilt waren.

»Du hast jegliche Menschlichkeit abgelegt. Du bist keine Hexe. Du bist kein Mensch. Von nun an hast du keinen Namen mehr. So etwas wie dich hat es noch nie gegeben und wird es auch nie wieder geben. Du hast einen Tag als schlafloses Biest gelebt – und es wird dein letzter Tag sein.«

»Ihr könnt mich nicht töten«, fauchte das Wesen mit einer Stimme, die einer Fleisch zerfetzenden Peitsche glich.

Ottilie erschauderte. Es handelte sich also um eine schlaflose Hexe, eine Hexe, die nie alterte und niemals sterben konnte.

Ihr Herz klopfte zum Zerspringen. Das bedeutete, dass sie noch irgendwo war – und zwar lebendig. Anders konnte es nicht sein. Und wenn es noch so lange her war und Jahrhunderte vergangen sein mochten ...

Was das Verbrechen anging, von dem die Rede war, so

hatte Ottilie die Gerüchte gehört. Um nicht mehr schlafen zu müssen, war eine Hexe gezwungen, ihr eigenes Neugeborenes zu essen. Es war das Grauen. Undenkbar. Diese Gerüchte hatten zu der Hexenjagd geführt, die zahllose unschuldige Frauen das Leben gekostet hatte, als das Wanderreich die Usklers besetzt hielt. Ottilie wusste nicht, ob diese Kreatur ein Mann oder eine Frau gewesen war, und wurde sich erstmals bewusst, dass das Ritual sowohl von einem Vater als auch von einer Mutter ausgeführt werden konnte. Wieso war sie nicht eher darauf gekommen? Oder jemand anderer? Nur Frauen waren begraben worden.

Ein Mann meldete sich aus dem Kreis. »Das ist richtig, denn dein Geist ist bis in alle Ewigkeit an diese Ebene gebunden. Wir können es nicht ändern. Deine Seele wird überdauern, eingeschlossen in deinen unsterblichen Knochen, doch dies soll dein Gefängnis sein – begraben und für immer allein.«

Der erste Sprecher oder die erste Sprecherin fügte hinzu: »Du wirst nicht gehen, nicht sprechen, nicht sehen. Du wirst nicht handeln. Nur fühlen wirst du.«

»Ihr könnt mich nicht berühren«, sagte die Kreatur.

Die Hexe mit dem offenen Haar trat vor. Sie war groß und gleichzeitig eindeutig die Jüngste aus dem Kreis. Ottilie kam sie vage bekannt vor, doch woher? Erinnerte sie sie an Whistler? Nein, das war es nicht …

»Du unterschätzt uns«, sagte die große Hexe.

Als die Hexen im Kreis sich an den Händen fassten, schien die Höhle gähnend zu erwachen. Heiße Luft stieg hoch, wiegte sich hin und her und schraubte sich zu einem Wirbelsturm aus Flammen um das Schuppenwesen. Es lachte und ließ die Eisenketten rasseln, bis sie knackten wie vertrocknete Ranken.

Mit Blick auf Ottilie stieg das Wesen aus dem tosenden Feuer.

Erschrocken taumelte sie rückwärts, ließ aus Versehen Maeves Hand los und die Leuchtstäbe fallen. Als das Fläschchen zerbrach, erlosch das grüne Licht. Ottilies Herz setzte einen Schlag aus, in der Dunkelheit ging sie unter.

Ein Zweig knackte, der Shepherd knurrte, und jemand packte sie von hinten.

6

Ein finsteres Geheimnis

»Maeve!«

»Ottilie?«, fragte Maeve aus ungefähr einem Meter Entfernung.

Die Hände griffen fester zu. Maeve war es also nicht. »Ned?«, flüsterte sie.

Ned antwortete zwar nicht, doch er hielt sie nicht mehr ganz so eisern fest.

»Maeve, kannst du irgendwie Licht machen?«

»Ich versuche es.«

Einen Augenblick lang geschah gar nichts. Dann fühlte es sich an, als wäre die Luft angehoben worden wie eine Decke. Ottilie konnte kaum atmen, bis die Welt sich wieder beruhigte und zahllose kleine Kohlen in ihr Sichtfeld platzten und mehr Licht gaben, als möglich sein sollte.

Trotz alledem musste sie lächeln. Es kam ihr vor, als wären die Sterne heruntergekommen, um Hallo zu sagen. Der junge Shepherd wippte auf seinen Hinterbeinen und witterte.

»Vorsicht«, sagte Maeve. »Man verbrennt sich daran. Ich kann die Richtung nicht kontrollieren.« Nervös ließ sie den Blick über die bewaldete Umgebung schweifen, doch im Auenhain war es so feucht, dass kein Feuer ausbrechen konnte.

Ottilie widerstand dem verlockenden Sog der glühenden Kohlen und wandte ihre Aufmerksamkeit Ned zu. Das Licht schien ihn zu beruhigen. Er ließ sie los, trat zur Seite und betrachtete seine zitternden Hände.

»Ned?«, fragte sie noch einmal, da sie nicht sicher war, ob er bereits wieder er selbst war.

Er sah sie mit seinen dunklen Augen an. »Was ist passiert?«

»Das wollten wir dich fragen«, erwiderte Maeve. Ihr kühler Tonfall verstörte Ottilie. Sie dachte eindeutig wieder an Gracie, und auch wenn sie es nicht zugeben wollte, war auch Ottilie in Gedanken bei dem Mädchen. Jedes Mal, wenn sie blinzelte, blitzten in ihrem Geist rote Augen in der Dunkelheit auf.

»Ich glaube, du bist geschlafwandelt«, erklärte Ottilie und beschrieb, wie sie ihn gefunden hatten. »Wir haben gesehen … also, Maeve hat es mir gezeigt … wir haben wohl gesehen, was du geträumt hast.«

Ned machte große Augen. »*Das* habt ihr gesehen?«

Sie wusste sofort, was er meinte. »Davon träumst du die ganze Zeit, Ned? Von diesem Wesen im Feuer?«

Er nickte. »Es war nicht von Anfang an so. Erst war da eine Gestalt, eine Hexe, und dann … dann ...« Seine Stimme bebte und er konnte nicht weitersprechen.

Für Ottilie war das auch nicht nötig. Die Kreatur war aus einer Hexe entstanden, die das Ritual der Schlaflosigkeit vollzogen hatte. Alba hatte gelesen, dass noch nie eine Hexe es wahrhaftig ausprobiert hatte, sondern dass es stets nur ungerechtfertigte Beschuldigungen und Lügen gegeben hatte. Doch der Hexenzirkel in Neds Traum hatte davon gesprochen, dass sie die erste und letzte ihrer Art sei. Das Ganze war so lange her, dass die Menschheit ihre Existenz möglicherweise vergessen hatte. Doch was war letztendlich geschehen? Es sah so aus, als hätte der Hexenzirkel versucht, sie einzusperren – möglicherweise in dem eisernen Sarg am Brunnen. An dem Brunnen, der mittlerweile eine Ruine war …

Als Ned hustete, fiel Ottilies Blick auf seinen Arm und sofort schwanden alle Gedanken an die schlaflose Hexe. Aus Neds Ärmel quoll etwas Dunkles. Ottilie packte seinen Arm. Ned zuckte zusammen und schob den Ärmel hoch, sodass sie die sternförmigen Brandmale sehen konnte. Vor Schmerzen ballte er die Faust.

Genau wie bei Gracies Wylerbiss glühten Neds Brandwunden wie heiße Kohlen. Als Ottilie die Hand darüber hielt, spürte sie die Hitze, als hätte Ned drei winzige Lagerfeuer auf seinem Arm. Obwohl das Licht immer trüber wurde, konnte Ottilie den Blick nicht abwenden.

»Es ist nur so, wenn ich träume«, sagte Ned, der sich hörbar schämte.

Ottilie sah Maeve an. »Das darfst du niemandem erzählen.«

Maeve sah sie böse an und wollte protestieren.

»Ich habe *dein* Geheimnis bewahrt! Du bist mir etwas schuldig.«

Mit versteinerter Miene schloss Maeve den Mund wieder.

Whistler tat ihm das an. So musste es sein. Aus unerfindlichen Gründen hatte sie ihn gebrandmarkt und zeigte ihm nun etwas – Bruchstücke einer Vergangenheit, die in Vergessenheit geraten war. Doch warum?

Als in der Ferne ein Shepherd anschlug, bellte der junge Hütehund zurück, zögerte kurz, schnüffelte noch einmal an Ned und hetzte in die Nacht hinaus.

Ottilie ließ den Blick über den Wald wandern, der im Dunkeln lag, und fühlte sich an den Angriff der Yicker erinnert. Ihr Gedächtnis spielte ihr vor, wie sie in ihrem Grünschnabeljahr mit Scoot um ihr Leben gerannt war, verfolgt von dem Schwarm der geflügelten Spinnen.

Sie empfand tiefe Trauer. Sie blinzelte und sah Scoot vor Whistlers Füßen liegen, während der Stein an ihm hochkroch. »Wir gehen lieber wieder rein«, sagte sie.

Als sie es sich in Ottilies Zimmer gerade halbwegs gemütlich gemacht hatten, zog jemand an der Türklinke. Sie hatte sie von innen verriegelt.

»Ottilie«, zischte Gully. »Lass mich rein!«

Sie holte ihn rasch ins Zimmer und legte erneut den Riegel vor. Es war weit nach Mitternacht, doch die Jagdleute gingen zu jeder Tages- und Nachtzeit ein und aus, seit so viele von ihnen die Grenzmauern bewachten.

»Ich konnte nicht schlafen«, sagte Gully. »Und ich dachte, du wärst vielleicht auch wach und ich könnte dich besuchen. Aber hier war niemand – wo bist du gewesen?«

Ottilie, die nicht wusste, wie sie es ihm erklären sollte, knetete ihre Hände und sah Ned an, der in den Sessel am Fenster gesunken war. Gully folgte ihrem Blick und musterte Neds derangierten Schlafanzug und seine schmutzigen nackten Füße.

»Was ist passiert?«

»Ich bin geschlafwandelt.« Ned rang sich ein Lächeln ab. »Sie haben mich im Auenhain gefunden.«

»Er hat ständig Albträume von einer schlaflosen Hexe«, sagte Maeve.

»Maeve! Ich hatte doch gesagt, du sollst es niemandem erzählen!«, fauchte Ottilie. Dann lief sie zum Fenster und schloss die Läden in dem Versuch, das Geheimnis in ihren eigenen vier Wänden zu bewahren.

»Ich dachte nicht, dass du auch *Gully* meinst. Außerdem habe ich nichts über seinen Arm gesagt.«

»Was ist mit seinem Arm?«, fragte Gully mit einem vorwurfsvollen Blick zu Ottilie. »Erzählt mir, was los ist.«

Ottilie seufzte brummig. Sie hatte vorgehabt, es Gully zu erzählen, doch Maeves Eifer, die Geschichte zu verbreiten, machte sie nervös.

»Seine Wunde verheilt nicht und brennt, wenn er von

der Hexe träumt.« Sie versuchte, es so hinzustellen, als ginge es um eine normale Erkrankung. »Wir müssen etwas finden, womit wir das in Zukunft verhindern können. Möglicherweise könnte Alba diesbezüglich recherchieren …« Sie stockte. Sollte Alba mehr erfahren, als sie ohnehin schon wusste? Ottilie wollte es vor allen anderen geheim halten, weil sie nicht wusste, wie sie reagieren würden. Skip war jetzt schon der Meinung, dass sie Ned beobachten sollten. Und was wäre, wenn das Direktorat davon erfuhr? Die Befehlshaber würden das Risiko nicht eingehen, ihn hier in Fiory zu behalten. Es reichte bereits, wenn der Hauch einer Verbindung zu Whistler bestand, und man wurde ausgestoßen oder Schlimmeres. Ottilie konnte damit nicht umgehen, nicht solange Scoot in Stein verwandelt war und Bill gefangen gehalten wurde … Ned durfte kein Leid geschehen.

Sie holte tief Luft und wandte sich an Maeve. »Was ist aus dem Hexenbuch geworden, nachdem das Direktorat es konfisziert hat?«

In jener Nacht vor einigen Monaten, in der Ottilie Whistler kennengelernt hatte, hatte Skip das Buch aus Whistlers Turm gestohlen und Alba gegeben. Diese hatte im Geheimen darin gelesen, bis Maeve Wind davon bekommen und es ihr weggenommen hatte. Nachdem Maeve der Hexerei bezichtigt worden war, hatte das Direktorat das Buch an sich genommen. Gracie, die damals Maeves beste Freundin gewesen war, hatte sie gerettet, indem sie sich selbst als Hexe offenbart hatte, obwohl das gar nicht stimmte. Es war ihr letzter menschenfreundlicher Akt und das einzig Nette gewesen, was Ottilie je von Gracie erlebt hatte.

»Ich habe es«, sagte Maeve augenzwinkernd.

»Was?«, fragte Gully. »Wie das?«

»Tja«, sagte Maeve selbstgefällig. »Ich glaube, sie haben es verbrannt, aber eines Tages tauchte es voller Ruß und nach Rauch stinkend unter meinem Kopfkissen auf.«

Ottilie runzelte die Stirn. Das hörte sich ganz nach Whistler an. Hatte sie es aus dem Feuer geholt und zu Maeve gebracht? War das wieder eins von ihren Spielchen?

»Glaubst du, jemand hat es dorthin gelegt?«, fragte Ned, als könnte er Gedanken lesen.

Maeve schüttelte den Kopf. Sie schien sich nicht zu ängstigen. »Nein, ich glaube, die Magie, die in dem Buch enthalten ist, hat es mir zurückgegeben.«

»Woher willst du das wissen?«, fragte Ottilie.

»Weil das Buch schon monatelang nach mir gerufen hat, bevor ich es aus dem Rübenkeller geklaut habe«, antwortete Maeve. »An dem Tag, an dem ich auf der Mauer den Jivvie daran gehindert habe, Leo zu skalpieren …« – Sie nickte Ottilie zu, die dabei gewesen war – »… bin ich um den Knochenturm geflogen, weil das Buch nach mir rief. Ich wusste damals nicht, was es war oder was das Ganze sollte, doch es zog mich magisch an. Als Alba es dann hatte, bin ich ihr überallhin gefolgt. Dann hörte ich euch in der Bibliothek und erkannte endlich, woher dieser Sog kam. Und als sie es im Rübenkeller versteckte, wusste ich schließlich, wo ich es finden konnte. Während es vom Direktorat verbrannt wurde, hat es offenbar eine Methode gefunden, eigenständig zu mir zurückzukommen und sich halbwegs zu reparieren … etwas in der Art.«

Gully machte große Augen. Er hatte die Vorstellung von Hexen und Magie immer schon faszinierend gefunden.

»Wieso hat es dich gerufen?«, fragte Ottilie.

»Nur weil du eine Hexe bist?«, fragte Ned.

»Ich glaube, es wollte nicht mehr bei Whistler bleiben«, antwortete Maeve. »Ich war ihm lieber. Dieses Buch ist wirklich etwas ganz Besonderes … es weiß selbst am besten, was ich lesen soll. Es schlägt sich auf der passenden Seite auf, und dann verwandeln sich Symbole in Buchstaben, die ich verstehe. Manchmal fühlt es sich an, als würde ich es gar nicht lesen, sondern als würde es in meinem Kopf mit mir sprechen. Normalerweise bin ich eine schlechte Leserin.« Sie hielt inne, als zögerte sie fortzufahren. »Gracie hat mir das Lesen beigebracht, aber ich habe nie geübt.«

Ottilie erinnerte sich, wie schwer es Alba gefallen war, in diesem Buch zu lesen – ausgerechnet Alba, die Bücher geradezu verschlang. Es klang tatsächlich so, als hätte das Buch Maeve erwählt. Gut, das würde ihnen allen weiterhelfen.

»Könntest du bitte nachschauen, ob darin irgendetwas darüber steht, wie man Träume abwehrt, mithilfe eines Zaubertranks oder so?« Sie fand nicht die richtigen Worte. »Etwas … etwas, damit es aufhört.«

»Und über die schlaflose Hexe«, sagte Ned und setzte sich aufrechter hin. »Irgendetwas, warum ich –«

»Das ist nicht wichtig.« Ottilie schnitt ihm das Wort ab. »Es spielt keine Rolle mehr, wenn du es erst nicht mehr träumst. Du hast gesagt, dein Arm brennt nur, wenn du träumst. Vielleicht heilt er ja, wenn wir die Träume verhindern. Dann hört das alles auf.«

Ned sah sie verärgert an, doch das war Ottilie egal. Sie konnte es nicht ertragen und wollte kein Risiko eingehen, noch mehr zu erfahren. Wenn es glühte, sah Neds Brandmal genauso aus wie Gracies Bisswunde. Was auch immer dahintersteckte, es konnte nur etwas Schreckliches sein. Was es genau war, mussten sie nicht herausfinden. Sie mussten nur dafür sorgen, dass es verschwand. Immerhin konnten sie darauf hinarbeiten und es möglicherweise abwehren.

Ned sah aus, als wollte er sich mit ihr streiten, doch Gully kam ihm zuvor. »Habt ihr das gehört?« Er rutschte vom Bett.

Ottilie lauschte. Jetzt hörte sie es auch: Hufschlag. »Vermutlich nur ein paar Reiter, die von der nächtlichen Patrouille zurückkommen.«

»Das ist eine Kutsche«, sagte Ned.

Ottilie öffnete die Fensterläden. Er hatte recht. Eine von sechs Pferden begleitete Kutsche fuhr durch das gut beleuchtete Tor. Sobald das Tor wieder geschlossen war, flog die Kutschentür auf, und eine hochgeschossene Gestalt stieg aus und eilte auf den Weg, der nach oben führte.

Einen Augenblick lang dachte Ottilie, der Besucher hätte drei Beine, doch dann begriff sie, dass das dritte in Wirklichkeit ein Stock war. Hauptmann Leier war endlich aus All Kings Hill zurückgekehrt.

7

Die Farbe von Nichts

Die erste Garde erfuhr es vor allen anderen: Der König war im Anmarsch.

Es sollte eine tröstliche Nachricht sein, doch die Ankunft eines Heeres war gleichbedeutend mit der Ankündigung einer neuen Schlacht. Das konnte niemand leugnen. Richter war erst der Anfang gewesen. Man befand sich im Krieg.

Ottilie hatte von der Welt noch nicht viel mehr als die Sumpfgrotten, ihre winzige Ecke auf der westlichen Insel der Usklers, gesehen. Doch sie erinnerte sich an die Landkarten, die in dem Werk *Die Welt, in der wir leben* abgebildet waren. Da es jahrelang das einzige Buch gewesen war, zu dem sie Zugang gehabt hatte, kannte sie es in- und auswendig und stellte sich nun winzige Holzfigürchen als Soldaten vor, die durch ein Königreich aus verblasster Tinte marschierten.

Die Usklers bestanden aus drei Inseln, die durch zwei enge Kanäle voneinander getrennt waren: den Kronenkanal und die Wasserstraße von Pero. Normalerweise konnten Schattenschlinger das Salzwasser nicht überqueren, nicht einmal, wenn sie versuchten, hinüberzufliegen. Salz war Gift für sie, denn es lähmte sie, wenn es sie auch nicht tötete. Aus diesem Grund waren die Jagdleute mit salzgeschmiedeten Waffen ausgerüstet. Das einzigartige Salz aus den Salzquellen im Norden sorgte dafür, dass die Klingen keinen Rost ansetzten.

Leo zufolge hatte das königliche Heer den Kronenkanal überquert und marschierte im Westen zum Rand von Narroway. Es gab eine Landesgrenze, in der kein noch so kleiner Meeresstreifen Rettung versprach. Falls Whistler die Uskler angreifen wollte, konnten sie ohne Weiteres die gesamte Westinsel verlieren. Dann wären alle Bewohner der Sumpfgrotten verloren: ihre Mutter Freddie, die Nachbarn Old Moss und Mr Parch – sie und alle, die Ottilie je gekannt hatte, und noch viele andere. Alle Städte und Dörfer, die sie nie besucht, und die Wildnis, die sie nie erforscht hatte, würden zum Land der Schattenschlinger werden – ein verwelktes Reich.

Die Soldaten des Königs hatten ihr Lager in Longwood an der Grenze zu Narroway aufgeschlagen. Sobald in jedem Stützpunkt die Abwehrringe aus den Schatzkammern geholt wurden, würden die Soldaten in die Lage versetzt, nach Narroway einzumarschieren und in Fort Arko mit dem Training zu beginnen.

Ottilie fand es besorgniserregend, dass genau die richtige Anzahl von Ringen zur Verfügung stand. Whistler hatte diese Ringe hergestellt – wieso hatte sie die Jagd so überbordend ausgestattet? Doch dagegen konnte man nichts tun. Die königlichen Soldaten konnten sich ohne Ringe nicht in die Schlacht werfen. Die Schattenschlinger-Übelkeit würde sie augenblicklich niederwerfen, und die Zeit reichte nicht aus, um sie zu lehren, wie man sie abwehrte. Ottilie gelang es selbst nicht einmal nach einem knappen Trainingsjahr.

Der König höchstpersönlich kam Leo zufolge nach Fiory.

»Warum denn?«, fragte Ottilie und beugte sich vor, um die Arme auf Scoots Krankenbett zu legen. Ihre Finger streiften eine der abgeschnittenen Wiegenliedranken, die Alba und Montie auf seinem versteinerten Körper verstreut hatten. Die fedrigen hellblauen Blumen waren dafür bekannt, schöne Träume zu bringen.

Jemand – Ottilie hatte Gully im Verdacht – hatte eine Vase mit drei üppigen Sonnenbaumblumen ans Bett gestellt, die erstens nach verrottetem Eisen stanken und zweitens den Raum nicht gerade verschönerten.

Die anderen Jagdleute gingen nicht gern hinter die Trennwände, weil sie Scoots Anblick nicht ertrugen. Deshalb waren sie unter sich und konnten es riskieren, die gestohlenen Bücher zu lesen. Ottilie war gern hier, als wäre es in Scoots unmittelbarer Nähe leichter, ein Heilmittel zu finden.

Sie hatte das Buch gerade beiseitegelegt, als Leo hereingekommen war. Er war mit den anderen aus der ersten

Garde zu einer geheimen Besprechung mit dem Direktorat einberufen worden, und Ottilie war begierig, die neuesten Nachrichten zu erfahren.

»Sie haben es nicht näher erläutert, warum er kommt«, beantwortete Leo ihre Frage. Leiser fügte er hinzu: »Aber Ned glaubt, er möchte nicht in den Kampf verwickelt werden. Whistler könnte locker angreifen, bevor sie in Arko mit dem Training fertig sind, und Richter ist bereits geschwächt und liegt zu nah an der Grenze zu den Laklands.«

»Aber wir liegen hier direkt in der Mitte«, gab Ottilie zu bedenken. »Von hier kann man nicht weglaufen.«

Leo zuckte mit den Schultern, drehte sich in seinem Stuhl und schaute durch den Spalt in den Trennwänden, um sich zu vergewissern, dass niemand lauschte. »Du darfst niemandem davon erzählen. Nur die erste Garde ist eingeweiht. Ich glaube nicht, dass die Soldaten über seinen Plan, herzukommen, informiert sind. Angeblich kommt er allein und wir sollen seine Leibwache ersetzen.«

Ottilie rümpfte die Nase. »Wieso macht er sich überhaupt die Mühe herzukommen, wenn er sich nur verstecken will? Wieso ist er überhaupt noch König? Jeder weiß, dass er gelogen hat.«

Die Jagd von Narroway war das Ergebnis von Lug und Trug. Um seinen eigenen Kopf zu retten, hatte der König die Lüge der Unschuldsregel verbreiten lassen und behauptet, nur Kinder könnten Schattenschlinger zur Strecke bringen. Doch in Richter hatte Whistler allen davon erzählt.

»In *Narroway* weiß das jeder – in den Usklers nicht«,

sagte Leo. »Wer weiß, was er allen anderen vormacht? Vermutlich wissen sie nicht einmal, dass es die Jagd von Narroway gibt, von den Schattenschlingern ganz zu schweigen. Seine Soldaten werden es ja wohl wissen … aber ganz davon abgesehen kann man einen König nicht einfach mit einem Fingerschnippen vom Thron stoßen. Das dauert und die richtigen Leute müssen es in die Wege leiten. Der Erbe müsste antreten.«

»Wer ist der Erbe?« Ottilie stellte fest, dass sie es nicht wusste. Der König hatte keine Kinder, denn seine beiden Töchter waren jung verstorben. Erschaudernd erinnerte sie sich, dass die jüngere Tochter in Ramonas Obhut gestorben war.

»Varrios Cousin Odilo – der Lord von Rupimoon Rock.« Leos Miene verfinsterte sich.

»Kennst du ihn?«

»Ich habe ihn einmal gesehen, als ich noch sehr klein war – trotzdem kann ich mich daran erinnern. Er ritt auf den Palast zu und sein Pferd scheute. Seine Leibwache konnte die Stute beruhigen, aber er sprang ab und schlug auf sie ein, während die Männer sie festhielten. Und ich habe viele Gerüchte darüber gehört, was sich auf der Nordinsel abspielte. Wenn ich nicht artig war, drohte mein Vater mich zur Strafe über die Peros-Passage zu schicken. Das heißt, selbst wenn wir den König absetzen, wird der nächste nicht besser sein.«

Ottilie war genervt. »Immerhin hat er keine Hexe im Schlepptau.«

»Jedenfalls nicht, soweit wir wissen«, sagte Leo und grinste.

»Und wer wäre der nächste? Es muss doch mindestens ein anständiges Familienmitglied geben!« War es etwa unmöglich, von Geburt an mächtig und nicht korrupt zu sein?

Leo dachte nach. »Ich glaube nicht, dass Odilo Söhne hat. Bevor ich herkam, wurde seine einzige Tochter vermisst gemeldet, aber Töchter dürfen ohnehin nicht regieren. Der zweite Thronanwärter wäre damit sein Bruder Wolter Sol. Über ihn weiß ich nicht viel.«

Sie runzelte die Stirn. Früher hätte es sie vielleicht überrascht, dass Töchter den Thron nicht besteigen durften, doch mittlerweile hätte sie das durchaus vermutet. Wann hatte sie je von einer Königin der Uskler gehört? Doch die bedeutendere Frage war, warum die Mädchen in der Familie Sol so viele Unfälle erlitten oder auf Nimmerwiedersehen verschwanden.

Erschöpft legte sie den Scheitel an Scoots versteinerten Arm. Gut, der König kam nach Fiory. Spielte das eine Rolle? Was konnte er schon zustande bringen? Im Gegenteil, seine Gegenwart brachte sie alle in noch größere Gefahr, denn er würde Whistlers Aufmerksamkeit auf ihren Stützpunkt lenken. Dabei bekam Ottilie selbst schon zu viel Aufmerksamkeit von ihr. Sie lehnte sich wieder zurück und drehte an ihrem Ring. Wieso war Whistler noch nicht fertig mit ihr? Welchen Hinweis hatte sie der Hexe gegeben, dass diese vermutete, Ottilie würde eventuell doch noch einlenken?

Mein Mädchen … sie war nicht Whistlers Mädchen. In keinster Weise. Sie war die Tochter von Freddie Colter und – na ja, wer ihr Vater war, wusste sie nicht. Doch er konnte in keiner Verbindung zu Whistler stehen. Oder doch? Ottilie schreckte vor der Vorstellung zurück und steckte die Hand mit dem Ring in die Tasche. Sie beschloss, noch intensiver an ihrer Abwehr zu arbeiten, damit sie ihn bald ablegen konnte.

Fast alle ihre Freunde kamen ohne Ring aus. Gully trug keinen mehr, seit der Wyler ihm den Daumen abgebissen hatte, und Preddy hatte seinen abgenommen, als der Frühling zu Ende gegangen war. Ned und Leo trugen schon seit Jahren keine Ringe mehr, und sogar Maeve hatte festgestellt, dass sie ihren nicht brauchte, da sie teilweise ein Vogel war. Die Schattenschlinger-Übelkeit befiel nur Menschen. Maeve trug den Ring aber trotzdem noch, weil sie Angst hatte, erneut der Hexerei verdächtigt zu werden, wenn jemand eine Magd ohne Ring bemerkte.

Scoot hatte seinen auch noch getragen. Ottilie schnitt eine Grimasse und betrachtete den Ring an seinem steinernen Daumen. Dabei fiel ihr etwas auf. Seine Fingerkuppen waren weiß geworden. Weiß war keine lebendige Farbe, sondern symbolisierte Abwesenheit, das Nichts. Das konnte nichts Gutes zu bedeuten haben.

Sie wendete den Blick ab. Es fühlte sich an, als würde sie mit Wasser gefüllt, das ihre Glieder beschwerte. Es war alles zu viel für sie. Whistlers erneutes Auftauchen, Neds Träume, die Ankunft des Königs und jetzt auch noch das.

Ihr Atem stockte, ihr schwirrte der Kopf, und vor ihr lag der Abgrund. Sie würde in die dunkle Tiefe fallen, wo die Schattenschlinger hausten und darauf warteten, heraufbeschworen zu werden und alles Lebendige zu zerstören, alles Gute und alle, die sie liebte.

Jemand fasste ihre Arme und zog sie vom Stuhl. Leo stellte sie wieder auf die Beine, doch sie fiel in sich zusammen wie nasse Grashalme. Er nahm sie in den Arm und hielt sie gut fest.

8

Das Wiegenlied

Es war schon Abend, als Ottilie endlich die Krankenstation verließ. Leo war zum Abendessen hochgegangen, doch sie konnte die Vorstellung von Lärm, Jagdleuten und Speisen nicht ertragen. Neue Fragen hatten sich ergeben. Sie musste sich bei Alba und Maeve nach dem weißen Stein erkundigen und sich einer Antwort stellen, die sie höchstwahrscheinlich erneut in Panik versetzen würde. Deshalb hatte sie einfach noch ein bisschen länger dort sitzen bleiben wollen, allein mit Scoot, wo sich nichts regte und alles mit ihm aus der Zeit gefallen war.

Als sie endlich heimkehrte, machte sie einen Umweg. Sie lief über die dunklen Lavendelfelder in den Kräutergarten der Heilerin. Es duftete nach Heckenrosen und Zitronenthymian, nach einem sanften Lächeln und nach einem Anfang.

Ottilie hielt das Fläschchen aus ihrer Tasche senkrecht und machte sich auf die Suche nach den vertrauten fedrigen

Blumen, bis sie eine hellblaue Ranke fand, die sich an einem Zaun aus Stein emporwand. Dann ging sie mit den abgeschnittenen Zweigen zu Neds Zimmer.

Ottilie lief vor der Tür hin und her. Es war doch eine schlichte Geste, nichts, weswegen sie nervös sein musste – nur ein paar Blumen für gute Träume. Schließlich klopfte sie, obwohl sie innerlich bebte.

Niemand reagierte, doch durch den Türschlitz fiel Licht. Ned war also da. Ottilie nahm ihren Mut zusammen. »Ned? Ich bin's, Ottilie.«

Sie hörte Schritte und noch etwas anderes, ein Klappern wie von dahingeworfenen Muscheln, und dann ging die Tür auf.

Ned lächelte sie nicht an. Ottilies Miene verspannte sich, denn das war sicher das erste Mal, dass er sie nicht mit einem Lächeln begrüßte. Andererseits hatte sie keine Zeit, darüber nachzudenken, da eine lange dunkle Nase auftauchte und ihre Beine beschnüffelte. Ottilie wäre fast zusammengezuckt. Als der Shepherd sich wieder zurückzog, interpretierte sie sein Knurren eher als Missfallen und nicht als Drohung. Dieses Knurren war ihr nicht neu. Er roch Nox' Geruch an ihr.

»Ein Shepherd hier oben …«, dachte sie laut. Ottilie erkannte in ihm den Hütehund wieder, der Ned in jener Nacht im Auenhain aufgespürt hatte. Er war jung und schlaksig wie ein zu großer Welpe. Sein schwarzes Fell schimmerte bläulich und war weiß gescheckt, was für Shepherds eher ungewöhnlich war.

»Er läuft mir andauernd nach«, sagte Ned mit Wärme im Blick. »Vorgestern stand er einfach vor meiner Tür. Shepherds versuchen normalerweise nicht, ins Zimmer zu gelangen – aber niemand ist so richtig auf die Idee gekommen, ihn aufzuhalten. Er schläft jetzt hier.«

Der Shepherd hörte nicht auf zu knurren.

»Aus, Pinguin.«

Ottilie hätte beinahe gelacht. »Pinguin?«

Als Ned ihr flüchtig zulächelte, löste sich der Knoten in ihrem Bauch.

»Wegen der Farben«, erklärte er. »Damit erinnert er mich an die Pinguinelfen zu Hause. Auf *Pin* hört er auch.« Er sah liebevoll auf den Shepherd hinunter. »Er lernt schnell.«

»Meinst du, sie erlauben dir, ihn hier oben zu halten?«

Er zuckte mit den Schultern. »Wir werden sehen.«

Daraufhin schwiegen sie, und Ottilie dachte darüber nach, wie viel Freiheit die Jungen doch hatten. Niemals hätte sie das Risiko auf sich genommen, einen Shepherd in ihrem Zimmer zu beherbergen. Wer konnte ahnen, welche Schwierigkeiten sie bekäme, wenn sie erwischt würde?

Als Ned den Blick auf die Wiegenliedranken in ihrer Hand richtete, kam sie sich plötzlich albern vor.

»Damit du besser schläfst«, sagte sie rasch und beinahe stammelnd. »Sie helfen gegen … also ich weiß nicht, ob das wirklich … wirkt. Ich meine, angeblich bringen sie gute Träume, und ich dachte, es könnte dir guttun.« Sie errötete und wäre am liebsten weggelaufen. Mit einem Mal fiel ihr wieder ein, dass Skip gesagt hatte, Jungen würden nur Blumen bekommen, wenn sie im Sterben lagen oder einen Heiratsantrag bekamen. Ottilie wand sich innerlich und wünschte, sie könnte im Boden versinken.

Als Neds Blick von dem Shepherd zu ihr schweifte, fing sie ihre wilden Gedanken ein, weil er so unglaublich müde aussah. Sie sollte nicht so empfindlich sein, hier ging es nicht um sie.

In einer verspäteten Reaktion hellte Neds Miene sich ein wenig auf. »Danke.«

Sie wollte ihm die Ranken reichen, doch er nahm sie ihr nicht ab.

»Vielleicht nützt es auch gar nichts«, plapperte sie weiter. »Aber es ist wenigstens etwas … bis Maeve ein echtes Heilmittel findet.«

Ned trat kopfschüttelnd einen Schritt zurück. Er hatte sie nicht hereingebeten, doch sie wollte nicht hier darüber reden, wo sie belauscht werden könnten. Also betrat sie sein Zimmer und schloss die Tür.

»Wieso schüttelst du den Kopf?«

Ned setzte sich ans Fußende seines Bettes. »Ich möchte nicht, dass die Träume aufhören.«

»Was?« Ottilie bekam Angst. »Aber dein Arm, du schlafwandelst.«

»Ich weiß. Aber die Träume wollen mir etwas Wichtiges zeigen. Das spüre ich, und ich will wissen, was es ist.«

»Das ist zu gefährlich.« Sie warf einen Blick auf seinen Arm. »Du musst damit aufhören.«

»Das hast du nicht zu bestimmen.«

»Ich weiß.«

»Wirklich?«

Sie errötete erneut. Er hatte recht, in jener Nacht hatte sie das Kommando übernommen, doch Ned war verwirrt gewesen, er hatte Schmerzen gehabt … jemand musste es tun. Ihr wurde bewusst, dass er ihrem Vorschlag, Maeve sollte seine Träume erforschen, nicht ausdrücklich zugestimmt hatte.

»Aber das kommt doch von Whistler. Wenn die Träume dir etwas zeigen sollen oder so, dann weil sie sie dir geschickt hat.«

Ned sah zu ihr hoch und runzelte die Stirn. »Ottilie, alles, was du weißt, weiß ich auch.«

Sie kniff die Augen zusammen. Stemmte er sich wirklich dagegen? Oder stand er unter Whistlers Einfluss?

Er las es ihr vom Gesicht ab. »Deshalb ist es ja so schwer zu sagen. Du vertraust mir nicht, und zwar deswegen.« Er zeigte auf seinen Arm. »Aber ich bin nicht gebunden, es ist nicht wie bei Gracie … oder all dem anderen. Ich bin bei Verstand, jedenfalls meistens. Mir fehlt nur der Schlaf.«

Am liebsten wäre Ottilie zu ihm gelaufen, um ihm in die Augen zu sehen und nach irgendeinem Hinweis dafür zu suchen, dass dies nicht seine eigenen Entscheidungen waren. Es ging schließlich nicht nur um ihn. Falls er eine Art Spion war oder Whistler seine Träume als Waffe gegen sie alle einsetzen konnte oder wenn es große Bedeutung für den schrecklichen Plan hatte, den sie schmiedete – dann ging es nicht nur Ned etwas an, sondern auch sie und alle anderen. Als sie die Wiegenliedranken zu fest umklammerte, welkten sie dahin. Hatte Skip recht gehabt? Mussten sie Ned im Auge behalten?

Ned verfolgte ihr Mienenspiel und sie bekam ein schlechtes Gewissen. Was sollte sie sagen? Auch er fand offenbar keine Worte. In seinem Gesicht schien etwas zu fehlen. Es gab kein Zwinkern, nicht den Hauch eines Lachens. Er war wirklich betroffen, weil sie ihm vielleicht nicht vertraute. Und das Schlimme war, nach dieser Unterhaltung war sie selbst nicht mehr sicher.

Ottilie wollte lächeln oder nicken oder sich mit irgendeiner anderen Geste verabschieden, nachdem sie allem Anschein nach vergessen hatte, wie man etwas anderes als »Mach keinen Fehler« oder »Diese Träume müssen aufhören« sagte. Als Ned sich umdrehte und aus dem Fenster schaute, nutzte sie die Gelegenheit und ging.

9

Varrio Sol

»Wer ist das?« Sechs Jäger, die Ottilie nicht kannte, hatten gerade den Mondhof betreten.

»Keine Ahnung«, sagte Gully. »Vielleicht haben sie den König begleitet – sie tragen Grün und Grau. Das sind die Farben von Arko.«

Ottilie hatte sich mit Gully allein getroffen, da sie gerade niemand anderen ertragen konnte. Skip nicht, mit ihrem Misstrauen gegen Ned, oder Leo, der sich um sie sorgte, und Ned schon gar nicht, der ihr, wie sie sehr wohl bemerkte, ebenfalls aus dem Weg ging. Zuvor war ihr nicht bewusst gewesen, wie oft Ned sie angesehen hatte, doch jetzt fehlten ihr diese Blicke umso mehr.

Maeve setzte sich hinter sie und beugte sich vor. »Ich habe etwas gefunden.«

Ottilie wurde mulmig. »Über den weißen Stein?« Sie hatte sowohl Alba als auch Maeve gebeten, Nachforschungen anzustellen, warum Scoots Fingerkuppen plötzlich eine andere Farbe bekommen hatten. Insgeheim hatte sie gehofft, dass keine von beiden eine Erklärung fand.

Maeve blinzelte bestätigend. »Ich wollte eigentlich warten und es dir erst danach erzählen …« Sie wies auf den vorderen Teil des Mondhofes, wo sich das Direktorat versammelte. »Aber es ist ziemlich dringend.«

Ottilie schluckte den dicken Kloß hinunter, den sie im Hals hatte, und bat Maeve mit einem Nicken, fortzufahren.

Maeves Blick flackerte. »So sieht die letzte Phase der Verwandlung aus. Herzstein ist strahlend weiß und beständig. Sobald Scoot vollkommen weiß geworden ist, gibt es keine Möglichkeit mehr, ihn zurückzuverwandeln.«

»Was?«, fragte Gully. »*Nein.*«

Ottilie rutschte mit klopfendem Herzen auf ihrem Platz herum. »Wie schnell geht das? Wann werden wir … wie viel Zeit bleibt uns noch, um ihn zu heilen?«

Maeve schüttelte den Kopf. »Das weiß ich nicht«, sagte sie ausdruckslos. Ihre Stimme wurde oft sehr verhalten, wenn sie sich aufregte. Für Ottilie war das ein Zeichen dafür, dass sie ihre Gefühle im Griff behalten wollte. Wenn man bedachte, dass diese Gefühle Feuer auslösten, Wind aufwirbelten oder die Luft gefrieren ließen, war es verständlich, dass sie sie unterdrücken wollte. »Einige werden sofort weiß – andere erst nach Monaten. In dem Buch steht, dass manche Menschen dagegen ankämpfen. Bis jetzt sind es doch nur die Fingerspitzen, das ist nicht so schlecht …«

»Gibt es auch Leute, die jahrelang durchhalten?«, fragte Gully.

Maeve schüttelte den Kopf. »Elf Monate waren das Höchste.«

Ottilie musste jetzt *sofort* zu Scoot, um nachzumessen, wie weit es schon vorgedrungen war. Sie sprang auf, doch Gully zog sie am Ärmel wieder auf ihren Platz. »Sieh mal.«

Hinter dem Podest wurde eine Tür geöffnet und Hauptmann Leier betrat den Mondhof. Ottilie hatte ihn selten so niedergeschlagen gesehen. So wirkte er sonst nur, wenn er bei einer Beerdigung vor dem Scheiterhaufen stand.

»Hiermit stelle ich euch Varrio Sol vor, König der Uskler und Lord der Laklands«, sagte er ohne seinen üblichen Pomp.

Ottilie kniff verärgert die Augen zusammen. Viago der Eroberer hatte die Laklands vor hundert Jahren in eine Ödnis verwandelt und doch protzten seine Nachkommen noch immer mit dem Titel.

Das Publikum stand staunend und flüsternd auf, doch es verstummte, als Hauptmann Leier auf die Tür zeigte und der König den Hof betrat.

Ottilie lugte über die gebeugten Köpfe hinweg. Der hohlwangige Varrio Sol hatte breite, leicht gekrümmte Schultern. Die schlechte Haltung wurde zusätzlich von einem Umhang aus braunem Fell betont, den er trotz des milden Wetters trug. Es sah entnervend nach Wingerslinkfell aus. Ottilie vermutete, dass er darunter nur Haut und Knochen war und die stattliche Erscheinung hauptsächlich aus vielen Schichten seiner schwarz-goldenen Kleidung bestand.

Da war noch etwas, das sie nicht benennen konnte. Unter dem Kronreif hatte sein spitz zulaufendes Gesicht mit dem grauen Bart etwas Wolfsartiges an sich und seine Augen erinnerten sie an jemanden. An Whistler vielleicht. Schließlich war sie seine Tante.

Der König sank auf den prächtigen Thron, der normalerweise für Eminenz Edderfed reserviert war. Niemand spielte Trompete, es gab keine Fanfare, nur eine angespannte Stille. Früher waren die Knochensinger für die Musik zuständig gewesen, doch jene, die Whistler nicht gefolgt waren, saßen im Bau.

Sobald der König auf dem Thron saß und seine massigen Schultern sacken ließ, streckten die Zuschauer den Rücken durch. Der König schnipste mit den Fingern und sie setzten sich wieder hin. Dann machte Hauptmann Leier Anstalten, eine Rede zu halten.

Normalerweise hellte Hauptmann Leiers Energie die Stimmung deutlich auf – es gelang ihm, die Dinge weniger ernst und zeitweise sogar lustig darzustellen. Ottilie stellte sich vor, wie die Begrüßung an ihrem ersten Tag in Narroway ausgefallen wäre, wenn er damals so düster gestimmt gewesen wäre – das Leben als Jägerin wäre ihr sicher viel furchterregender, grimmiger und gewalttätiger vorgekommen.

Während er nun all das verkündete, was Leo ihr bereits verraten hatte, hörte Ottilie nicht mehr zu. Auf dem Hof herrschte eine sonderbare Atmosphäre, und das lag nicht nur an Hauptmann Leiers Verdrossenheit. Die Jagdleute selbst strahlten sie aus.

Der König war gekommen – der Mann, der das alles angerichtet hatte. Und alle wussten es, weil Whistler es ihnen offenbart hatte. Sie hatte ihn reingelegt und im Bewusstsein seiner gewalttätigen, kriegstreiberischen Neigungen behauptet, er würde sterben, wenn er seine Soldaten aussandte. Und der König war zu feige gewesen, diese Behauptung zu hinterfragen oder auch nur zu prüfen.

Als die Schattenschlinger in Narroway eingedrungen waren, hatte der König solche Angst vor Whistlers Worten – ihrem angeblichen Fluch – bekommen, dass er die Jagd von Narroway ins Leben gerufen hatte, um die Gefahr zu bekämpfen. Er hatte Kinder entführen lassen, damit sie ihren Dienst leisteten, und sie geopfert, um seine Krone zu behalten.

Nun war er zwar gekommen, um ihnen zu helfen, das Problem zu beseitigen, doch was sollten sie mit ihm anfangen? Seine Soldaten hatten noch nie einen Schattenschlinger gesehen, und er selbst suchte Zuflucht in diesem Stützpunkt, weil er ihn für den sichersten hielt.

Die Jagdleute hatten sich Hauptmann Leiers Verachtung angeschlossen, doch als sie gehen durften, stellte Ottilie überrascht fest, dass viele blieben, um den König persönlich kennenzulernen. Eine lange Schlange bildete sich vor dem Thron, als jeder einzeln vortrat, sich verbeugte und von Hauptmann Leier vorgestellt wurde.

»*Leo!*«, sagte Ottilie, als er sich dort einreihen wollte. »Was soll das?«

»Ich möchte ihn mir ansehen«, antwortete Leo grinsend.

Gully schnaubte, doch Ottilie bekam den Mund nicht mehr zu.

»Er ist der König«, sagte Leo achselzuckend.

»Na und?«

Eine bessere Erklärung fiel Leo offenbar nicht ein. In dem Moment, als Ottilie ihn stehen ließ, kam ein Jäger aus Arko auf sie zu. Er war der Jüngste, hatte braune Haare, eine scheußliche Narbe am Kinn und unglaublich grüne Augen.

»Bist du Gulliver Colter?«

Gully würdigte ihn keiner Antwort.

Ottilie runzelte die Stirn. Er hatte früher schon Probleme gehabt, mit Fremden zu sprechen. »Ja«, antwortete sie deswegen an seiner Stelle.

Der Junge strahlte. »Ich bin Murphy Graves«, erklärte er und grinste. »Ich will dich schon lange kennenlernen!«

Der Name sagte Ottilie etwas. Murphy Graves hatte in ihrem Grünschnabeljahr lange die Rangliste angeführt und war letztendlich Zweiter geworden – hinter Gully.

Gully lächelte nervös und sagte: »Oh, hallo.«

»Und du bist Ottilie?«, fragte Murphy, ohne Gullys seltsamem Verhalten Beachtung zu schenken. »Ihr seid berühmt!«

Sie lachte. »Ach ja?«

Von der anderen Seite des Mondhofs ertönte ein Pfiff. Die Jagdleute aus Arko zogen ab, und einer von ihnen winkte Murphy, sich ihnen anzuschließen.

»Ich muss los. Gratulation zum Sieg, Gulliver.« Als er

fortging, rief er noch über die Schulter: »Ich hatte mich schon darauf gefreut, in dieser Jagdsaison gegen dich anzutreten – schade, dass nicht mehr gezählt wird!«

Gully sah ihm nach. »Ich heiße Gully«, murmelte er viel zu leise, als dass Murphy ihn hätte verstehen können.

Ottilie stieß ihm den Ellbogen in die Rippen. »Was sollte das denn?«

»Er hatte unglaublich grüne Augen.«

»Ist mir auch aufgefallen«, meinte Ottilie mit einem säuerlichen Lächeln. Sie konnte sich nicht erinnern, dass Gully sich jemals für ähnliche Merkmale interessiert hätte.

»Ich muss jetzt auf die Jagd gehen«, sagte Gully und lief ohne ein weiteres Wort zu Ned. Ottilie wandte sich lächelnd ab, doch dann merkte sie, dass Alba ihr zuwinkte.

Sie stand mit Maeve in einer Ecke. Als Maeve sich umdrehte, war Ottilie erleichtert, weil sie nicht mehr ganz so niedergeschlagen wirkte. »Alba hat etwas gefunden, womit wir Scoot und Ned helfen können.«

Ottilie war tief erschrocken. Was hatte Maeve Alba erzählt? Doch hoffentlich kein Wort über die Träume. Sie hatte es versprochen!

»Ich meine seine Brandwunden«, fügte Maeve rasch hinzu.

Ottilie entspannte sich, denn Alba wusste schon länger, dass Neds Verletzungen nicht verheilten. Ottilie hatte es ihr selbst gesagt.

Alba packte Ottilie am Arm, so begierig war sie, ihr die Neuigkeit zu erzählen. »Es gibt eine Sage über eine Quelle, die in diesem Gebiet liegt – eine *Heilquelle*, die jede Krankheit von einem nimmt!«

»Eine Heilquelle?« Ottilie zog die Augenbrauen hoch. »Kann das stimmen?«

»Es gibt genügend Hinweise in der Literatur«, antwortete Alba. »Der Sage zufolge entspringt die Quelle an einer Stelle, an der eine Heldentat begangen wurde. Orte … das Land … so etwas behält es im Gedächtnis. Wasser saugt Erinnerungen auf, und an diesem speziellen Ort ist die Erinnerung so stark, dass sie dem Wasser Magie verleiht. Das Wasser wird zu einer Art Leitung –«

»Einer Leitung?«, fragte Ottilie nach.

»Es gibt uns auf diese Weise den Zugang zur Magie«, sagte Alba. »Damit wir sie aufnehmen können.«

»Aber man muss sie genau an der richtigen Stelle abholen«, fügte Maeve hinzu. »Denn je weiter das Wasser von diesem Ort entfernt wird, umso mehr wird es …«

»… verdünnt«, beendete Alba den Satz.

»Geschwächt«, sagte Maeve.

Ottilie hatte starkes Herzklopfen. »Wie sollen wir die Stelle finden? Woran erkennen wir, dass es der richtige Ort ist? Stecke ich einfach immer wieder einen Finger mit einem Kratzer ins Wasser, um festzustellen, ob er verheilt?« Das war kein Scherz. Sie würde es tun, wenn es erforderlich wäre.

Mit einem traurigen Lächeln schüttelte Alba den Kopf. »Es ist praktisch unmöglich, die Quelle zu finden, bevor wir mehr in Erfahrung gebracht haben. Sie könnte wirklich überall liegen, sogar in den Zonen von Richter und Arko. Wir werden weiter recherchieren, und ich sage dir sofort Bescheid, wenn wir etwas Neues herausgefunden haben.«

Ottilie klammerte sich an diese Hoffnung, denn sie wünschte sich so sehr, dass dies die Lösung war. »Und wenn wir sie gefunden haben, müssen Scoot und Ned also nur das Quellwasser trinken, und dann …« Sie verstummte. Scoot war eine Statue, er konnte nicht trinken.

»Er müsste es nicht trinken«, sagte Alba. »Sondern nur damit in Kontakt kommen. Aber das muss unbedingt geschehen, bevor er vollkommen weiß geworden ist.« Sie drückte Ottilies Arm. »Reiner Herzstein ist … danach können wir nichts mehr für ihn tun.«

»Da ist noch etwas«, sagte Maeve.

Ottilie wappnete sich.

»Die Magie ist verflochten mit …« Maeve suchte nach dem richtigen Wort. »… mit *Problemen*, und deshalb gestaltet sich die Heilung etwas schwieriger. Aber sie ist dennoch möglich. Das Wasser muss von demjenigen vergossen werden, der den Fluch ausgesprochen hat –«

Ottilies Hoffnung fiel in sich zusammen. »Aber damit sind wir wieder am Anfang! Whistler wird uns nicht helfen. Da können wir sie ja gleich fragen, ob sie ihren Zauber nicht rückgängig machen will – das läuft aufs Gleiche hinaus.«

»Von demjenigen, der den Fluch ausgesprochen hat, *oder* von jemandem, der mit ihm verwandt ist«, vervollständigte Maeve ihren Satz. Ihre Augen strahlten erneut.

Ottilie wirbelte herum und betrachtete die wölfische Gestalt auf dem Thron. Würde er ihnen helfen? Bestimmt. Er müsste ja nur ein bisschen Wasser auf eine Statue schütten – und auf Ned, ein preisgekröntes Mitglied der ersten Garde –, wie könnte er da Nein sagen?

Jetzt mussten sie nur dringend darauf achten, dass Whistler ihn nicht in ihre Klauen bekam. Sie mussten für Varrio Sols Sicherheit sorgen, bis Alba mehr über die Heilquelle herausgefunden hatte.

10

Ramonas rechtes Auge

Am nächsten Tag wollte Ottilie sich mit Leo am Fuß der Dämmerungsklippen treffen. Er hätte dann bereits die Hälfte seiner Schicht hinter sich, doch immerhin konnten sie in der Zeit, die sich überschnitt, zusammenarbeiten. Sie war auf dem Weg ins Außengelände, als wütende Stimmen an ihr Ohr drangen.

Ottilie verfolgte sie zu dem fünfeckigen Hof, in dem die Ranglisten für immer erstarrt waren. Als sie näher kam, erkannte sie die Stimme von Hauptmann Leier. Die andere kannte sie nicht, doch sie dachte sich aufgeregt, dass sie vielleicht dem König gehörte. Sie schlich um eine Ecke und versteckte sich, um zu lauschen.

»Verkünde es!«, befahl der König barsch, ohne Hauptmann Leier auch nur anzusehen. Sein Blick ruhte auf den Mauern mit den Ranglisten.

Zerknirscht betrachtete Ottilie ihren Namen an der Spitze der zweiten Stufe. Auf dem zweiten Platz stand Scoot und Gully war Dritter. Sie hatte die Liste schon einmal gesehen, doch sie mied den Anblick – vor allem wegen Scoots Namen. Doch es hing auch mit dem Grund zusammen, warum sie, Scoot und Gully so weit oben standen. Die Ranglisten waren unmittelbar nach Gracies Überfall eingefroren worden, an dem Tag, als Whistler ihre wahre Identität enthüllt und Bill und später auch Ned entführt hatte. Die Wyler, die sie an jenem Tag niedergemäht hatten, hatten sie an die Spitze gebracht.

Als sie den Beweis dafür an der Mauer sah, wurden Ottilies schlimmste Erinnerungen und Ängste erneut geweckt. Sie sah darin auch eine Ermahnung, weil Whistler nach wie vor Bill gefangen hielt und Ottilie nichts dagegen tun konnte. Diese Erkenntnis fühlte sich an, als würde ihr jemand mit einem Angelhaken die Eingeweide herausreißen.

»Das ist nicht der richtige Zeitpunkt für ein Fest«, sagte Hauptmann Leier zähneknirschend.

Ottilie war überrascht, dass er so unverblümt mit dem König sprach.

»Ausgerechnet du solltest eigentlich wissen, wie wichtig es ist, den Menschen Mut zu machen«, sagte der König. »Ich dachte, du liebst Partys. Oder hast du dich verändert? Kenne ich dich nicht mehr so gut wie früher? Wir haben uns einige Jahre nicht gesehen.« Er zeigte auf die Ranglisten. »Du warst hier ja so sehr mit deinen *Spielchen* beschäftigt.«

»Ich habe sie behütet«, zischte Hauptmann Leier. »Ich

habe versucht, den Kindern eine Form von alltäglichem Leben zu bieten, nachdem du sie hierzu verdammt hattest!«

»Du hast aber auch nichts dagegen unternommen, oder?«, spottete der König. »Du hast dich nicht aufgelehnt. Du warst immer schon ein Feigling.«

»Darüber haben wir schon geredet, Varrio«, sagte Hauptmann Leier und schwang frustriert den Stock. »Ich hatte von diesem Unsinn mit dem Fluch keine Ahnung … jedenfalls nicht, bis Whistler unseren westlichen Stützpunkt in Schutt und Asche gelegt hat, damit sie eine Rede halten und allen erzählen konnte, wie sehr sie dich verabscheut!« Er stampfte mit dem Stock auf das Pflaster. »Es stimmt, ich habe schon vor Jahren erkannt, dass die Unschuldsregel eine Erfindung ist, aber darf ich dich daran erinnern, wie du mich zum Schweigen gebracht hast?«

»Selbstverständlich«, knurrte der König. »Du solltest mir dankbar sein, dass ich mein Wort nach dem Debakel mit der Krallenhexe nicht zurückgenommen habe. Wie kann es sein, dass du sie nicht erkannt –«

»Wie du genau weißt, hat Whist– *Fennix* sich hier lange vor meiner Ankunft als Anführerin der Knochensinger eingenistet! Hättest du dich getraut, weiter westlich als Wikric zu reisen, hättest du sie selbst erkennen können.« Hauptmann Leier strich seinen Spitzbart glatt. Die Augenbrauen hatte er so weit heruntergezogen, dass sie einen Schatten über seine Augen warfen. »Woher hätte ich das wissen sollen? Wenn ich es richtig verstanden habe, hatte Fennix Sol einen anderen Namen angenommen, während sie dir als

Mystikerin diente – und ich bin ihr kein einziges Mal begegnet, solange sie in All Kings Hill lebte. Wie hätte ich das Ganze also erraten sollen? Wenn überhaupt, hätte ich eine alte Frau erwartet. Sie ist fast hundert Jahre alt.«

»Sie ist eine Hexe«, zischte der König. »Natürlich ist sie nicht gealtert.«

»Whistler ist keine schlaflose Hexe.«

Da hatte er recht. Wenn Neds Träume der Wahrheit entsprachen, hatte es seit jeher nur eine einzige schlaflose Hexe gegeben, und dieses deformierte Wesen konnte man nicht als Mensch bezeichnen – was auch immer daraus geworden war. Whistler hatte das Altern eindeutig auf eine andere Art und Weise von sich ferngehalten.

»Da wir gerade über Hexen sprechen«, sagte der König und blickte plötzlich genau in die Richtung, wo Ottilie sich versteckt hatte. Das Herz sprang ihr in die Kehle. Hatte er sie gesehen? Er schaute zu der steinernen Seitenbühne zu ihrer Linken, und Ottilie erschrak fürchterlich, als Ramona plötzlich an ihr vorbeiging. Ottilie hatte sich derart aufs Lauschen konzentriert, dass sie nicht bemerkt hatte, wie sie näher gekommen war.

Hauptmann Leier straffte die Schultern, und Ottilie glaubte zu sehen, dass seine Finger, die den Stock hielten, zuckten.

Ramona neigte den Kopf. Eine Verbeugung war das nicht.

»Wie entzückend, Ramona«, meinte der König, »wir haben gerade von dir gesprochen.«

Ottilie war verwirrt. Wann war es denn um Ramona gegangen? Oder sagte er das nur, um sie zu verunsichern?

Er grinste. »Kann mir einer von euch sagen, wieso an dieser Mauer ein *Mädchenname* steht?«

Ottilie zuckte zusammen, als der König sein mächtiges Schwert aus der Scheide zog und mit der Spitze auf ihren Namen zeigte.

Er bekam keine Antwort.

»Anlässlich unserer kleinen Zusammenkunft gestern hab ich eine Handvoll Mädchen bei den Jagdleuten gesehen. Zunächst dachte ich, du wärst nachgiebig geworden und hättest den Bediensteten erlaubt, sich während der Versammlungen der Jagd hinzusetzen, doch mittlerweile hege ich die Befürchtung, dass du Weibsbilder in meine Jagd von Narroway aufgenommen hast.«

»Sie haben es redlich verdient«, erwiderte Hauptmann Leier vorsichtig.

»Sie haben ein größeres Recht dazuzugehören als die Jungen, die du entführt und in den Dienst gezwungen hast. Sie haben sich freiwillig gemeldet«, sagte Ramona mit erbitterter Ruhe.

Die Miene des Königs umwölkte sich zusehends. »Es ist eine Schande!«

Ramona antwortete mit einem Schnauben.

Beinahe hätte Ottilie vor Entsetzen aufgeschrien, als der König vorsprang und Ramona die Hände um den Hals legte.

Hauptmann Leier zog sein geheimes Schwert so schnell,

dass sie es fast nicht mitbekommen hätte. Die Klinge glänzte in der Sonne und wurde in die Scheide zurückgesteckt. Der Stock war wieder nur ein Stock, während Hauptmann Leier den Knauf mit dem Vogelkopf umklammerte, vortrat und sagte: »Bitte, Varrio!«

»Bitte, *mein König*«, knurrte der wütend und streifte mit der Nasenspitze Ramonas Wange.

»Bitte, mein König«, sagte Hauptmann Leier auf der Stelle.

»Nicht du«, entgegnete der König. »*Sie.*«

Ramona sah aus, als wollte sie ihm am liebsten ins Gesicht spucken.

Der König, der sie weiterhin an der Kehle gepackt hielt, hob die Hand und fuhr mit dem Daumen über ihre Augenklappe. »Willst du wissen, warum wir es Frauen verbieten, solche Positionen einzunehmen?« Er riss die Augenklappe ab und enthüllte die knotige, zugenähte Höhle, in der sich ihr rechtes Auge befinden sollte. »Weil sie *unfähig* sind«, zischte er und warf die Klappe aus Krokodilleder auf den Boden. »Du wirst die Mädchen aus der Jagd von Narroway entlassen.«

»Das ist nicht der richtige Zeitpunkt, deine Armee zu verkleinern«, sagte Hauptmann Leier, der Ramona nicht aus den Augen ließ.

Endlich ließ der König sie los, ohne zu sagen, was er hinsichtlich der Mädchen zu beschließen gedachte. Beim nächsten Schritt zertrat er mit dem Absatz die Augenklappe. Er kehrte Hauptmann Leier und Ramona den Rücken zu und sagte: »Kündige mein Bankett an, *Hauptmann*, und sorge dafür, dass Ramona ihre Augenklappe wieder anlegt. Wenn nicht, durchbohre ich sie mit dem Schwert in deinem Stock – sie nicht zu tragen ist ein Vergehen, das mit dem Tode bestraft wird.«

Ohne ein weiteres Wort stolzierte der König vom Hof.

Ramona atmete tief durch und bückte sich, um die Augenklappe aufzuheben. Aber Hauptmann Leier kam ihr zuvor, wischte sie behutsam an seinem blauen Mantel ab und reichte sie ihr. Als Ramona sie über ihre leere Augenhöhle zog, verfing sich eine ihrer feuerroten Strähnen in dem Riemen. Hauptmann Leier rückte noch ein Stück näher und befreite sie, während er Ramona in die Augen sah.

11

In der Falle

Ottilie war für ihre Schicht so spät dran, dass sie keine Zeit hatte, das Gehörte zu verarbeiten. Sie hatte nur wenig wirklich verstanden und musste das Nachdenken über diese rätselhaften Dinge verschieben. Jenseits der Grenzmauern musste man sich konzentrieren, wenn man nicht sterben wollte.

Nox flog nach Südosten und folgte dem Lauf des Sol River. Ottilie warf einen flüchtigen Blick auf ihren linken Handschuh. Sie hatte einen frischen Kratzer an der Hand und überlegte, ob sie sie in den Fluss tauchen sollte, um die Theorie zu überprüfen. Doch sie hätte es nicht ertragen, enttäuscht zu werden. Die Heilquelle konnte überall sein, und Flusswasser war stets in Bewegung – es war so gut wie ausgeschlossen, zufällig die richtige Stelle zu treffen.

Der Wasserfall weiter vorn war vom Regen derart angeschwollen, dass sie kaum noch etwas anderes hörte. Dennoch fiel ihr Blick auf eine Bewegung direkt unter ihrer Wingerslinke: Zwei Pferde preschten durch die vereinzelten dürren Kiefern. Ottilie erkannte die Rösser sofort. Der riesengroße samtbraune Hengst war Warship, obwohl Preddy ihn lieber John nannte, gefolgt von Skip auf ihrem schwarz-weißen Klappergestell namens Echo.

Obwohl Leo auf sie wartete, wollte Ottilie für den Fall, dass sie ihre Hilfe brauchten, noch ein Weilchen über ihnen schweben. Sie folgte ihnen und beobachtete, wie Echo über einen brachliegenden Ast sprang und sich durch die Bäume schlängelte. Ottilie wusste zwar, dass Ramona Skip das Reiten gelehrt hatte, aber sie hätte nie gedacht, dass sie so gut war.

Ihr Verfolger bestand aus einem dicken Schatten. Preddy und Skip rasten aus dem Wald auf einen Streifen Jammermoos, das wegen seiner bläulichen Schattierung so genannt wurde. Sie zirkelten in entgegengesetzte Richtungen, hangelten sich zurück und umzingelten, was Ottilie für einen einzelnen Schattenschlinger gehalten hatte. In Wirklichkeit waren es *drei* Horrahogs. Diese schweineartigen Ungeheuer hatten ein tiefschwarzes Fell, aus dem violettes Öl troff. Ihr Gestank erinnerte Ottilie an den Tag, an dem sie und Gully einen verfaulenden Lungenfisch in dem alten Stiefel ihres Nachbarn Gurt versteckt hatten, der schon vorher bestialisch gestunken hatte.

Obwohl die Horrahogs in ihrer Verwirrung in drei verschiedene Richtungen sausten, kreisten Preddy und Skip sie weiter ein. Dann erschoss Preddy einen mit einem Pfeil in den Kopf. Als Skip ihr Ziel verfehlte, spürte Ottilie oben auf Nox, wie enttäuscht sie war.

Skip sprang mit der Lanze in der Hand aus dem Sattel. Die Horrahogs griffen von zwei Seiten an, doch Skip zwirbelte ihre Lanze und bückte sich tief, um einen von ihnen zu durchbohren.

Anschließend zog sie die Klinge heraus und duckte sich außer Reichweite des anderen Ungeheuers. Sie nahm ihr Buschmesser, das quer über ihrem Rücken hing, entging knapp den messerscharfen Stoßzähnen des Horrahogs und verletzte ihn schwer an der Flanke.

Nachdem Skip beide Horrahogs in schwelende Knochenhäufchen verwandelt hatte, hob sie den Blick zum Himmel, legte die Hände an den Mund und rief: »Gefällt dir die Show?«

Skips Begabung war wirklich erstaunlich. Ottilie hatte in den Anfängen ihrer Grünschnabelzeit kaum einen Jivvie getroffen. Andererseits hatte Skip mit der Dienstmädchentruppe trainiert und an den Kämpfen um Fort Richter teilgenommen. Mittlerweile trainierte sie mehr als alle anderen – sogar mehr als Leo –, aber ihr Talent war dennoch beeindruckend. Ottilie hätte es zwar nie zugegeben, aber sie war neidisch auf Skip, die so nahtlos in ihre neue Rolle geschlüpft war.

Als Preddy winkte, wäre Ottilie gern gelandet, doch Nox wurde nervös. Ottilie spitzte die Ohren, hörte jedoch nur den Wasserfall in der Ferne. Nox machte einen Schwenk und flog in einer scharfen Kehrtwendung über die Bäume hinweg zu den Dämmerungsklippen.

Da stimmte etwas nicht. Ging es um Leo?

Nox flog tief um den Rand der hoch aufragenden Klippen. Kalte Gischt wehte vom Wasserfall, und kalte Tropfen schlugen Ottilie ins Gesicht, als sie immer tiefer gingen. Schließlich hörte Ottilie es auch – Maestro schrie jämmerlich.

Ihre Muskeln zogen sich zusammen, so sehr hasste sie dieses Geräusch. Wieso war sie so spät dran? Warum hatte sie dem König nachspioniert und sich Skips Jagdkünste auf der Zunge zergehen lassen?

Bitte nicht Whistler. Bitte nicht Gracie! Bitte nichts dergleichen!

Nox glitt im Sturzflug über ein drahtiges Dickicht hinweg. Zerklüftete Schatten zerschnitten den Sonnenschein, blühende Ranken ließen sie in einem unheimlichen Violett erstrahlen. Jetzt konnte Ottilie sie sehen – Maestro und Leo waren von einem Rudel Lycoats weit ins Abseits getrieben worden. Die Bäume standen dicht an dicht, sodass Maestro nicht in die Luft steigen konnte.

Nox landete auf der nächstbesten Lichtung und Ottilie sprang mit gezücktem Bogen ab. Obwohl die Zweige und Dornen ihre Kleidung zerrissen, watete sie durch das Gestrüpp.

Mit ihrem kränklich gelben Fell und einer Art schalenartigem Panzer sahen Lycoats wie plattnasige Hunde aus, die man aus dem Grab gezerrt hatte. Weiter vorn schlug Maestro mit seiner mächtigen Pranke ein Exemplar beiseite. Leo konnte einen anderen mit dem Pfeil ins Fleisch treffen.

Schnell wie der Blitz feuerte er weitere Pfeile ab und hatte den letzten Lycoat erlegt, bevor Ottilie nahe genug herangerückt war, um ein freies Schussfeld zu haben.

Mit einem triumphierenden Grinsen sah er sie an und sagte: »Du kommst zu spät.«

Maestro schlug mürrisch mit den Flügeln und warf den Kopf in den Nacken.

Ottilie zeigte auf das dichte Gestrüpp. »Haben sie dich reingedrängt?«

»Nein.« Leo lachte. »Wir haben sie verfolgt, aber Maestro hat sich angestellt.« Er klopfte dem Wingerslink grob auf den Rücken. Er knurrte und wollte ihn abwerfen. »Enge Räume kann er nicht ausstehen.«

Ottilie tätschelte sein helles Fell. »Ich auch nicht«, flüsterte sie.

Maestro beugte den Kopf und schmiegte sein Gesicht an ihre Seite.

»So, das reicht«, sagte Leo.

Maestro spannte die Muskeln an. Ottilie wollte gerade sagen »Kein Grund zur Eifersucht«, als sie von Flügelschlag und einem Kreischen unterbrochen wurde, das einem das Blut in den Adern gefrieren ließ.

»Ein Squail«, murmelte Leo. »Von wo kommt er?«

Das Kreischen eines Squails konnte innerhalb von Minuten zur Bewusstlosigkeit führen. Man konnte nichts dagegen machen, außer ihn zur Strecke zu bringen. Ottilies Haut kribbelte, da auf den ersten Schrei noch einer folgte, und noch einer.

Leo fluchte, als zahllose Exemplare dieser rot-schwarzen Vögel wie halb gebratene Eulen im Sturzflug über dem Dickicht niedergingen und sich auf sämtlichen sichtbaren Ästen niederließen.

Leo und Ottilie schossen einen Pfeil nach dem anderen ab und erlegten die Squails, doch es kamen immer neue, und Ottilie wurde allmählich schwindelig. Etwas zwang sie, den Blick zu heben: der Größte, heller als die anderen, bernsteinbraun und grau, mit einem volleren Gefieder. In den Bäumen lauerte das Blutbiest eines Knochensingers.

Es war die einzige Lösung. Wenn sie diesen abschoss, würden die anderen Squails, die normalerweise Einzelgänger waren, abziehen. Ottilie dachte nicht an den Knochensinger, dessen Leben mit dem des großen Vogelungeheuers verbunden war. Es ging ums Überleben. Sie zielte nach oben, während ihre Sicht verschwamm und wieder zurückkehrte. Dann ließ sie den Pfeil mit zitternden Fingern los, doch er flog zu tief und zu weit nach links. Das Blutbiest richtete seine verschatteten Augenhöhlen in ihre Richtung. Konnte er sie sogar durch die Augen dieses Monsters sehen? War der Knochensinger dazu fähig?

Ihr Blut rauschte zu ihren Zehen, sodass sie auf die Knie fiel und ein spitzer Stein ihre Haut ritzte. Ihr Vorrat an Pfeilen war fast aufgebraucht.

Leo schwankte mit fast geschlossenen Augen auf Maestros Rücken.

»Leo!« Es fühlte sich an, als schrie sie im Traum.

Ottilie warf den Bogen fort, schlang ihren Schal um ihre Ohren und kroch zu Maestro, der wie angewurzelt stehen geblieben war, damit Leo nicht herunterfiel. Er war nur noch halb bei Bewusstsein und hielt sich krampfhaft am Sattel fest.

In ihrer Benommenheit leitete Ottilie Maestro an, sich zur Seite zu neigen, damit Leo daran herunterrutschen konnte. Sie fing ihn auf, so gut sie konnte, doch mit seinen erschlafften Muskeln war er schwer wie ein Mehlsack. Nachdem sie Maestro von Leo befreit hatte, stürzte sich der Wingerslink auf die Squails in seiner Reichweite. Doch seine schönen Flügel verfingen sich in dem Dickicht und violette Ranken blieben in seinen Krallen hängen. Er stampfte und schnappte und schlug zu, doch die Squails zogen sich in das dichte Geäst zurück.

Sie konnten nicht kämpfen, es gab kein Entkommen. Wie aus der Ferne hörte Ottilie, wie Nox aufbrüllte und durch das Gestrüpp brach. Sie würde sie auch nicht retten können. Es gab nur noch eine einzige Möglichkeit. Während Ottilie Leo mit ihrem Körper gegen die Ungeheuer abschirmte, tat sie das Einzige, das ihr einfiel. Das Risiko war ihr bewusst. Sie stellte damit eine direkte Verbindung zu Whistler her, aber ihr blieb nichts anderes übrig. Ottilie holte die Knochenkette aus der Tasche und zog sie über den Kopf.

12

In Gefangenschaft

Die Welt löste sich auf, doch Ottilie erinnerte sich irgendwie daran, dass sie Luft holen musste. Etwas stupste sie an der Schulter, heißer Atem wehte ihr ins Gesicht – Nox war bei ihnen. Das Dickicht setzte sich wieder zusammen. Ottilie wusste nicht, ob die Squails weiterkreischten, denn ein unweltliches Lied drang in jeden Winkel ihres Kopfes.

Sie packte Leos Arm und drückte ihn enger an sich. Das Knochenhalsband bewirkte, dass Schattenschlinger ihren Angriff abbrachen beziehungsweise dass es gar nicht erst dazu kam. So hatte Gracie es ihr in Richter erklärt. Ottilie konnte nur hoffen, dass Leo durch seine Nähe zu ihr ebenfalls geschützt war.

Sie blinzelte. Das Lied wurde leiser und die tieferen Töne mischten sich mit ihrem Puls. Die Squails verstummten. Sie kreischten nicht mehr, aber sie flogen nicht fort. Auch das Blutbiest weiter oben machte nicht den Eindruck, als würde es sie in diesem Moment angreifen.

Leo rührte sich. Sie hatten beide keine Pfeile mehr. Als er langsam die Augen öffnete, war er kreidebleich. »Was ist passiert?«

Bevor Ottilie zu einer Erklärung ansetzen konnte, ertönte eine Stimme in ihrem Kopf. »Tee?«

»Was?«, fragte Ottilie laut.

»Ott?« Leo wich ein Stück von ihr ab.

Sie zog ihn zurück und murmelte: »Bleib da.«

»Was? Wieso?«

»Ich möchte, dass wir zusammen Tee trinken«, sagte die Stimme. Diesmal erkannte Ottilie die Sprecherin.

»Warum sollte ich so etwas tun?« Es war absurd.

»Mit wem redest du denn da?«, fragte Leo und riss sich erneut los.

Ottilie zerrte ihn zu sich und warf einen hektischen Blick auf die Bäume. Selbst wenn die Squails nicht mehr kreischten, waren ihre Krallen bei einem Angriff ebenso tödlich.

»Darum«, antwortete Whistler. »Wenn du mir die Ehre deines Besuchs erweist … gebe ich dir den Goedl.«

Ottilie wäre beinahe aufgesprungen. »Bill? *Wieso?*«

»In den Höhlen des Canyons. Morgen um Mitternacht. Du weißt, wo. Komm allein und lass die alte Katze draußen.«

»Geht es ihm gut?«

Die Stimme schwieg.

»Whistler!«

»Ott!« Mit schmalen Augen packte Leo die Halskette. Obwohl Ottilie versuchte, den Griff seiner Finger zu lösen, hielt er sie gut fest und begann, sie ihr über den Kopf zu ziehen.

»Nein, Leo, lass das! Sie greifen wieder an, wenn du mir die Kette wegnimmst!«

Er hielt inne, ohne loszulassen. »Wieso kann Whistler in deinem Kopf mit dir reden?«, wollte er wissen.

»Wegen der Kette«, antwortete sie und bohrte ihre Fingernägel in seine Hand. »Nur deshalb! Aber ich muss sie tragen, damit wir fliehen können.«

Leo blähte die Nasenflügel. »Nein, das gefällt mir nicht!«

»Dann verschwinden wir am besten von hier, damit ich die Kette abnehmen kann!« Ottilie ging zu Nox. »Bleib dicht bei mir«, sagte sie und behielt die Äste im Auge, um sich zu vergewissern, dass die Squails auch wirklich nicht angriffen.

Schweigend zwängten sie sich in Nox' Sattel, der nur für eine Person gedacht war. Die Wingerslinks reagierten verunsichert auf die tatenlosen Schattenschlinger. Mit peitschendem Schwanz und angelegten Ohren schlich Nox durch die Bäume, gefolgt von dem zögerlichen Maestro. Die Squails sahen zu, verfolgten sie jedoch nicht. Auch als sie den Waldrand erreichten, wagte Ottilie es noch nicht, die Kette abzunehmen. Schließlich flatterte der Schwarm der Squails aus dem Dickicht und flog nach Norden, bis sie nur noch winzige dunkle Punkte am Himmel waren.

Leo war wütend auf Ottilie. Sie hatte ihm nichts von der Knochenkette erzählt und wusste selbst nicht genau, warum sie sie behalten hatte. Anfangs hatte sie vorgehabt, sie Maeve zu zeigen, weil die Kette möglicherweise eine nützliche Waffe gegen die Schattenschlinger sein konnte. Das hatte sie dann doch nicht getan.

Spielte das überhaupt eine Rolle? Wenn sie die Kette gestern Nachmittag nicht benutzt hätte, wären sie und Leo zweifellos gestorben. Das war die Wahrheit, und außerdem bot Whistler ihr eine Chance, Bill zurückzubekommen. Da sie wusste, wie sehr ihre Freunde sich aufregen würden, hatte Ottilie Leo angefleht, die Geschichte für sich zu behalten. Einen Tag hatte er schon dichtgehalten. Doch das hatte in dieser hektischen Zeit nicht viel zu bedeuten. Jetzt regnete es und sämtliche Schichten jenseits der Grenzmauern waren abgesagt worden. Ihre Freunde hatten größtenteils am Abend frei und Hauptmann Leier veranstaltete auf Befehl des Königs ein Bankett zu dessen Ehren. Wenn es außer reden und essen nichts zu tun gab, würde Leo ihr Geheimnis möglicherweise doch noch ausplaudern.

Aufgrund des regnerischen Wetters konnte der offene Mondhof nicht benutzt werden und die Jagdleute versammelten sich im größten Saal von Fiory. Seit ihrem ersten Tag im Stützpunkt war Ottilie nicht mehr dort gewesen. Sie konnte sich genau erinnern, wie Hauptmann Leier vor den Bogenfenstern gestanden und einen Vogelkäfig in die Höhe gehalten hatte.

Der Abend war ungewöhnlich warm und windstill. Sie

hatten die Fenster geöffnet und lauschten dem Regen. Zu Ottilies großem Entsetzen hatte man die Knochensinger aus ihren Zellen gezerrt und in eine Ecke des Saals gesperrt. Dort saßen sie hinter Gittern, wirkten mitgenommener als je zuvor und musizierten für die feiernden Jagdleute.

Gully stand angespannt neben Ottilie und betrachtete argwöhnisch die Käfige. »Wie können sie erwarten, dass wir *jetzt und so* eine Party feiern?« Er wies mit dem Kopf auf die Knochensinger.

»Weil der König es so wollte«, erklärte Ottilie. Ihr war schon aufgefallen, dass Hauptmann Leier sein Gesicht in tiefe Falten gelegt und eine grimmige Miene aufgesetzt hatte, während Eminenz Edderfed fröhlich einen Truthahnschenkel verzehrte, als gäbe es keine Gefangenen im Saal. Ranger Voilies und Direktor Yaist betranken sich und lächelten den König gekünstelt an, während Ranger Furdles die Geflügelknochen durch die Gitterstäbe warf und kicherte, wenn er einen Knochensinger traf. Schließlich stellte sich Ranger Morse als Wachposten neben den Käfig.

»Haben sie keine Angst vor ihnen?«, fragte Ottilie Skip, die in ihrer Nähe saß. »Glauben sie nicht, dass sie Hexen oder böse Mystiker oder so etwas sind?«

»Sie haben ihnen eiserne Hand- und Fußschellen angelegt«, erwiderte Skip.

Eisen hielt angeblich jegliche Form von Magie ab. Aus diesem Grund wurden Hexen in Eisensärgen begraben.

Skip hatte recht. Ottilie entdeckte Bonnie, deren Handgelenk mit einer Eisenkette an den Käfig gefesselt war, während sie Harfe spielte. Die wohltönende Musik wurde immer wieder vom Klirren und Rasseln ihrer Fesseln gestört. Das bereitete dem König offenbar großes Vergnügen. Er stolzierte an den Knochensingern vorbei und warf ihnen grausam lächelnd heimtückische Blicke zu.

Zwei Jagdleute aus Arko waren zur Leibwache des Königs ernannt worden: Murphy Graves und Banjo Adler. Ottilie sah ihnen an, wie ungern sie diesen Dienst verrichteten. Gerüchten zufolge hatten Murphy und Banjo den König nach Fiory geleitet und ihn schwer beeindruckt, als sie einen Giffersnak zur Strecke gebracht hatten, der aufs Kutschendach gefallen war. Zur Belohnung hatte er sie mit dieser Aufgabe *ausgezeichnet*.

Die beiden Jäger standen am Getränketisch und unterhielten sich mit Bacon Skitter, als Ottilie bemerkte, dass Gullys Blick immer wieder zu Murphy Graves glitt.

»Du siehst ihn ja andauernd an«, flüsterte sie und unterdrückte ein Lächeln.

Auf der Stelle schaute Gully zur Saaldecke. »Auch nicht häufiger als du Ned«, murmelte er und streifte sie mit einem flüchtigen Blick.

»Kann ich mit dir reden?«, fragte Ned.

Ottilie zuckte zusammen. Er stand direkt hinter ihr und runzelte die Stirn. Aus dem Augenwinkel beobachtete sie, dass Leo sich neben Preddy setzte und ihn sofort ins Gespräch zog.

Seufzend folgte Ottilie Ned quer durch den Saal. Er blieb außer Hörweite einer Gruppe neuer Grünschnäbel stehen, die verunsicherte Blicke auf die Käfige warfen. Ottilie konnte sich gar nicht vorstellen, wie die Grünschnäbel ihr neues Leben fanden, das ihnen aufgezwungen worden war. Ein Wunder, dass es noch keinen Fluchtversuch gegeben hatte.

»Was denkst du dir nur?«, fragte Ned und sah sie an.

»Ich muss mich mit ihr treffen. Sie hat gesagt, sie lässt Bill laufen.«

»Das meine ich nicht. Versteht sich von selbst, dass du das nicht machen kannst – sie stellt dir eine Falle, das weißt du. Ich spreche von der Halskette!«

»Was?« Darauf war sie nicht vorbereitet und hatte sich keine Argumente zurechtgelegt.

»Leo hat gesagt, sie kann in deinem Kopf sprechen, wenn du die Kette trägst! Wieso hast du so ein Ding behalten?«

»Ich trage sie doch gar nicht! Nur gestern ganz kurz und da hat sie Leo und mich gerettet. Ich bin froh, dass ich sie behalten habe.«

»Du hast echt Nerven, mir das Träumen zu verbieten, weil es von Whistler kommt«, sagte Ned schmallippig. »Dabei läufst du mit dieser Kette in der Tasche durch die Gegend!«

»Ich …« Er hatte recht. Moment. Nein, doch nicht. »Ich habe die Kontrolle darüber, ob und wann ich sie benutze. Der Vergleich mit deinen Träumen hinkt.«

»Wieso will man die Kette überhaupt benutzen?«

»Weil man damit einen Angriff der Schattenschlinger beenden kann. Sie ist *praktisch*! Ich denke nicht daran, sie wegzuwerfen. Schon gar nicht, bevor ich –«

»Du kannst da heute Nacht nicht hingehen!«

»Das hast du nicht zu bestimmen.« Sie wand sich innerlich, als sie merkte, dass sie die gleichen Worte benutzt hatte wie er in ihrem Gespräch über seine Träume.

Ottilie war sich Neds Nähe schmerzhaft bewusst. Sie musste den Blick heben, um ihm ins Gesicht zu sehen. Er sah sie entnervt an, doch in seinen Augen stand kein Zorn sondern Angst. Ned streckte die Finger aus, als wollte er ihre Hand nehmen, ließ es dann aber. Stattdessen wich er zurück und ging direkt zu Gully.

Darauf folgte mit gedämpften Stimmen der schlimmste Streit, den Ottilie je erlebt hatte. Erst redete Gully mit ihr, dann mischten sich Skip und Preddy ein, die alle etwas dagegen hatten, dass sie sich mit Whistler traf. Ned und Leo hielten sich abseits, aber Ottilie warf ihnen wütende Blicke zu, weil sie das alles weitererzählt hatten.

Die Erwachsenen im Saal wurden immer lauter. Sie lachten lauthals und erzählten sich kreischend Geschichten. Männer schrien, um einander zu übertönen. Es fühlte sich grundverkehrt an. Die Musik der Knochensinger schien sich dahinzuschleppen, als würde die Zeit langsamer vergehen, und unter all dem Lärm stritt Ottilie sich weiter mit ihren Freunden.

»Na gut, dann gehe ich eben nicht!«, fauchte sie schließlich.

»Schwörst du?«, fragte Gully.

Ottilie sah ihm in die Augen und log.

13

Ein Treffen um Mitternacht

Ottilie hatte gerade die Stiefel angezogen, als eine schwarze Eule durch ihr offenes Fenster flog. Maeve verwandelte sich noch in der Luft und landete anmutig auf dem Boden. Sie hatte kaum noch Ähnlichkeit mit dem verängstigten Mädchen, das vor nicht allzu langer Zeit noch einen Wandteppich in Brand gesetzt hatte, der hinter Ranger Voilies gehangen hatte.

Ottilie steckte ihr Buschmesser in die Scheide auf ihrem Rücken. »Du kannst mich nicht aufhalten.«

»Ich will dich nicht aufhalten. Im Gegenteil, ich wollte mich vergewissern, dass du hingehst.«

Damit hatte Ottilie nicht gerechnet. Im Halbdunkel begegnete sie Maeves hoffnungsvollem Blick. »Selbstverständlich gehe ich hin. Sie hat gesagt, dass sie Bill dann freilässt.« Nichts und niemand konnte Ottilie daran hindern. Sie waren der Heilquelle keinen Zentimeter näher gekommen, Ned träumte nach wie vor, und Scoot war immer noch aus Stein, doch immerhin konnte sie Bill retten.

»Ich komme mit«, sagte Maeve.

Das Angebot war verlockend, aber Ottilie hatte Angst, Whistler würde Bill nicht gehen lassen, wenn sie sich nicht an ihre Anweisungen hielt. »Das geht nicht.«

Maeve ging mehrere Schritte auf sie zu und sah sie flehend an. »Ich komme als Eule mit und werde die Höhlen nicht betreten. Ich bleibe draußen.«

Es beunruhigte Ottilie, doch sie war ein solches Nervenbündel, dass sie Maeves Begleitung nicht ablehnen konnte. Wenn alles glattlief, würde Whistler nie erfahren, dass sie mitgekommen war.

Nox setzte Ottilie auf einer Felsnase vor der Öffnung zu den Höhlen ab. Anschließend flog die Wingerslinke mit Maeve auf die oberste Klippe, um zu warten.

Als Ottilie die Höhlen zum letzten Mal betreten hatte, war es eine Falle gewesen. Bei dem Versuch, Ned zu retten, waren sie und Leo in einen Hinterhalt geraten, den ihnen ein Knochensinger mit einer Horde von Schattenschlingern gestellt hatte. Ottilie hatte drinnen einen Teil ihres Ohrs verloren und wäre ohne Maeves Hilfe wohl nicht lebend herausgekommen.

Sie hatte vermutet, der schwierigste Teil wäre, aus Fiory

zu flüchten, doch so war es gar nicht. Hier auf dem Felsbrett vor dem Eingang, der wie ein Blitz geformt war, hatte sie die größten Probleme. Ihr war übel und ihre Füße wollten sie nicht weitertragen.

Dann holte sie tief Luft und dachte an Bill. Er hatte ihr geholfen, obwohl er große Angst ausgestanden hatte. Er hatte sie durch die Tunnel bis nach Wikric begleitet und war ein Jahr später als blinder Passagier in einem Fuhrwerk in ein von Ungeheuern geplagtes Land gefahren, nur um sie zu finden.

Ottilie schüttelte ihre Schultern, hielt die Leuchtstäbe hoch und ging in die Höhle hinein.

Was lag vor ihr? Sicherlich sollte sie irgendwie hereingelegt werden. Wollte Whistler sie weiterhin mit einem Blutbiest verbinden? Wartete etwa bereits ein besonders widerlicher Schattenschlinger an dem verfallenen Brunnen auf sie?

Bebend zog Ottilie ihr Buschmesser aus der Scheide. Sie musste diese Chance wahrnehmen, weil sie sonst keine weitere bekam. Die Knochenkette summte in ihrer Tasche, und plötzlich begriff Ottilie auch, warum – sie summte, wenn Whistler in der Nähe war.

Ottilie umklammerte das Buschmesser, bog um die letzte Kurve und entdeckte Whistler an einem großen Stein, auf dem sie eine blaue Tischdecke ausgebreitet hatte. Auf der unebenen Oberfläche stand ein Gefäß mit glühenden Kohlen, die wie eine Hand voll Glühwürmchen aussahen. In ihrem bernsteinfarbenen Schein standen eine orangefarbene Teekanne und zwei violette Tassen.

»Ah«, sagte Whistler und watschelte von ihrem Platz herbei. »Herzlich willkommen!«

Ottilie erstarrte und ließ hektisch den Blick schweifen. Keine Spur von Bill – von niemandem, von *nichts*. Schattenschlinger waren auch nicht in der Nähe. Offenbar hielt Whistler sie in einiger Entfernung, um Ottilie zu beruhigen.

Whistler wies mit einem Flattern ihres Ärmels auf den Stein gegenüber und flötete: »Setz dich, setz dich, setz dich.«

»Wo ist Bill?«, fragte Ottilie, die sich nicht vom Fleck gerührt hatte.

»Der kommt gleich.«

Zähneknirschend setzte Ottilie sich ganz nach vorn auf den Stein, jederzeit bereit aufzuspringen.

Ein amüsiertes Lächeln spielte um Whistlers Mund, während sie den Tee einschenkte. Ottilie wünschte, ihre Hand würde aufhören zu zittern. Sie schob die Tasse weg. Als ein wenig honigfarbene Flüssigkeit auf die Tischdecke schwappte, blickten Ottilie und Whistler auf die sich ausbreitende Lache.

»Du musst ihn nicht trinken, wenn du nicht willst«, sagte Whistler. »*Wie unhöflich*«, murmelte sie, als könnte Ottilie es nicht hören.

»Was wollen Sie? Wann treffe ich Bill endlich?«, platzte Ottilie mit klopfendem Herzen heraus.

Whistler lächelte. »In dir rumort es, mein Mädchen. Das gefällt mir an dir.«

»Es rumort?« Ottilies Blick zuckte aus Angst vor einem Überfall in alle Richtungen.

»Du bist eine Botin des Wandels, eine Herrin über die Fluten, eine Schöpferin der Gezeiten. Du erinnerst mich an mich selbst.« Whistler beugte sich rasch vor, als wollte sie ihre Hand nehmen.

Ottilie, die nur an Scoots weiße Fingerspitzen denken konnte, wich ebenso rasch zurück. »Sie bringen keinen Wandel – Sie bringen Unglück!«

Whistler lächelte nur, hob die Hände und deutete eine Waage an. Dann hob und senkte sie die Hände und sagte: »Das Unglück der einen ist die Freude der anderen. Man kann es nicht jedem recht machen.«

Ottilie sah sie böse an. Für Whistler war das alles wohl ein Scherz.

»Ich biete gewisse Wahlmöglichkeiten an. Wer sich richtig entscheidet, hat nichts zu befürchten.«

»Ich habe Ihnen schon gesagt, dass ich mich nicht auf Ihre Seite schlage.« Ottilie wusste nicht, woher sie den Mut nahm. »Wieso verschwenden Sie damit Ihre Zeit? Haben Sie nichts Wichtigeres zu tun? Worauf warten Sie?«

Was sollte das Ganze? Wieso wollte Whistler überhaupt mit ihr reden? *Du erinnerst mich an mich selbst …* Das war beunruhigend. Doch was hatte Ottilie mit alledem zu tun?

»Wie aufgeweckt«, sagte Whistler, führte die Teetasse anmutig an ihre Lippen und trank laut schlürfend einen Schluck. »Ich warte. Hänge ein bisschen fest.« Beim nächsten Schluck sah sie Ottilie mit ihren vogelartigen Augen über den Tassenrand hinweg an. »Aber ich biete dir Sicherheit und Erlösung an, Mädchen. Würdest du das als Zeitverschwendung bezeichnen?«

»Was meinen Sie damit, Sie *hängen fest*?«

Whistler gab keine Antwort, sondern knallte die Tasse auf die Tischdecke und sagte in aller Seelenruhe: »Wenn du mehr weißt, wirst du meines Erachtens nachvollziehen, was ich denke. Unsere Herzen liegen auf einer Linie, du weißt es nur noch nicht. Ich will dir ein wenig mehr über mich erzählen.«

»Ich will sehen, wie –«

»Und wenn ich fertig bin, darfst du deinen Freund sehen.«

Ottilie verkniff sich die Erwiderung.

»Einiges weißt du schon, also verzeih mir bitte, wenn ich mich wiederhole.«

Unwillkürlich beugte Ottilie sich vor. Als Whistler das sah, glänzten ihre Augen.

»Vor vielen Jahren«, begann sie, »errang mein Vater kurz nach der Zerstörung der Laklands den Titel *Viago der Eroberer.*« Whistler sprach den Namen aus, als wäre er eine Beleidigung. »Wie ich dir früher schon erklärt habe«, fuhr sie fort, »erschienen die ersten Schattenschlinger, nachdem er den Schwur gebrochen und die Laklands vernichtet hat. Ein Gerücht wurde laut. Im Volk wurde gemunkelt, dass meine Familie gestraft war – sie nannten es den Fluch des Eroberers. Er beinhaltete, dass meine Mutter unfruchtbar war wie die Laklands und dass die Blutlinie der Sols mit ihnen enden würde. Zehn Jahre später wurde sie dann aber doch schwanger. Meine Eltern freuten sich und wiegten sich in dem Glauben, dass der Fluch nicht existierte.«

Whistler verzog den Mund. »Doch dann kam das Baby auf die Welt. *Ich*. Eine Tochter mit einer verwachsenen Hand, und sofort erwachten neue Gerüchte, die besagten, meine Mutter könne nur Ungeheuer gebären, so wie das Land, das mein Vater zerstört hatte. Und als sich dann noch Anzeichen von Magie bei mir zeigten … du kannst dir vorstellen, wie viel neuen Zündstoff das gab. Die Krallenhexe, so nannten sie mich. Mit der Geburt meines Bruders bekamen die Gerüchte – die Legenden – ihre endgültige Fassung. Mein Bruder Feo war gesund und *normal* – ohne verdrehte Glieder, ohne Magie. Also wurde beschlossen, auch von meinen Eltern, dass *ich* den Fluch verkörperte, dass *ich* die Strafe war. Von diesem Moment an trugen alle Töchter der Familie Sol diese meine Last.«

Angewidert verzog Whistler das Gesicht. »Meine Familie hält weibliche Wesen für ein schlechtes Omen. Sie glauben, sie würden den Fluch weitertragen und wären dazu bestimmt, die Familie Sol und das von ihnen beherrschte Land in den Untergang zu führen.«

Ottilie sah sie mit schmalen Augen an. »Aber …« Sie musterte Whistler vom Scheitel bis zur Sohle. »Sie hatten recht. Sie sind ein …« Erneut dachte sie an das riesige geflügelte Wesen. »… Ungeheuer«, flüsterte sie, »und Sie zerstören alles …«

Ottilie hatte erwartet, dass Whistler wütend würde, doch sonderbarerweise lächelte sie selbstzufrieden. »Habe ich dir denn gar nichts beigebracht? Über Hexen, Flüche …« Sie schüttelte den Kopf.

Ottilie runzelte die Stirn. Richtig, bisher hatte sie noch von keinem Fluch gehört, der sich nicht letztendlich doch als Lüge herausgestellt hatte …

»Man hat immer die Wahl«, sagte Whistler barsch. »Und wenn man sich noch so sehr in der Falle fühlt, hat man dennoch einen freien Willen. Ich war kein Fluch, sondern einzig und allein ein unschuldiges kleines Mädchen, aber mein Leben wurde vom Glauben an diesen Fluch bestimmt. Als ich sieben war, hat man mich ins Verlies meines Vaters gesperrt und mir nur erlaubt, meine Magie zu benutzen, um seine Gefangenen zu bestrafen oder sie zum Reden zu bringen. Meine Mutter hat mich verlassen und vergessen. Erst lange nachdem ich mit zwölf Jahren entkommen konnte, habe ich sie wiedergesehen.«

»Wohin sind Sie gegangen?« Ottilie hatte ein schlechtes Gewissen – befriedigte sie hier eigentlich nur ihre Neugier? Zu diesem Zweck war sie nicht hier. Wie sollte sie damit Bill helfen?

»An vielerlei Orte«, antwortete Whistler. »Ich widmete mich dem Studium der Magie, verbesserte meine Kenntnisse und besuchte weit entlegene Länder, in denen Hexen noch frei und ungehindert ihre Magie ausüben können. Nach dem Tod meines Vaters ließ ich viel Zeit ins Land gehen, bevor ich in die Usklers zurückkehrte. Mein Bruder Feo war ein guter König, aber ich misstraute seinem Sohn Varrio, der mir wie ein gestörter Doppelgänger meines Vaters erschien. Als mein Bruder starb und Varrio König wurde, habe ich aus der Ferne zugesehen. Ich musste beobachten, dass er ein grausamer, kriegstreiberischer Herrscher wurde. Er fiel in die unabhängigen Inseln im Südwesten ein, eroberte Land aus reinem Selbstzweck, massakrierte ganze Dörfer und legte uralte Zivilisationen lahm. Die Ruinen überließ er der Fäulnis. Mir kamen Gerüchte zu Ohren, dass er das Herrschaftsgebiet der Usklers erweitern wollte, indem er die Fürstentümer von Triptiquery überfiel – den nächsten Nachbarn und stärksten Verbündeten der Usklers –, die uns im Laklandkrieg gerettet hatten. Als Varrio und seine Frau genau wie meine Eltern Schwierigkeiten hatten, einen Erben hervorzubringen, kamen erneut Gerüchte über den Fluch auf. Die Königin gebar schließlich ihr erstes Kind, und ich hörte, dass es ein Mädchen war – nach mir die erste Tochter in der Familie Sol.«

Varrios erstes Kind ... Ottilie hatte noch nie viel über sie gewusst, außer dass sie lange vor ihrer eigenen Geburt gestorben war.

»Ich sorgte mich um sie und zog auf der Stelle in den Palast.« Whistlers Stimme hatte einen ganz anderen Tonfall angenommen, weicher und gleichzeitig voller. Ottilie setzte sich aufrechter hin.

»Varrio kannte mich gar nicht. Soweit er wusste, war die Krallenhexe Fennix Sol schon lange tot. Unter einem falschen Namen ließ ich mich als königliche Mystikerin anstellen, um über die Prinzessin zu wachen.«

Wie im Welkenden Wald merkte Ottilie auch diesmal, wie Whistlers Gefühle nach außen drangen. Sie sah sie buchstäblich vor sich, wie quellenden Rauch. Ottilie wusste, dass die Prinzessin nicht lange gelebt hatte. War es das, was Gracie als Rache bezeichnet hatte? Hatte Whistlers Rachefeldzug gegen den König etwas mit der erstgeborenen Prinzessin zu tun?

»Genug Geschichte!«, fauchte Whistler plötzlich, und Ottilie sah den Schatten der geflügelten Kreatur in ihren Augen. »Hat es sich für dich, Ottilie, so angehört, als wäre ich ein Fluch?«, grollte sie. »Oder als wäre dieses unschuldige Mädchen nach mir verflucht gewesen?«

»Natürlich nicht.« Es juckte Ottilie in den Fingern, ihren Dolch zu zücken. Als würden Whistlers Gefühle auf sie eindrängen, fühlte sie sich wie erstickt und bekam eine Gänsehaut. Es war, als würde ihr die Luft abgeschnitten. »Aber jetzt …«

»Jetzt, *ja*, jetzt«, zischte Whistler. »Genau darum geht's. Ich habe beschlossen, ihnen allen das zu geben, wovor sie sich am meisten fürchten. Ich habe beschlossen, zu dem Ungeheuer zu werden, wozu ich und alle Töchter der Familie Sol uns ihrer Meinung nach entwickeln würden. Ich habe mich mit der Sorte Ungeheuer gemein gemacht, die aus dem kaltschnäuzigen Ehrgeiz meines Vaters entstanden war. Und jetzt werde ich das Ende der Blutlinie der Sols erleben und alle in den Untergang führen, die unter ihrer Herrschaft leben.«

Ottilie hatte das Gefühl, als würden Spinnen über ihren

Rücken laufen. »Was ist aus der Prinzessin geworden?«, wagte sie zu fragen.

Als Whistler aufsprang, duckte Ottilie sich seitwärts weg und tauchte unter den Steintisch. Doch der erwartete Angriff kam nicht.

»Ich schenke dir etwas«, sagte Whistler mit eiskalter Stimme.

Ottilie lugte unter der blauen Tischdecke hervor und sah, dass Whistler sich entfernte.

»Ich will keine Geschenke mehr«, sagte sie und kauerte dicht über dem Boden.

Mit strahlendem Blick drehte Whistler sich zu ihr um. »Dieses willst du unbedingt, mein Mädchen.« Sie legte eine Hand an den verfallenen Brunnen.

Ottilie schwirrte bei dem Anblick der Kopf. Darauf war sie nicht gekommen. Neds Traum zufolge hatte der Hexenzirkel einst in diesen Höhlen gehaust, und hier, mitten drin, stand der Brunnen. Sie hatte ihn früher schon gesehen, klar, aber sie hätte nie gedacht …

Trotz allem spürte sie einen Hoffnungsschimmer. Ottilie sprang unter dem Tisch hervor und blickte unverwandt auf die Ruine. Es konnte ganz normales Wasser sein, aber Whistlers Lächeln deutete an, dass der Brunnen genau das enthielt, worauf Ottilie ihre Hoffnung setzte – die Heilquelle.

14

Der Brunnen

»Du hast die Wahl«, sagte Whistler. »Und ich glaube, du wirst dich freuen.«

Ottilie wurde nervös, sie hatte ihre Hoffnung in unermessliche Höhen geschraubt.

»Wie ich sehe, hast du es erraten. Der Brunnen wurde über der legendären Heilquelle erbaut.« Als Whistler eine Pause einlegte, verspürte Ottilie das merkwürdige Bedürfnis zu lachen. Am liebsten wäre sie zu der Ruine gelaufen und hätte die Arme darum geschlungen.

»Jetzt kommt mein Angebot«, sagte Whistler. »Einer von euch, du oder Bill, lässt einen Eimer herunter und kann damit gehen.« Ihr Lächeln wurde breiter. »Der oder die andere bleibt bei mir.«

Ottilie verließ der Mut.

Einer von beiden würde freigelassen werden. Wenn sie mit dem Wasser nach Fiory zurückkehrte, konnte sie Scoot und Ned möglicherweise heilen, doch dann bliebe Bill weiterhin Whistlers Gefangener. Wenn sie dagegen blieb … im Grunde hatte sie keine Wahl.

»Wo ist Bill?« Sie musste sich schwer zusammenreißen, damit ihre Stimme nicht bebte.

Whistler schwenkte die Ärmel zum Eingang eines dunklen Tunnels. Zu Ottilies Entsetzen erschien dort Gracie Moravec, die ein Tau hielt, mit dem Bills Handgelenke gefesselt waren.

Seit ihrer letzten Unterhaltung vor Fort Richter hatte Gracie sich weiter verändert. Früher hatten ihre Augen rot geleuchtet, wenn sie den Wylern Befehle erteilt hatte, doch jetzt war sie offenbar die ganze Zeit von diesem Glühen erfüllt. Sie hatte sich immer schon etwas sonderbar bewegt, und mittlerweile wirkte ihr Verhalten richtiggehend wild, was sich in ihren steifen Beinen und einem merkwürdigen Neigen ihres Kopfes ausdrückte.

Als sich ihre Blicke trafen, konnte Ottilie nichts mehr von dem Mädchen erkennen, das sie in Erinnerung hatte. Genauso gut hätte der weiße Wyler sie ansehen können. Schlagartig begriff sie, dass es vermutlich genauso war.

Sie musste Bill von ihr fortholen, und zwar sofort. Doch als Ottilie zu ihnen laufen wollte, hielt Whistler sie mit erhobenem Arm zurück und schrie: »Ba, ba, ba!«

Bills Schultern waren nach vorn gesunken und seine Augen zuckten. Als er Ottilies Blick auffing, wirkte er noch nervöser und zwinkerte zu dem Brunnen und zurück. Was wollte er ihr damit sagen? Dass sie mit dem Wasser fliehen sollte? Ottilie biss die Zähne zusammen und schüttelte den

Kopf. Sie konnte sich kein schlimmeres Schicksal vorstellen als das, was Whistler Gracie angetan hatte, und sie befürchtete, dass Whistler mit ihr das Gleiche vorhatte. Doch Bill konnte sie nicht umstimmen.

Immer wieder öffnete und schloss er die Hände, als hielte er ein Buch. Er wollte sogar stumm Worte formen, doch Gracie drehte sich um und bleckte die kleinen weißen Zähne. Obwohl Ottilie zu weit entfernt stand, sah es so aus, als wären sie spitz zugefeilt worden. Bill schloss den Mund.

»Wie lautet deine Entscheidung?«, fragte Whistler.

Ottilies Blick ruhte auf Bill, dessen Blick wieder zu dem Brunnen glitt.

»Wir haben nicht die ganze Nacht Zeit.« Whistler schwenkte den Ärmel und Gracie ließ ihren Dolch kreiseln, bis er auf Bill zeigte.

Ottilie zögerte.

Gracie lächelte und stürzte sich auf Bill.

Sein ängstlicher Aufschrei bohrte sich wie eine Lanze in ihr Herz.

»BILL GEHT!«

Gracie hielt mitten im Sprung inne und Ottilie knirschte mit den Zähnen. Ihr Herz raste. Noch nie hatte sie Gracie derart gehasst. Wie konnte es sein, dass sie sich hierfür entschieden hatte? Sie war ein Ungeheuer. Eine Dienerin. Nur eins von Whistlers Monstern.

»Sehr gut«, sagte Whistler.

Innerhalb der nächsten Sekunde lösten sich Bills Fesseln, schlängelten sich über den Boden und banden sich um Ottilies Handgelenke. Sie schrie auf, als sie sich fest zuzogen und ihre Haut verletzten. Whistler bückte sich, um ein loses Ende aufzuheben.

Bill taumelte vorwärts. »Nein, Ottilie!«

»Das reicht, Bi–« Whistlers Ruf verstummte, als ein Pfeil durch die Höhle flog, ihren Ärmel traf und sie so kraftvoll nach hinten riss, dass sie hinfiel.

Das Seil spannte und Ottilie wurde auf die Knie gezwungen. Gleichzeitig schaute sie ruckartig zur Seite und entdeckte Gully, der von einem Felsen sprang.

Wieso war er hier? Was wusste er?

Whistler rappelte sich auf und wandte sich wutentbrannt gegen Gully. Ottilie erschauderte von Kopf bis Fuß, aber das laute Krächzen einer Eule lenkte Whistler ab. Auf eine Geste von ihr verwandelte Maeve sich mitten im Flug in ein Mädchen, prallte hart auf dem Boden auf und rutschte ein Stück weiter durch die Höhle.

Whistler hatte das Seil fallen lassen. Ottilie wollte weiter von ihr weg, doch sie konnte ihre Hände nicht befreien und war handlungsunfähig.

Wo war Gracie? Als Ottilie sich umdrehte, sah sie, dass sie stocksteif stehen geblieben war und ihre Augen noch feuriger glühten. Ihr wurde übel, als sie begriff, dass Gracie die Wyler rief. Sie sah Scoot und Bayo vor ihrem inneren Auge. Glitzerndes Eis. Rote Lachen. Tropfen auf Wildblumen. Sie sah verschlungene Netzholzbäume. Den Wyler, der sich auf Gully stürzte. Den Rhythmus des Blutes.

Bill hob zögerlich die Hand, legte sie über Gracies Augen

und überprüfte, ob es etwas nutzte. Es hatte keinerlei Wirkung.

Whistler wandte sich gegen Maeve, gleich würde sie zuschlagen. Gully schoss den nächsten Pfeil ab, doch Whistler zuckte nur kurz und verwandelte ihn in Asche. Die Ablenkung hatte jedoch ausgereicht, damit Maeve stöhnend aufstehen und die Hand senken konnte.

Darauf folgte ein lautes Grollen und Knacken, bis ein Stück Fels über Whistler herunterbrach und sie unter einem Berg aus Geröll begrub.

Die anderen huschten außer Reichweite des fliegenden Gesteins, während eine Staubwolke Ottilie den Atem raubte. Sie hustete.

Mit einem lauten, wütenden Schrei erwachte Gracie aus ihrer Trance und machte sich mit bloßen Händen daran, das Geröll wegzuräumen und Whistler zu befreien.

»Weg hier!«, rief Maeve.

Gracies Blick glitt zu ihrer ehemaligen Freundin, sie bleckte die Zähne – eher wie ein Ungeheuer als ein Mädchen –, doch sie griff sie nicht an.

Ottilie wollte weglaufen, aber das Ende ihres Seils steckte unter den Steinen fest. Gully eilte herbei, schnitt es durch und befreite ihre Hände. »Komm jetzt!«, sagte er und zog sie am Arm. Doch Ottilie schüttelte ihn ab und stolperte über die verstreuten Steine zum Brunnen – und nicht zum Eingang der Höhle.

»Die Wyler kommen!«, schrie Maeve.

Endlich war Ottilie am Brunnen, nahm die verrostete

Kette und ließ den Eimer hinunter. Weiter, weiter, weiter. Wie tief stand das Wasser? Es kam ihr endlos lang vor …

Schließlich ruckte die Kette und ein dumpfer Aufprall war zu hören.

Sie hatte einen Kloß im Hals.

Der Brunnen war versiegt. Das hatte Bill ihr mitteilen wollen. Whistler hatte gesagt, er könnte den Eimer herunterlassen und mit dem Inhalt fortgehen. Mit Luft. Mit nichts.

Ihr kamen die Tränen. Sie schluchzte gequält auf. Dann roch sie etwas Vertrautes: Pfützen und mit Regen getränkte Baumrinde. Als Bill seine feuchtkalte Hand auf ihre legte, war ihr ein kurzer Moment der Erleichterung vergönnt – er war am Leben. »Lauf, Ottilie«, sagte Bill.

»LAUFT!«, schrie Gully quer durch die Höhle.

Ein lautes Getöse ertönte und eine gigantische dunkle Gestalt drängte unter dem Gestein hervor. Ein Flügel wurde angehoben, und Ottilie sah zum ersten Mal die schwarzen, krummen Krallen, die unter dem Gefieder versteckt waren. Whistler hatte sich verwandelt und erhob sich aus dem Schutt.

Gracie verbarg ihre Dolche in den Händen und lief auf Ottilie und Bill zu, während Maeve erneut die Form einer Eule annahm und mit ausgefahrenen Krallen im Sturzflug auf sie niederging. Kreischend hob Gracie die Arme, um ihr Gesicht zu schützen.

»Los jetzt!«, rief Gully und stürmte mit Ottilie und Bill zum Höhleneingang.

Hinter sich hörte Ottilie das rutschende Geröll, aus dem Whistler emporsteigen wollte, und die schrillen Schreie der Wyler.

Sie taumelten in die Nacht hinaus und blieben bei Nox und Maestro stehen, die auf sie gewartet hatten. Ottilie schaute sich in der Erwartung um, Leo irgendwo zu sehen, doch er war nicht da. Gully kletterte auf Maestros Sattel und Ottilie zog Bill hoch auf Nox. »Schnall dich an, Bill!«

Während er sich an den Beinriemen zu schaffen machte, drehte sie sich im Sattel um und blickte in die blitzförmige Öffnung im Fels. Wo blieb Maeve?

Gully sah in die gleiche Richtung. Das Grauen stand ihm ins Gesicht geschrieben. Als sich ihre Blicke trafen, erkannte sie, dass er die Hoffnung verloren hatte. Doch sie würden diesem Gefühl nicht nachgeben. Maeve würde gleich herauskommen, und ohne sie konnten sie nicht flüchten.

»Woher hast du das gewusst, Gully?«, fragte Ottilie.

Er presste die Lippen aufeinander. »Meinst du, ich weiß nicht, wann du lügst?«

Sie hatten viel zu viel Angst, um noch mehr zu sagen. Die Sekunden vergingen. Jeden Moment konnten die Wyler herauskommen und sie zur Flucht zwingen. Whistler würde wahrscheinlich gleich nach ihnen erscheinen.

Als Ottilie hinter ihnen das Scharren von Klauen hörte, sah sie Gully an. Er schüttelte den Kopf. Maestro trat von einem Bein aufs andere, er brannte darauf, wegzufliegen. Nox ließ ein tiefes Knurren ertönen.

Ein Wyler kreischte und ein orangefarbener Blitz wölbte sich über ihren Köpfen. Doch er sprang nicht – er fiel aus den Krallen einer glänzend schwarzen Eule, die sich in den Himmel schraubte, während der Wyler im ungebremsten Fall in den Canyon stürzte und in der nachtschwarzen Tiefe verschwand.

15

Horror und Herzstein

Sie landeten im Außengelände. Sehr weit oben verdunkelten die Umrisse der Jagdleute im Mauerdienst das Licht der Fackeln. Was hielten sie davon, dass Nox und Maestro mitten in der Nacht hinausgeflogen waren? Es war dem Ranger im Turm sicher auch aufgefallen, dass sie nicht auf dem Einsatzplan standen.

Ottilie war es egal. Sollte die Jagd sie doch bestrafen, wichtig war nur, dass sie Bill gerettet hatten. Der Gedanke erfüllte sie mit überschwänglicher Freude. Leider wurde ihr Glück von der Enttäuschung getrübt, dass der Brunnen ausgetrocknet und die Quelle versiegt war. Ihre einzige Chance, Scoot zu retten, war dahin.

Sie glitt an Nox' Flanke herab und landete ungeschickt im Gras. Während sie die Tränen zurückhielt, half sie Bill mit den Beinriemen. Neben ihnen schüttelte Maestro Gully einfach ab, der vom Boden wütend nach oben blickte – zu Ottilie, nicht zu Maestro.

»Leo bringt dich um, weil du einfach mit Maestro rausgeflogen bist.« Es sollte lässig klingen, lustig. Doch sie flüsterte die Worte fast mit einer Stimme, die sie selbst kaum wiedererkannte.

Gully hatte im vergangenen Jahr die Grundlagen des Fliegens erlernt, doch er war noch ein Anfänger. Obwohl Maestro ein schwieriger Wingerslink war, hielt er treu zu Ottilie, und das wusste Gully. Sie ging davon aus, dass Maestro Gully diesen einen Kampf erlaubt hatte, weil er die Verzweiflung ihres Bruders gespürt hatte.

Während Gully sie immer noch böse ansah, war ihr bewusst, dass sie sich für ihre Rettung bei ihm bedanken sollte, aber Scham und Trotz hinderten sie daran. Sie ließ den Blick zu Maeve schweifen, die keuchend im Gras lag.

Rasch ging sie zu ihr. »Bist du verletzt?«

Maeve zeigte auf die Kratzer an ihrer linken Seite. Ihr Kleid war über der Schulter zerrissen und dort war eine hässliche Wunde zu sehen. Ihr Kinn und ihre Wange waren von dem tiefen Fall ebenfalls übel zerkratzt.

»Das war unglaublich, Maeve! Du hast sie besiegt!«

Whistler war ihnen nicht gefolgt. Ottilie vermutete, dass ihre Verletzungen es nicht zuließen, zu fliegen, doch wenn sie auch nur die geringste Ähnlichkeit mit Schattenschlingern hatte, würde sie in Nullkommanichts wieder gesund werden.

»Es hat nur funktioniert, weil wir sie überrumpelt haben.« Maeve nickte Gully zu. »Seine Pfeile … nur deshalb …« Sie rappelte sich auf und ging zu Bill hinüber. »Hallo, Bill«, flüsterte sie.

Wenigstens Maeve verstand, dass es das wert war. Nach einem weiteren Blick zu Gully begriff Ottilie, dass sie Angst hatte, ihm zu nahe zu kommen. Sie hatten sich schon oft gestritten, aber er war noch nie so wütend auf sie gewesen.

»Danke«, sagte sie leise. »Wenn du nicht gekommen wärst –«

»Ich weiß.« Er kehrte ihr den Rücken zu.

Es tut mir leid, wollte Ottilie sagen. *Es tut mir leid, dass ich gelogen habe, dass ich dir Angst gemacht habe und beinahe gefangen genommen wurde.* Doch sie schwieg. Sie konnte es nicht sagen, denn wie Gully gesagt hatte, merkte er es, wenn sie log.

Ihre Freunde sprachen nicht mehr mit ihr, kein einziger. Selbst Preddy hatte nur eine steife Höflichkeit zu bieten, die Ottilie genauso fertigmachte wie Skips und Leos wütende Litaneien oder Albas und Neds finstere Enttäuschung.

Sie verstand, warum sie sauer waren. Sie hatte sie angelogen und sich in große Gefahr gebracht. Hätte jemand anderer so gehandelt, hätte sie sich genauso aufgeregt. Dennoch sah sie es weiterhin als Triumph an. Sie hatten Bill gerettet und waren Whistler entkommen! Allerdings tauchte der Gedanke an Whistler alles in ein sonderbares Licht. *Du erinnerst mich an mich* – diese Worte bekam sie nicht aus dem Kopf.

Warum war Whistler so scharf darauf gewesen, sie dorthin zu locken? Bill war ein Goedl, eine uralte Art mit einzigartigen Fähigkeiten zur Tarnung und einem kollektiven Bewusstsein. Da er vergleichsweise jung war, hatte Bill noch gewisse Schwierigkeiten mit dem endlosen Erinnerungsfluss, der seine Gedanken manchmal aus dem Lot geraten ließ. Er hatte Zugang zu einem Wissensschatz, der sich über mehrere Zeitalter angesammelt hatte. Die Antworten auf zahllose Fragen lagen ihm auf der Zunge, wenn er sich genügend konzentrieren konnte, sie festzuhalten. Darüber hinaus fühlte sich Bill mit den Vögeln verwandt, die ihm häufig ihre Beobachtungen mitteilten. Wieso hatte Whistler sich auf einen Handel einlassen wollen, bei dem sie auf all das verzichtete? Bill mit seinem fantastischen Geist – für Ottilie ergab das keinen Sinn.

Um ihren Freunden ihrerseits aus dem Weg zu gehen, verbrachte Ottilie viel Zeit mit Maeve und Bill im Wingerslink-Gehege. An einem stürmischen Nachmittag hatten sie sich in Nox' Stall verabredet. Mit einem unvermittelten Schnauben sprang Nox aufs Feld hinaus, flog weite Kreise und genoss den Wind. Ottilie konnte kaum wegsehen, so neidisch war sie auf die Flügel der Wingerslinke.

Maeve saß in der Ecke am Boden und hatte die Knie

angezogen. Bill saß neben ihr und ahmte ihre Haltung nach. Der Kratzer auf ihrem Gesicht hatte sich rötlich entzündet. Sie hatte der Aufseherin der Bediensteten erzählt, sie wäre auf dem felsigen Pfad am Bienenhaus hingefallen.

»Aber warum, Bill?«, fragte Maeve. »Wieso war sie bereit, dich freizulassen?«

»Ich konnte ihr nicht die Worte geben, die sie verlangte«, antwortete Bill und schlang seine mit Schwimmhäuten versehenen Finger um seinen Hals. »Sie meinte, sie würde mich freigeben, damit ich … *ein Wurm am Haken* würde.« Er blinzelte mit seinen spinnenartigen Wimpern in Ottilies Richtung.

Sie rümpfte die Nase.

Maeve warf ihr einen Blick zu. »Was will sie mit dir anfangen?«

»Sie behauptet, ich würde sie an *sie selbst* erinnern.« Obwohl Ottilie sich dessen schämte, machte es ihr komischerweise nichts aus, es Maeve zu gestehen. Wer hatte schließlich mehr mit Whistler gemeinsam als Maeve? »Angeblich will sie mich retten.«

Maeve runzelte die Stirn und entfernte einen Strohhalm von Bills Schulter, doch sie sagte nichts. Mit einem Seufzer der Erleichterung fiel Ottilie wieder ein, dass Whistler Maeve ebenfalls einen Platz an ihrer Seite angeboten hatte. Sogar zwei Mal: einmal über Gracie und beim zweiten Mal höchstpersönlich.

Vielleicht wollte Whistler sie auf ihre verdrehte Art wirklich retten. Zwar konnte Ottilie Gracies Verwandlung auf keinerlei Weise mit einer Rettung in Einklang bringen, aber um in Whistlers Welt zu überleben – in der von Schattenschlingern geplagten Ödnis, die sie zu schaffen drohte –, konnte man möglicherweise nur als Ungeheuer bestehen.

Es lohnte sich nicht. Wie konnte jemand glauben, dass es anders war?

Ottilie wusste, warum Whistler sich für Maeve interessierte. Sie war wie Whistler ein Fiorn und Whistler hatte das vermutlich lange vor Maeve gespürt. Doch warum wollte Whistler auch Ottilie bei sich haben?

Sie und Maeve waren beide ungewöhnliche Mädchen und Außenseiterinnen. Vielleicht reichte das ja schon. Bonnie hatte berichtet, Whistler sähe sich gern in der Rolle der Retterin ungewollter Kinder, und Ottilie und Maeve waren auf vielerlei Weise unerwünscht. Zunächst einmal in Narroway – das Direktorat hatte beiden mit der Verbannung gedroht. Und Ottilies Mutter hatte mehr für Brombeerschnaps übrig als für ihre eigenen Kinder. Was ihren Vater betraf, so hatte sie ihn nie kennengelernt.

Um das Thema zu wechseln, fragte sie Bill: »Was wollte Whistler denn genau von dir?«

Bill musste schlucken und ließ hektisch den Blick schweifen, als hätte er Angst, Whistler wäre in der Nähe. »Ich sollte mich an eine schlaflose Hexe erinnern.« Er erschauderte.

Ottilie wurde mulmig. Das hatte sie nicht erwartet, obwohl es vielleicht naheliegend gewesen wäre. Eine schlaflose Hexe … wie die in Neds Träumen.

Es fühlte sich an, als hätte jemand einen Kübel Eiswasser über ihrem Rücken ausgeleert.

Wozu brauchte Whistler diese Information? Und was hatte das mit Ned zu tun? Ottilie erbebte. Die schlaflose Hexe musste dort draußen irgendwo sein. Noch eine entsetzliche Gefahr, noch ein Monster, das nur darauf wartete zuzuschlagen.

»Aber du wusstest es nicht? Du konntest dich nicht erinnern?«, fragte Maeve und knickte einen dicken Strohhalm. »Vielleicht liegt es einfach daran, dass kein Goedl so etwas je gesehen oder gewusst hat.«

Bill schüttelte den Kopf und zog die Augenbrauen zusammen. »Da drin sind Stückchen.« Er tippte sich an die Schläfe. »Und ich spüre es, da sind noch mehr, aber ich konnte … kann … sie nicht finden, nicht sehen. Ich hatte zu viel Angst.« Er scharrte mit seinen nackten Füßen und verbarg sie unter dem Stroh.

»Und dann durftest du einfach damit aufhören?«, fragte Ottilie. Das klang so gar nicht nach Whistler.

»Sie meinte, dann müsse sie sich an ihren Ersatzplan halten«, antwortete Bill. »Das hieße nur, dass sie länger warten müsste.« Er musste erneut schlucken. »Sie war sauer.«

»Warten?« Ottilie runzelte die Stirn. Zu ihr hatte sie auch etwas von *warten* gesagt.

Ottilie schloss die Hand um ihren Ellbogen. Whistler konnte angreifen, wann sie wollte, und doch wartete sie. Offenbar hatte sie etwas ganz Großes geplant, etwas, das mit der schlaflosen Hexe zusammenhing. Bei der Vorstellung wurde Ottilie übel.

»Hat sie gesagt, was sie nach der langen Wartezeit tun würde?«, fragte Maeve. »Ich meine, wir denken alle nur daran, dass sie die Usklers überfallen wird, aber die Frage ist doch, *wie*. Es ist ihr nicht gelungen, Fort Richter einzunehmen. Falls sie mit den Schattenschlingern angreifen will, weiß ich nicht, wie sie sie an der Jagd vorbeischleusen will. Und denkt dran, dass die Usklers aus Inseln bestehen. Sie könnte den Westen erobern, aber der Rest …«

Ottilie stellte sich vor, wie Schattenschlinger durch die Sumpfgrotten trotteten und wie die welkende Krankheit die Bäume im Longwood Forest erstickte. Die Westinsel machte offiziell nur ein Drittel des Königreichs der Uskler aus, aber sie verfügte über die größte Fläche.

Maeve hatte recht. Der Rest der Usklers war durch die Kanäle geschützt. Schattenschlinger konnten das Salzwasser weder durch- noch überqueren, obwohl …

»Die Blutbiester schon«, sagte Ottilie, in Gedanken bei den Knopos, die sie mit Leo gejagt hatte. Zuvor war sie davon ausgegangen, dass sie aus unerfindlichen Gründen in der Dschungelbucht vergiftet worden waren. Als eine Art Test. Sie waren unter dem Kommando eines verborgenen Knochensingers zwischen den Seelanzen herumgesprungen.

»Sie tun alles, was man ihnen befiehlt«, fügte sie hinzu. »Und jeder normale Schattenschlinger, der direkt von einem Knochensinger oder von Whistler befehligt wird, genauso.« Sie legte den Kopf auf die Knie. War das anstrengend!

»Dennoch würden es nur die geflügelten Ungeheuer schaffen«, sagte Maeve. »Die anderen können nicht schwimmen und würden im Salzwasser verenden.«

»*Herzstein*«, murmelte Bill. Er schlug eine Hand vor den Mund und wisperte durch die Lücken zwischen seinen Fingern. »Sie hat viele … wie Scoot … seit Jahren hat sie sie erschaffen und wird damit lange weiße Brücken bauen. Nur darüber können Schattenschlinger die Kanäle überqueren.«

Ottilie richtete sich kerzengerade auf. »Was?«

»Das passt natürlich«, fauchte Maeve. »Weil sie etwas Böses an sich haben. Menschen, die in Stein verwandelt wurden.«

16

Ein Versprechen und eine Lüge

Als Ottilie in ihr Zimmer zurückkam, fand sie einen Zettel unter der Tür. Sie hatte gerade die erste Zeile gelesen, als sich auf ihrem Bett etwas bewegte. Sie wich ruckartig zurück, doch es war nur Gully, der sie grimmig ansah.

»Wo warst du?«, wollte er wissen.

»Im Außengelände.«

Er hielt einen eigenen Brief hoch. »Hauptmann Leier will uns sehen – sofort.«

Ottilie bewegte ihre Finger, um ihre Angst abzuschütteln. Es war nur Hauptmann Leier, nicht das gesamte Direktorat, und Gully war auch einbestellt worden.

»Wieso?«, fragte sie, obwohl sie die Antwort ahnte.

»Weil wir mitten in der Nacht draußen waren, obwohl wir nicht auf dem Schichtplan standen«, erwiderte Gully und rutschte ans Fußende ihres Bettes.

Ottilie konnte Hauptmann Leier keine Erklärung geben. Niemand wusste etwas von Bill, und sie konnte ihm schlecht erzählen, dass sie zu einer mitternächtlichen Tee-Verabredung mit einer Hexe hatte fliegen müssen. Bevor sie Bill gerettet hatten, war es ihr im Vergleich zu einem Treffen mit Whistler wie eine Kleinigkeit vorgekommen, wenn sie deshalb Ärger mit der Jagd bekam. Doch nachdem sie das hinter sich gebracht hatte, fürchtete sie sich nun doch vor einer Bestrafung.

»Sie haben die Wingerslinks gesehen«, sagte Gully. »Niemand außer dir reitet jemals auf Nox und sie haben Leo wegen Maestro ausgefragt. Er hat gesagt, dass ich es war.«

»Was hat er getan?«

»Ich war es doch wirklich, Ottilie.«

»Das hätte er ihnen doch nicht sagen müssen!« Sie zerknüllte den Brief.

»Was hätte er ihnen denn sonst sagen sollen?«

»Irgendwas, egal!« Ihre Nervosität steigerte noch ihren Zorn. »Nichts! Er hätte doch behaupten können, er wisse von nichts – wieso wusste er es überhaupt?«

»Weil ich es ihm gesagt habe«, sagte Gully und zuckte zu ihrem Ärger auch noch mit der Schulter.

Sie verstand nicht, warum er nicht sauer auf Leo war.

»Krieg dich wieder ein, Ottilie. Er wusste, dass du weniger Probleme bekommst, wenn ich auch einbestellt werde.«

Ottilie bekam den Mund nicht mehr zu und ihre Wut schwelte tief in ihrem Inneren. Gully hatte recht. Das hatte sie eben selbst noch gedacht, doch da war es eher ein Gefühl gewesen. Jetzt verstand sie, woher es kam. Sie würden ihr mildernde Umstände zubilligen, weil Gully gegen dieselbe Regel verstoßen hatte. Da sie gnädig mit ihm umspringen würden, konnte sie das Gleiche erwarten. Am liebsten hätte sie gegen die Wand getreten.

»Tu das nie wieder«, sagte Gully leise.

Ottilie gab keine Antwort. Was sollte sie auch sagen? Wenn es sein musste, würde sie das Gleiche tun. Und zwar immer wieder.

»Geh nie wieder ohne mich«, fügte er hinzu.

»Was?«

Sein Blick war fest. Er wirkte mit einem Mal viel reifer. »Nimm mich mit«, sagte er. »Lass mich nicht zurück.«

Ottilie hielt seinem Blick stand. »Nein, ich meine, ich werde – dich nächstes Mal mitnehmen. Jedes Mal.«

Die Wut verrauchte auf beiden Seiten. Ottilie ließ den Brief fallen, Gully sprang vom Bett und dann machten sie sich gemeinsam auf den Weg zu Hauptmann Leiers Gemächern.

Ottilie klopfte und Hauptmann Leier öffnete die Tür. Es machte sie nervös, dass sie seine Miene nicht deuten konnte. Als er zur Seite trat, merkte sie erst, dass noch jemand da war. Der König saß an Hauptmann Leiers Schreibtisch.

Er musterte sie von oben bis unten und hielt anschließend ihren Blick so fest, dass sie ihm standhalten musste.

Sie kannte diesen Blick – er sollte sie einschüchtern, und das funktionierte auch. Sie zog die Schultern hoch und bekam Spannungen im Nacken, als stünde jemand zu dicht hinter ihr.

Plötzlich fiel ihr ein, dass sie sich vermutlich verbeugen sollten. Als Hauptmann Leier etwas sagte, um sie vorzustellen, hörte Ottilie kaum zu. Anscheinend hatte er sie gebeten, sich zu setzen, da Gully vor dem Schreibtisch Platz genommen hatte und Ottilie am Ärmel zog.

Hauptmann Leier saß vornübergebeugt neben dem Schreibtisch, als wäre er auf der Hut. Ottilie beschlich das Gefühl, dass der König sich selbst eingeladen hatte. Als Hauptmann Leier den Mund öffnete, um etwas zu sagen, kam ihm der König zuvor.

»Du bist also das Mädchen?« Er lehnte sich zurück.

Ottilie wusste nicht, was sie antworten sollte. Glücklicherweise kam Hauptmann Leier ihr zu Hilfe. »Ottilie war unsere erste Rekrutin«, sagte er. »Und unter unseren Jagdleuten ganz besonders erfolgreich im Grünschna–«

»Jagd-*leute*«, sagte der König mit einem boshaften Lächeln.

»Wir sahen keine Veranlassung, den Namen zu ändern«, erwiderte Hauptmann Leier vorsichtig und zwickte die Spitze seines Bartes.

»Das sehe ich auch so.« Der König bleckte die Zähne. »Die Jagdleute in Narroway tragen diesen Namen seit dreißig Jahren, und es erschiene mir extrem, ihn wegen eines kleinen Mädchens zu ändern.«

Ottilie biss die Zähne zusammen. Würde das je aufhören? Es hatte sie nie gestört, zu den *Jagdleuten* zu gehören. Im Gegenteil, alles war besser als eine andere Bezeichnung, die sie deutlich hervorhob. Jetzt wünschte sie sich zum ersten Mal, dass sie einfach alle als Jäger in Narroway durchgingen.

Aber was spielte das jetzt für eine Rolle, da Whistler Brücken aus Herzstein bauen und die Usklers auslöschen wollte? Wie konnte es sein, dass sich der König auf etwas anderes konzentrierte als darauf, Whistler aufzuhalten?

Ottilie sah ihm ins Gesicht. Es hatte etwas Besonderes. Waren es die Augen? Es war nicht ihr Ausdruck, sondern ihre Form – wie sie unter seinen Augenbrauen lagen. Sein Gesicht war grob, doch seine Augenbrauen zeigten häufig nach unten. Dieses Merkmal war ihr vertraut und das einzige, das seine Züge etwas weicher erscheinen ließ. Doch sein herzloser Blick überlagerte alles. Erneut musste Ottilie daran denken, wie sehr Whistler an ihr interessiert war. Sie war doch hoffentlich nicht mit dieser grässlichen Familie verwandt, oder?

Hauptmann Leier hatte es eilig, wieder auf den Punkt zu kommen. »Ottilie, Gulliver – wir haben einen Bericht erhalten, demnach ihr ohne Erlaubnis mitten in der Nacht das Gelände verlassen habt. Ich fürchte, ihr schuldet uns eine Erklärung.«

»Es war meine Schuld«, sagte Ottilie, bevor Gully für sie lügen konnte. »Ich bin rausgeflogen und Gully ist mir gefolgt. Aber nur, um mich zurückzuholen.«

»Und was wolltest du da draußen?«, fragte Hauptmann Leier.

Ottilies Gedanken rasten. Sie hatte sich keine Ausrede zurechtgelegt, weil sie eigentlich vorgehabt hatte, die Aussage rundheraus zu verweigern. Doch das kam ihr jetzt dumm vor. Sie musste etwas sagen, irgendwas …

»Träume«, platzte es aus ihr heraus.

Gully sah sie mit großen Augen an.

»Schlafwandeln – Flugwandeln«, stammelte sie.

»*Flugwandeln?*« Hauptmann Leier verkniff sich ein Lächeln.

»Ich habe immer schon schlecht geschlafen«, erklärte Ottilie. »Gully weiß das.« Sie stupste ihn mit dem Ellbogen an. »Er achtet auf mich, für den Fall, dass ich beginne zu wandeln – stimmt doch, Gully.«

»J… ja«, sagte Gully.

»Ach, wirklich?«, fragte Hauptmann Leier. Das amüsierte Zwinkern war in seine Augen zurückgekehrt.

Ottilie warf einen flüchtigen Blick auf den König, der sie weiterhin mit einem kalten, belustigten Gesichtsausdruck fixierte. »Du bist die halbe Nacht *geflugwandelt?*«, fragte er.

»Gully ist ein schrecklich schlechter Flieger«, sagte Ottilie.

Gully nickte und stimmte stirnrunzelnd zu. »Ich habe ewig gebraucht, bis ich sie gefunden hatte – ich bin *wirklich* nicht gut darin.«

»Bewährung«, polterte Hauptmann Leier. Ottilie hatte den Verdacht, dass er ein Schnauben verdeckte. Nachdem er seine Miene wieder im Griff hatte, fügte er hinzu: »Früher hätten wir euch vom Jagen ausgeschlossen und nur im Wach- und Mauerdienst eingesetzt. Aber … unter den Umständen und da es kein Punktesystem mehr gibt, sehe ich keinen Sinn darin, zwei unserer *besten* Leute aus der zweiten Stufe aus dem Verkehr zu ziehen.«

Seine Rede war offenbar für den König gedacht. Ottilie erinnerte sich daran, dass er ihm bescheinigt hatte, dies sei der falsche Zeitpunkt, um sein Heer zu verkleinern.

»Aber wir behalten euch im Auge, und wenn ihr noch einmal gegen die Regeln verstoßt, riskiert ihr die Entlassung. Habe ich mich klar ausgedrückt?«, sagte Hauptmann Leier.

»Ja«, antworteten sie einstimmig.

Der König fing Ottilies Blick auf. Ein Ausdruck grausamer Belustigung umspielte seine Lippen. Obwohl sie keine körperliche Ähnlichkeit mit Whistler feststellen konnte, erinnerte seine Miene ihn an die Hexe. Sie wandte den Blick ab und sah Hauptmann Leier an. Er schien ihr vermitteln zu wollen, sich in Zukunft *vorzusehen*. Ottilie blinzelte ihr Einverständnis, und dann sagte er schlicht: »Ihr könnt gehen.«

17

Verschüttete Milch

Ottilie schlüpfte hinter die Trennwände und stieß dort auf Montie, die frisch geschnittene Wiegenliedranken auf Scoots Kissen legte.

»Du bist ja früh dran, Ottilie.«

Und *früh* war es tatsächlich. Die Welt präsentierte sich noch in Silber und Gold. Ottilie hatte unruhig geschlafen. Wie sollte sie ruhen, wenn sie wusste, dass jede neue Nacht Ned immer gefährlichere Träume brachte, jede Morgendämmerung Scoot weiter von ihr entfernte und jede Stunde Whistlers nächsten Angriff bringen konnte?

Montie richtete die goldenen Blumen auf dem Fenstersims – die mal wieder Gully dorthin gestellt hatte.

Ottilie warf einen Blick auf Scoots Fingerspitzen. Die reinweiße Farbe war bis zu seinen Handgelenken vorgedrungen, als trüge er einen Handschuh aus Schnee.

Montie legte eine Hand darauf, um die Veränderung zu verdecken. »Wir finden eine Möglichkeit, ihm zu helfen.«

Ottilie nickte, aber sie hatte einen Kloß im Hals. Sie schaute in Monties Gesicht und schnell wieder nach unten. Wenn sie ihre Narben sah, musste sie immer an Gracie denken. Sie hatte weder Alba noch Montie erzählt, dass Gracie in der Nacht, als ihr Haus abgebrannt war, dabei gewesen war. Gracies Eltern hatten das Feuer gelegt. Ottilie konnte sich nicht entscheiden, ob es wichtig genug war, um die bösen Erinnerungen zu wecken.

»Ich schicke dir Alba mit dem Frühstück«, sagte Montie, gab Ottilie einen Kuss auf den Scheitel und verließ die Krankenstation.

Eine Weile blieb Ottilie allein dort sitzen und betrachtete Scoots Hand, bis Bewegung in die Station hinter den Trennwänden kam. Die Tür wurde geöffnet, die Patchies begrüßten jemanden, und Ottilie meinte, das Kratzen von Klauen auf dem Boden zu hören.

»Wie ist das passiert?«, fragte ein Patchie.

»Ich habe mich in einem Brombeerstrauch verfangen.« Das war Neds Stimme.

Es fühlte sich an, als hauche jemand auf glühende Kohlen – kleine Lichter flammten tief in ihrem Inneren auf.

»Das sieht frisch aus. Von letzter Nacht?«

»Nachtpatrouille«, behauptete Ned überhastet.

Ottilie runzelte die Stirn, da sie wusste, dass er nicht zur Nachtpatrouille eingeteilt gewesen war. Er log. Sicherlich war er wieder getraumwandelt und hatte sich verletzt.

Als sie hörte, dass der Patchie ins Hinterzimmer ging

und ein Gefäß mit Wasser füllte, schlich Ottilie um die Ecke und erschreckte Ned beinahe zu Tode.

Die kleinen Lichter flackerten heller.

»Nachtpatrouille?«, fragte sie.

Pinguin hob verschlafen den Kopf und witterte träge in ihre Richtung. Der schlaksige Shepherd lag Ned wie ein kraftloses Bündel zu Füßen, zweifellos völlig erschöpft, weil er Ned bei seinen nächtlichen Wanderungen begleitete.

Als Ned den Kopf hob und sie ansah, sagte Ottilie schnell: »Sei bitte nicht sauer auf mich.« Als Zeichen der Unterwerfung hob sie die Hände. »Ich sage gar nichts.« Sie konnte es sich wahrhaftig nicht leisten, ihn wegen seines Schlafwandelns zu maßregeln, nachdem sie selbst über die Mauer geflogen war und sich mitten in der Nacht mit Whistler getroffen hatte.

Zu ihrer Überraschung lachte er. Mit einem Seufzer der Erleichterung kniete sie sich hin, um seine Hand zu betrachten, die voller Kratzer war. Brombeerdornen waren unangenehm; wie Katzenkrallen hakten sie sich ein und stachen tief ins Fleisch.

»Muss nur gesäubert werden«, sagte Ned und tätschelte Pinguin mit seiner gesunden Hand.

Ottilie blieb bei ihm sitzen, während der Patchie ihn verarztete. Sie war froh und hatte gleichzeitig ein schlechtes Gewissen, weil die Verletzung ihr eine Ausrede bot, in Neds Nähe zu sein. Nachdem die Hand verbunden war, folgte er ihr hinter die Trennwände, um Scoot zu besuchen. Ottilie setzte sich an ihren vertrauten Platz, doch Ned blieb wie angewurzelt am Fußende des Krankenbettes stehen und blickte unverwandt auf die goldenen Blumen in der Vase.

Er wurde so blass, dass Ottilie sich fragte, ob er überhaupt noch atmete.

»Was hast du denn?« Sie stand auf. »Was ist los?«

Er schüttelte den Kopf. Den Gesichtsausdruck kannte sie schon – so sah Bill aus, wenn er sich an etwas erinnerte. »Sie haben sie in einen Sarg gesperrt.« Er drehte sich zu ihr um. »Die … diese … Hexe.«

Ottilie runzelte die Stirn. Sie hatte sich gefragt, was in jener Nacht in den Höhlen des Canyons geschehen war, nachdem sie aus Neds Traum herausgerissen worden waren – sie wusste noch, dass das Wesen aus den Flammen herausgetreten war und der Hexenzirkel es offensichtlich nicht hatte aufhalten können. Die Tatsache, dass die Kreatur eingesperrt worden war, tröstete sie weniger, als sie erwartet hätte. Sie war noch immer am Leben, vermutlich irgendwo in einem Grab, und wartete auf ihre Befreiung.

»Hast du das letzte Nacht geträumt?«

Neds Blick glitt zu den Sonnenbaumblüten zurück. »Vielleicht – ich weiß es nicht mehr. Keine Ahnung, woher ich das weiß …«

Ottilie hatte sich derart auf Ned konzentriert, dass sie zusammenzuckte, als Alba den Kopf ins Zimmer steckte.

»Morgen«, sagte sie und erwiderte ausdruckslos Ottilies Blick.

Gully hatte Ottilie verziehen, doch ihre Freunde legten in ihrer Gegenwart immer noch ein merkwürdiges Verhalten an den Tag. Mit Skip und Leo lief es sehr viel besser, nachdem sie ihre Wut an ihr ausgelassen hatten, aber in Preddy und Alba gärte es immer noch. Sie waren verletzt, weil Ottilie sie nicht in ihre Pläne eingeweiht hatte. Nur wie hätte sie das anstellen sollen, da sie ihr doch verboten hatten, sich mit Whistler zu treffen?

»Mum hat mir aufgetragen, dir Frühstück zu bring– oh, 'tschuldigung, Ned«, sagte Alba. »Ich wusste nicht, dass du auch hier bist. Ich habe nur –«

»Alles gut, kein Problem, ich muss sowieso los«, sagte Ned, der sie nur kurz ansah und direkt wieder die Sonnenbaumblumen ins Visier nahm.

»Gehst du auf die Jagd?«, fragte Ottilie. Doch Ned war bereits auf dem Weg zur Tür.

Alba sah ihm nach, wandte sich dann wieder Ottilie zu, und plötzlich veränderte sich ihr Gesichtsausdruck. »Hier.« Sie reichte ihr das Tablett.

Ottilie bedankte sich und aß einen Bissen warmen Brombeerkuchen. So böse konnte Alba gar nicht mehr auf sie sein, wenn sie Ottilie ihr Lieblingsfrühstück gebracht hatte. Und Montie hatte ihr sogar einen Becher Saffimilch mitgegeben, der ihre Nerven beruhigen sollte.

Alba setzte sich ans Fußende des Bettes, doch mit einem Mal sprang sie auf und beugte sich über Scoots versteinerte Beine.

»Was –« Ottilie sah es, bevor sie den Satz beenden konnte. Das Tablett glitt klirrend zu Boden, als sie aufsprang und Scoots Arm packte. Das Weiß schritt fort, eindeutig, es kroch weiter wie Eis. »Nein, Scoot!«, rief sie und strich mit den Händen darüber, als könnte sie es zurückhalten. Es überflutete seinen Arm und floss bis zu seinem Hals.

»Es wird langsamer«, wisperte Alba.

Sie hatte recht. Es schritt langsamer voran und schien dann ganz aufzuhören.

Ottilies Herz raste. Sie mussten endlich eine Möglichkeit finden, es aufzuhalten. Alles, das Ganze. Wenn die Heilquelle als Lösung nicht infrage kam … »Hast du etwas gefunden, Alba? Irgendetwas, das uns helfen könnte?«

Alba legte eine Hand auf ihre Rippen und atmete tief durch. »Ich habe die Bücher durchgesehen, die wir gestohlen haben. Dort habe ich auch zum ersten Mal etwas über die Heilquelle gelesen. Ich hoffte, eine Erklärung dafür zu finden, warum sie versiegt oder wie sie einst entstanden ist. Angeblich liegt sie an einem Ort, an dem eine Heldentat begangen wurde. Ein Mann kämpfte mit einem Krokodil, um einem Fremden das Leben zu retten.«

»Aber so etwas ist an vielen Stellen passiert!«, sagte Ottilie. Sie hielt Scoots Arm umklammert, ihre Fingernägel bogen sich an dem harten Stein. »Dann gibt es sicher noch mehr Heilquellen!«

»Kann sein«, sagte Alba, als würde sie nicht recht daran glauben. »Aber man muss das Wasser an der richtigen Stelle entnehmen, und falls man keinen Hinweis auf die Lage findet …« Sie schüttelte den Kopf. »Ich frage mich, ob das Wasser Gracie und die Knochensinger hätte retten können – diejenigen, die gebunden sind, meine ich. Vielleicht waren sie nicht von Anfang an böse.«

Ottilie wollte etwas sagen, doch Alba fügte hinzu: »Wir könnten zumindest versuchen, sie von dem Bund zu heilen, und dann sehen …«

Ottilie musste schlucken, aber Alba hatte ein Recht darauf, es zu erfahren. »Ich muss dir etwas sagen. Gracie hat mir erzählt, dass sie dabei war, als diese Laklander euer Haus angezündet haben. Ich glaube, ihre Eltern haben es getan.«

Als Alba erstarrte, befürchtete Ottilie, dass sie das Falsche getan hatte. Die Tat lag in der Vergangenheit, es war so viele Jahre her. War es schlecht, diesen Leuten ein Gesicht zu geben? Konnte Wissen einen von innen vergiften? Für Whistler traf das gewiss zu. Was auch immer der König getan hatte und was seiner ältesten Tochter widerfahren war, hatte hierzu geführt – zu der Verwüstung, die Whistler angerichtet hatte, und dabei war sie noch lange nicht am Ende. Doch das war ja auch Whistler und nicht Alba.

Ottilie ging in sich und forschte nach einer großen Verfehlung. Sie war nie das Opfer einer so gewalttätigen und katastrophalen Tat geworden, aber sie hatte etwas erlebt, das dem Verlust des Elternhauses gleichkam.

Der Wärter aus den Sumpfgrotten kam ihr in den Sinn. Bill hatte ihr erzählt, dass er die Pickerlisten für das Brackermoor erstellte. Er war für Gullys Entführung verantwortlich. Der Wärter, der mit Freddie stets auf freundlichem Fuß gestanden hatte, hatte den Namen ihres Sohnes auf die Liste gesetzt.

War es besser, dass Ottilie wusste, wer es gewesen war?

Ja. Auf diese Weise konnte sie ihre Vergangenheit besser verstehen. Irgendwie gab es ihr das Gefühl, mehr Kontrolle, ja ihre eigene Geschichte im Griff zu haben. Andererseits ergab es noch kein klares Bild. Wieso hatte er das getan? Vermutlich würde sie es nie erfahren.

Alba hüstelte und rümpfte die Nase. »Nun ja, Gracie kann damals auch erst fünf oder sechs gewesen sein, so wie ich. Sie hat dieses Verbrechen nicht begangen.«

»Ich will nur sagen, dass sie von schlechten –«

»Es spielt keine Rolle, von wem man abstammt. Gracie ist nicht ihre Eltern.«

»Irgendwie könnte man schon auf die Idee kommen –«

»Merkst du eigentlich, dass du dich wie Leo anhörst?«

»Eigentlich wollte ich nur darauf hinaus, dass Gracie von sich aus Böses getan hat. Also auch schon vor der Verbindung …« Es war ausgeschlossen, absolut ausgeschlossen, dass sie irgendetwas taten, um Gracie zu helfen.

»Ich verteidige sie gar nicht«, sagte Alba. »Ich glaube aber, dass alle fairer beurteilt werden können, wenn wir die Verbindung zu den Blutbiestern auflösen können.«

Ottilie war einer Meinung mit Alba. Möglicherweise waren nicht alle Knochensinger wie Gracie und hatten gar keine andere Wahl gehabt. Und selbst wenn, konnte man ihnen vielleicht die Gelegenheit bieten, ihre Entscheidung zu überdenken. Doch nachdem Ottilie Gracie in den Höhlen des Canyons gesehen hatte, bezweifelte sie, dass auch nur eine Spur von dem Mädchen übrig war, das sie einst gewesen war. So stellte sie es sich entsprechend bei den anderen vor. Dennoch hatte es keinen Zweck, weiter darüber zu reden. Die Heilquelle schied als Lösung aus.

Einen Augenblick lang standen sie in geteilter Hoffnungslosigkeit beieinander. Die höhersteigende Sonne schickte einen goldenen Lichtstrahl über Scoots Bett. Ottilie hatte das seltsame Bedürfnis, die Fensterläden zu schließen. Der Sonnenschein war einfach zu herrlich. Er passte nicht hierher.

»Ich habe Whistlers Bücher gelesen«, sagte Alba schließlich. »Hier und da habe ich etwas über Seika Teufelstöterin gefunden, aber meistens ist die Tinte vergilbt oder Seiten fehlen. Das macht es sehr schwierig. Ich möchte wissen, wie sie den Moorteufel ganz allein ohne Ring oder Salzwaffen oder irgendetwas anderes besiegt hat. Ich glaube, da könnte noch etwas sein … was zwar nicht unbedingt auch Scoot hilft«, sagte sie und senkte den Blick. »Aber wenn Whistler noch einmal mit Schattenschlingern angreift, dann ist jede neue Erkenntnis wertvoll. Falls Seika einen Trick angewandt hat – und sei es Magie –, womit sie den Moorteufel in den Abgrund gejagt hat, könnte Maeve ihn vielleicht auch lernen.«

Ottilie nickte, ohne den Sonnenschein aus den Augen zu verlieren.

»Bis jetzt habe ich leider nichts gefunden, was irgendwie Sinn ergibt. Eine Sache wiederholt sich, es hat irgendetwas mit Seika zu tun … dieser alte Reim: *Die schlaflosen Sterne.*«

Ottilie kannte ihn nicht. »Ist das wichtig? Was sind das für Verse?«

»Nach drei Runden … dann ungefähr *kein Entrinnen vor dem schlaflosen Stern* … ich bekomme es nicht genau zusammen, ohne lange nachzudenken, aber darin kommt auch ein *Träumer* vor. Da habe ich an Ned gedacht.«

Ottilie kniff die Augen zu und versuchte, gründlich zu überlegen. Neds Träume konnten mit einem Reim in Verbindung stehen, der etwas mit Seika Teufelstöterin zu tun hatte, einer Prinzessin aus der tiefsten Vergangenheit, die den ersten Schattenschlinger zur Strecke gebracht hatte. Sie war schon lange tot. Whistler hatte Ned die Wunden zugefügt, die zu seinen Träumen führten, und ihre geheimen Pläne bezogen sich wiederum auf die schlaflose Hexe, um die sich diese Träume drehten. Die Heilquelle, die Scoot hätte retten können, lag in einer Höhle, in der die schlaflose Hexe gefangen gehalten worden war. Und zu einem früheren Zeitpunkt hatte der König, der sich in ihrem Stützpunkt versteckte, Whistler großes Unrecht zugefügt, das sie dazu veranlasst hatte, all dies in die Tat umzusetzen. Es war ein riesiges Puzzle, und Ottilie hatte keine Ahnung, wie sie es zusammensetzen sollte.

18

Atmende Knochen

Unter ohrenbetäubendem Donnern öffnete der Himmel seine Schleusen. Der Regen überflutete den Weg und Ottilie war sofort klatschnass. Sie hatte den Überblick darüber verloren, wie oft sie um das Gelände herumgegangen war. Ihre Patrouille war erst für den Abend angesetzt und ausnahmsweise erschien ihr der freie Nachmittag nicht wie ein Geschenk, sondern wie eine Strafe. Sie hatte versucht, Nachforschungen zu betreiben und etwas zu finden, das Scoot helfen konnte, doch ihre Angst war so groß, dass sie sich nicht konzentrieren konnte. Schließlich hatte sie es aufgegeben und war rausgegangen, um zu joggen.

Der Regen schlug ihr ins Gesicht, als sie zu den verfluchten Stallungen gelangte, in denen die Mägde trainiert hatten. Selbstverständlich waren sie nicht wirklich verflucht, sondern wurden nur nicht mehr genutzt, weil sie zu nah an der Grenzmauer lagen. Endlich konnte Ottilie sich unterstellen und wurde von Hero, der Shepherd-Leopardin, begrüßt. Sie schlich zu ihr herüber und witterte.

»Tut mir leid – heute kein Fisch.« Ottilie streckte die leeren Hände aus, auf denen der Regen glänzte.

Hero fletschte die Zähne und drehte ihr den Rücken zu.

Ottilie wollte gerade ihre müden Beine dehnen, als in den verfallenen Ställen etwas polterte. Ihr Puls schlug schneller. Hier kam so gut wie niemand hin – seit ihrer Ernennung zu Teufelstöterinnen nicht einmal mehr die Mägdetruppe.

Ottilie legte die Hand auf den Dolch an ihrer Hüfte und folgte dem Geräusch zu einer offenen Falltür. Grünliches Licht schien aus der Tiefe. Da unten benutzte jemand Leuchtstäbe.

Als Ottilie ein leises Wiehern hörte, hob sie ruckartig den Kopf. Zwei Pferde standen in dem einzigen Stall, dessen Tor noch funktionierte. Unruhig scharrten sie mit den Hufen und zuckten mit den Schweifen, doch Ottilie hatte erst nur das Licht gesehen und sie nicht bemerkt. Es waren Echo und Warship, und das bedeutete …

»Preddy?«, rief Ottilie durch die Falltür. »Skip? Was macht ihr da?«

Nach einem kurzen Moment der Stille tauchte Skips Kopf in der Öffnung auf.

»Ottilie? Was tust du denn hier?«

Ottilie war erleichtert, dass sie einigermaßen freundlich zu ihr war. Sie zeigte auf ihre durchweichte Kleidung. »Ich war joggen und dann fing es an zu schütten.«

»Oh, bei mir war es das Gleiche«, sagte Skip zerstreut und schaute in den Tunnel.

Ottilie lachte. »Was?«

Skip sah sie erneut an. »So ähnlich, meine ich. Preddy und ich trainieren hier manchmal, wenn auf den anderen Plätzen zu viel los ist.«

»Wieso ist das das Gleiche?«

Skip blickte wieder in den Tunnel. »Kannst du es lesen?«, rief sie.

»Wovon sprichst du überhaupt?«, fragte Ottilie.

»Du redest unverständliches Zeug.« Ottilie erkannte Preddys Stimme. Anscheinend stieg er nach oben, weil die letzten Worte lauter klangen.

Ottilie hatte keine Ahnung, was hier lief.

Preddy sprach von einer Stelle unterhalb von Skip. »Als es anfing zu regnen, wussten wir nicht, wie lange wir hier festsitzen würden, und deshalb ist Isla durch die Tunnel gegangen, um uns etwas zu essen zu holen. Dabei hat sie eine Entdeckung gemacht.«

»Zum Glück haben wir ein paar von unseren alten Leuchtstäben in der Scheune gefunden, sonst hätte ich es gar nicht gesehen!«, sagte Skip und grinste stolz. Sie winkte Ottilie, ihr zu folgen, und kletterte rasch die Leiter hinunter.

Ottilie stieg ebenfalls in den Tunnel ab.

»Hier ist es«, sagte Skip. »Aber ich kann nicht lesen, deshalb …«

»Und ob du lesen kannst«, unterbrach sie Preddy.

Skip winkte ab. »Aber nicht gut. Wie auch immer, ich

habe Preddy geholt, damit er sich das ansieht. Und dann bist du nach deiner Schwimmeinlage aufgetaucht.« Sie lachte.

»Da ist es.« Preddy hielt die Leuchtstäbe hoch. »Wir sind bestimmt hundert Mal daran vorbeigekommen, haben aber nie hochgeschaut.«

Ottilie blieb der Mund offen stehen. An der Tunneldecke waren ... Sie strengte ihre Augen an. Merkwürdige Zeichen.

Sie blinzelte.

Nein, doch nicht so merkwürdig – die Buchstaben waren vertraut. Es handelte sich um ein Lied oder ein Gedicht. Ein Teil der Decke war eingebrochen, und von der vermutlich ersten Strophe waren nur noch zwei Worte übrig: *führt dich.* Die Verse darunter schienen vollständig zu sein.

»Und?«, fragte Skip ungeduldig. »Was steht da?«

Preddy räusperte sich und hielt die Leuchtstäbe noch höher. »*Licht der Sonne, des Himmels Blüte. Dort endet dein Weg, atmende Knochen behüte.*«

Atmende Knochen? Ottilie lief ein Schauer über den Rücken. Obwohl sie nicht wusste, was es zu bedeuten hatte, gefiel ihr das gar nicht.

»Mittag«, sagte Skip. »Licht der Sonne, des Himmels Blüte – Mittag.«

»Und was ist mit dem Schluss?«, fragte Ottilie. Sie sah erst Skip an, die mit den Schultern zuckte, und dann Preddy, der wiederum Skip mit einem merkwürdigen Gesichtsausdruck ansah.

»Preddy?«, fragte Ottilie. »Was sind *atmende Knochen*?«

»Was?«, fragte Preddy und zuckte leicht zusammen.

In dem grünlichen Licht konnte man es unmöglich sagen, doch Ottilie hätte geschworen, dass er rot geworden war.

»Atmende Knochen ist eine ausgefallene Bezeichnung für … nun ja, die Untoten. Oder für jemanden, der lebendig begraben wurde – das ist wahrscheinlich genauer«, erklärte Preddy.

»Du meinst eine schlaflose Hexe?«, fragte Ottilie. Ihr Atem ging ein wenig stockend und sie war sich mit einem Mal des engen Raums und der Dunkelheit sehr bewusst.

»Ist das also ein Reim über jemanden, der am Mittag eine schlaflose Hexe findet?«, fragte Skip. Das sagte sie ganz lässig. Ottilie hatte ihren Freunden nichts von Whistlers Interesse an der schlaflosen Hexe erzählt, weil Neds Situation zu sehr davon beeinflusst wurde. Skip hatte keinen Anlass, den Reim für etwas anderes als ein interessantes, historisches Überbleibsel zu halten.

»Scheint so«, sagte Preddy. »Ich frage mich, was da gestanden hat.« Er zeigte auf den eingestürzten Bereich weiter oben.

Ottilie wollte es lieber nicht wissen. »Wieso sollte jemand eine schlaflose Hexe finden wollen?« Nun, sie kannte mindestens eine Person, die genau das wollte. Hatte Whistler die Inschrift gesehen?

»Vielleicht sollten alle wissen, wo sie liegt, damit niemand sie aus Versehen ausgräbt«, sagte Skip lachend. Ottilie hoffte, dass sie recht hatte.

Preddy betrachtete stirnrunzelnd die einzelnen Worte. »Das ist Hexenschrift.«

»Was ist denn *Hexenschrift*?«, fragte Skip. Ottilie hatte auch noch nie davon gehört.

»Als ich zum ersten Mal hingesehen habe«, sagte Preddy, »war es in Alt-Usklerianisch geschrieben, und dann hat es sich in das moderne Alphabet verwandelt.«

»Du kannst Alt-Usklerianisch lesen?«, fragte Skip.

Preddy schüttelte den Kopf. »Aber ich weiß, wie es aussieht – mein alter Lehrer hat mir Beispiele gezeigt.«

»Also schließt du aus der Veränderung der Buchstaben, dass es sich um Hexenschrift handelt?«, fragte Ottilie.

»Es hat sich selbst für uns übersetzt?«, wollte Skip wissen.

Preddy nickte. »Das ist der Sinn von Hexenschrift, so habe ich es gelernt. Wenn die Worte sehr alt sind, verlangsamt sich die Magie und man kann den Wandel mitverfolgen – das bedeutet, diese Inschrift besteht seit Jahrhunderten.«

Wieso gab es diesen Tunnel schon so lange? Die Jagd von Narroway hatte erst vor dreißig Jahren den Dienst aufgenommen. Wie alt war Fort Fiory? All diese Fragen konnte Ottilie nicht beantworten, doch andererseits war es wohl auch nicht nötig, sich damit zu beschäftigen.

Dennoch war sie beunruhigt und hatte den ganzen Nachmittag über bis zum Abend ein unbehagliches Gefühl. Sie glaubte, wie bei einem Rätsel, das man nicht entziffern konnte, etwas Wesentliches außer Acht gelassen zu haben. Dabei kannte sie das Rätsel nicht einmal.

Als es endlich Zeit für ihre Patrouillenschicht war, war Ottilie kolossal erleichtert. Sie hätte nie gedacht, dass sie sich auf eine Begegnung mit Schattenschlingern freuen könnte, doch ein Kämpfchen gegen einen Schwarm Jivvies oder ein Ringkampf mit einem Learie war gerade alles, wonach sie sich sehnte.

19

Der Träumer

»Was ist das?« Leo zeigte nach unten.

Offiziell hatten sie den Auftrag, verschiedene Zonen zu überwachen. Doch da Ottilie die Vorstellung, schon wieder allein zu sein, nicht ertragen konnte, hatte sie den Befehl missachtet und war mit Leo auf seiner Patrouillenroute unterwegs. Zu ihrer Überraschung hatte Leo kein Wort dazu gesagt.

Nox glitt tiefer, und die Leuchtstäbe, die an ihren Sattel gebunden waren, warfen grünliches Licht auf das Gelände. Ottilie strengte ihre Augen an. Da sprang etwas durch die Netzholzbäume.

»Das ist ein *Hund*«, sagte Ottilie. Sie hörte, wie er bellte, doch ein Shepherd konnte es nicht sein – nicht so weit von Fiory entfernt. Es sei denn … ihr stockte der Atem. »Ich glaube, es ist Pinguin!«

»Das kann gar nicht sein«, rief Leo von weiter oben. »Ned ist heute nicht eingeteilt.«

Sie schwenkten um und untersuchten die Lage. Ein verrottender Graben war von der welkenden Krankheit vergiftet worden. Und tatsächlich hüpfte dort ein scheckiger, halbwüchsiger Shepherd vor und zurück und wühlte mit seinen panischen Bewegungen giftigen Matsch auf.

Fluchend sprang Leo hinunter. Pinguin raste auf ihn zu und heulte nun aus voller Kehle. Ottilie glitt ebenfalls auf den Erdboden und ging auf wackeligen Beinen näher heran. Sie ließ den Blick schweifen, doch innerhalb der Reichweite ihrer Leuchtstäbe konnte sie keine Spur von Ned erkennen.

»Wo ist er? Was ist passiert?«, fragte Leo und tätschelte Pin, um ihn zu beruhigen.

»Er schlafwandelt in der letzten Zeit.« Es rutschte ihr einfach heraus.

»Ich weiß! Du bist die Einzige, die ständig Dinge vor mir geheim hält.«

Die Worte trafen sie wie ein Schlag ins Gesicht. Sie hatte nur vorgehabt, Ned zu beschützen. Woher sollte sie wissen, dass er sich auch Leo anvertraut hatte? Es spielte ohnehin keine Rolle. Sie geriet in Panik. Wenn Ned erneut so geistesabwesend war wie im Auenhain, hatte er gegen einen Schattenschlinger keine Chance.

Sie suchten über eine Stunde lang nach ihm, mal zu Fuß mit Pinguin, mal fliegend. Nun war Ottilie wieder am Boden, und Leo war in der Dunkelheit verschwunden, als plötzlich ein schwarzer Schatten vor ihr herabstieß. Rasch zückte sie einen Pfeil aus dem Köcher auf ihrem Rücken.

Pinguin senkte den Kopf und knurrte mit gesträubtem Nackenfell. Doch als die Flügel verschwanden und Maeve ins welke Laub trat, beruhigte sich der Shepherd sofort.

Maeve keuchte, sie war völlig außer Atem. Mühsam stieß sie einige Worte hervor: »Die Vögel haben es Bill gesagt. Sie haben … *Whistler* gesehen. Sie hat sich Ned geschnappt!«

»Was?« Ottilies Sicht verschwamm und sie tastete Trost suchend nach Pinguin. Kühle Luft schlug ihr ins Gesicht, als Maestro in der Nähe landete.

»Whistler hat Ned in ihrer Gewalt, Leo!«, rief Ottilie.

»Was? Warum?« Er sprang ab und eilte zu ihnen.

»Er ist geschlafwandelt«, sagte Maeve. »Jenseits der Grenzmauern. Sie hat ihn sich geschnappt und ist weggeflogen!«

»Aber wie ist er überhaupt hierhin gekommen?«, fragte Ottilie atemlos. »Man kann nicht einfach am Mauerdienst vorbei schlafwandeln.«

»Die Wächter waren abgelenkt, weil sie Jivvies abschießen mussten«, antwortete Maeve. »Das Tor ging von selbst auf. So sah es jedenfalls aus, aber wahrscheinlich steckt Whistler dahinter.«

»Was will sie bloß von ihm?« Leos Stimme war dünn vor Angst.

Es gab viele Möglichkeiten. Ottilie holte scharf Luft. »Der Ersatzplan!«, rief sie. »Bill hat gesagt, Whistler hätte es mit ihm aufgegeben. Er konnte ihr die gewünschten Informationen über die schlaflose Hexe nicht liefern. Sie sagte, sie müsse sich mit ihrem Ersatzplan begnügen. Der hat mit

Ned zu tun, und mit den Träumen – er träumt doch die ganze Zeit von der schlaflosen Hexe!«

»Wir müssen sie verfolgen«, sagte Leo. »Wir müssen ihn finden.«

Ottilie grub die Fingernägel in ihre Hand. Ja, sie mussten Whistler verfolgen. Aber wohin war sie mit Ned verschwunden? »Erst müssen wir mit Bill reden.«

Bill legte eine Hand vor seine Augen und wippte auf einem Stuhl am Kamin vor und zurück. »Ich kann nicht. Es tut mir leid. Ich kann mich an nichts mehr erinnern.« Er kippelte so weit nach hinten, dass er beinahe vom Stuhl gefallen wäre. Maeve schubste ihn in eine aufrechte Position zurück.

»An gar nichts?« Ottilies Stimme bebte. Was sollten sie jetzt machen? Was wurde aus Ned?

Bill schüttelte den Kopf und ließ die Mundwinkel hängen.

Während Ottilie vor ihm auf und ab tigerte, biss sie sich auf die Lippe. Sie war mit Leo direkt in Monties Küche gegangen, um etwas zu essen zu holen. In der Zwischenzeit hatte Maeve Bill geholt. Obwohl sie nicht wussten, wohin Whistler Ned verschleppt hatte, erschien es unsinnig, ohne Proviant aufzubrechen.

»Was macht ihr denn hier?«, fragte Alba, die plötzlich mit einem Tablett mit schmutzigem Geschirr – vermutlich vom nächtlichen Mahl eines Direktors – an der Tür stand.

»Essen holen«, antwortete Leo.

Ottilie und Maeve brachten Alba rasch auf den neuesten Stand.

Alba atmete stoßweise aus und stellte das Tablett auf den Küchentisch. »Ihr habt echt Glück, dass Mum früh ins Bett gegangen ist.«

Ottilie beachtete sie kaum, denn sie hatte sich bereits wieder Bill zugewandt, der leise vor sich hin murmelte.

»Sagst du Zahlen auf?«, fragte Maeve und beugte sich vor, als wollte sie ihm von den Lippen lesen.

»Eine Zahl?« Bill stand auf und betrachtete den Thymianbusch, den Montie zum Trocknen an die Decke gehängt hatte. Er zuckte mit den Fingern, als würde er zählen. »Zwei Tage. *Drei* … drei Dreien!«

»Drei Dreien sind neun«, sagte Alba unwillkürlich.

»Wieso rechnen wir jetzt?«, fragte Maeve.

»Was hat das alles mit der Sache zu tun?« Als Leo auf den Tisch haute, erschraken alle. Nur Maeve ließ sich nicht aus der Ruhe bringen und warf ihm einen bösen Blick zu.

»Jahre«, sagte Bill und lief hin und her. Seine biegsamen Füße machten klebrige Geräusche. »In zwei Tagen ist es neunhundert Jahre her, seit der Eisensarg unter der Erde versiegelt wurde.« Er legte die Hände über die Augen. »Ich erinnere mich«, wisperte er.

»Und?«, fragte Leo. Ottilie merkte, dass er es freundlich klingen lassen wollte.

»Bist du sicher?«, fragte Maeve.

Bill setzte sich wieder und tippte sich an die Schläfe.

»Whistler hat gewartet«, sagte Ottilie. »Worauf hat sie gewartet?«

Alba schlug die Hand vor den Mund und holte dann etwas aus der Tasche. »*Nach drei Runden, drei Runden, drei Runden …*«

»Was?«

»Ich habe mehr über Seika Teufelstöterin gelesen«, sagte Alba und glättete ein zerknülltes Blatt Pergament. »Und ich stolpere immer wieder über das Gleiche. *Die schlaflosen Sterne* – einen alten Reim. Ich trage ihn mit mir herum, weil ich herausfinden will, was er bedeutet.«

Ottilies Blick glitt zu dem Pergament. Dies war das Lied, in dem auch der *Träumer* vorkam. Alba hatte ihr davon erzählt.

»Ein *Reim*?«, fragte Leo, als hielte er das für komplette Zeitverschwendung.

»*Alle in einer Reihe, der leuchtende Kern, kein Entrinnen vor dem schlaflosen Stern*«, sang Alba.

Ottilie runzelte die Stirn. »Verstehe ich nicht.«

»*Nach drei Runden, Runden, Runden, endlich hat es der Träumer gefunden.*«

Bill wiegte sich erneut hin und her. Maeve tätschelte seine Schulter. »Drei Runden?«, fragte sie.

»Ich glaube, damit sind *Jahrhunderte* gemeint«, erklärte Alba. »Ich versuche schon so lange, das Rätsel zu lösen – wegen der Wortwahl habe ich schon an einen Bezug zur *Zeit* gedacht, aber auf Jahrhunderte wäre ich nie gekommen! Aber da steht dreimal *Runden, Runden, Runden*, wie Bill gesagt hat. Drei mal drei – neun! Und der *Träumer, der leuchtende Kern*, das muss Ned sein!«

Leo streckte den Arm aus. »Neds Wunden gleichen drei Sternen«, sagte er.

»Und sie leuchten, wenn er träumt«, fügte Ottilie hinzu. Die Zeit der Geheimnisse war vorüber. Sie drehte an ihrem Daumenring und dachte gründlich nach. Überall waren kleine Hinweise verstreut. Diese Worte, diese alten Lieder … sogar in den Ringen. Verse aus dem Blitzlied. Vielleicht hatte das Blitzlied auch etwas mit alldem zu tun, schließlich ging es darin um eine schlaflose Hexe.

Brandmale, die wie drei Sterne aussahen … Ottilie sog die Luft ein. »*Prassel, zischel, züngel, bei drei hinterlässt er seinen heißen Kuss!*«

Albas Augen waren so groß wie Raureifpflaumen. »Und *knirsch, knorsch, immer tiefer musst du graben* … es geht darum, wo sie begraben ist! Das kann kein Zufall sein. Es ist neunhundert Jahre her, seit eine schlaflose Hexe lebendig begraben wurde, und Whistler hat Ned als ihren Führer gezeichnet. Die Brandmale geleiten ihn zu dem Eisensarg!«

Ottilie schwirrte der Kopf. »Das ist es also – so muss es sein … alles passt zusammen!«, sagte sie. »Whistler will die schlaflose Hexe ausgraben, aber da Bill ihr nicht sagen konnte, wo sie begraben ist, musste sie auf den neunhundertsten Jahrestag warten – und auf einen *Träumer*, der ihr den Weg zeigt. Das ist das, worauf sie gewartet hat!«

»Eine Hexe, die niemand töten kann«, sagte Maeve und wurde blass.

»Sie will sie in ihre Armee eingliedern«, sagte Ottilie entsetzt. »Eine schlaflose Hexe würde ihr gegen die Jagd von Narroway zweifellos weiterhelfen. Und … was … in zwei Tagen?« Sie sah Bill an, der die Hände über die Augen legte und nickte.

Das letzte Puzzleteilchen fiel an seinen Platz. »Mittags«, sagte Ottilie. »Wenn das ihr Plan ist, wird sie sie übermorgen in der Mittagsstunde ausgraben.«

Die anderen starrten sie an.

»Skip hat eine Inschrift im Tunnel bei den verfluchten Ställen gefunden«, erklärte sie. »Sie war in Hexenschrift geschrieben – es ging darum, am Mittag eine schlaflose Hexe zu finden … *atmende Knochen behüte.*«

Alba tippte stirnrunzelnd auf ihr Bein.

»In den Reimen geht es immer um das Gleiche«, sagte Ottilie.

»Wie bei einer Prophezeiung?«, fragte Alba.

Maeve schüttelte den Kopf. »In meinen Ohren hört es sich eher nach einem Zauberspruch an. Vermutlich muss man ein bestimmtes Ritual vollziehen, um zu bekommen, was man will. So funktioniert Magie. Vor allem bei Zaubersprüchen, die sehr lange gültig sind. Ich habe einiges über solche Dinge gelesen. Vielleicht kann man den Sarg nur ausgraben, wenn man einen Träumer gezeichnet hat, der einen dann zu einer bestimmten Zeit an einem bestimmten Tag dorthin führt. Neunhundert Jahre hören sich an wie ein Schwachpunkt vor der Jahrtausendwende, wenn es für alle Ewigkeit besiegelt wäre.«

»Die Reime könnten alten Aufzeichnungen des Rituals ähneln«, sagte Alba. »Vielleicht versuchen die Menschen, sie in Erinnerung zu behalten und an die nächste Generation zu überliefern. Lieder gehen den Menschen unter die Haut. Sie überleben viel länger als schriftliche Aufzeichnungen.«

Sie runzelte die Stirn. »Aber warum am neunhundertsten Jahrestag? Die Brandmale des Träumers ... die ganzen Bedingungen? Wieso gibt es so viele Hindernisse?«

»Es soll mit Absicht nicht einfach sein«, sagte Ottilie. »Es geht um eine schlaflose Hexe.«

Sie biss sich fest auf die Lippe. Warum hatte sie das alles nicht eher miteinander verbunden? Sie wusste, dass Whistler sich für die schlaflose Hexe interessierte, und warum, hätte wirklich jeder erraten können! Sie war so zerstreut gewesen, hatte sich immer wieder auf etwas anderes gestürzt, auf die Sache mit Scoot, den König, Bills Befreiung, von ihren Jagdpflichten ganz zu schweigen ... sie hatte keinen klaren Kopf gehabt.

»Soweit ich weiß, hat man bei Zaubersprüchen keine große Wahl«, sagte Maeve und blickte hektisch zur Tür, als hätte sie Angst, belauscht und erneut in die Laklands verbannt zu werden. »Das gilt vor allem für die besonders starken Sprüche. Wenn eine Hexe den Sarg auf magische Weise versiegeln, aber für den Notfall eine Art Schlupfloch einbauen wollte ... kann es sein, dass neunhundert Jahre die einzige Möglichkeit darstellten – einen Schwachpunkt, wie ich schon sagte.«

»Aber das hilft uns immer noch nicht weiter!«, sagte Leo. »Wie sollen wir Ned finden, wenn Bill nicht weiß, wo der Eisensarg vergraben ist?«

Ottilie runzelte die Stirn und grübelte. Etwas irritierte sie, eine Erinnerung oder eine Erkenntnis, die sie nicht benennen konnte. Sie ging in Gedanken das Blitzlied noch einmal durch und versuchte, sich an die richtige Reihenfolge und die Originalverse zu erinnern, die Alba vor einigen Monaten geklärt hatte:

Krachzack, knister, knaster, der Blitz weiß, wo er einschlagen muss.

Prassel, zischel, züngel, bei drei hinterlässt er seinen heißen Kuss.

Weine, greine, Essenszeit, die Schläferin kommt keinen holen.

Knirsch, knorsch, immer tiefer musst du graben und für deine Taten zahlen.

»*Der Blitz weiß, wo er einschlagen muss*«, murmelte sie. »Da, wo der Blitz in den Boden einschlägt, ist eine Hexe lebendig begraben.« Das hatte Scoot in ihrem Grünschnabeljahr zu ihr gesagt – an dem Tag, an dem die Yicker sie im Auenhain angegriffen hatten.

»Und?«, sagte Leo. »Der Blitz schlägt an allen möglichen Orten ein. Es könnte überall sein.«

Sie war ganz kurz davor. Sie kannte die Lösung, die einem staubigen, alten Buch ähnelte, das sie abwischen und ans Licht halten musste. Ottilie dachte an die letzte Begegnung mit Ned, als er die goldenen Blumen auf der Fensterbank der Krankenstation angestarrt hatte. Sie erinnerte sich an den Schatz, den Gully und sie unter ihrem Lieblingsbaum begraben hatten, und den Blitz, vor dem sie damals vor Jahren in den Longwood Forest geflohen war.

Plötzlich war ihr alles klar.

»Ich weiß, wohin sie gehen«, sagte sie. »Ich weiß, wo der Eisensarg liegt!«

20

Auf Wiedersehen, Fiory

Sie warteten auf die Morgendämmerung. Da Ottilie Gully versprochen hatte, ihn nie mehr allein zu lassen, gingen sie gemeinsam bis an die Zähne bewaffnet zum Wingerslink-Gehege.

»Hallo«, sagte Skip, als sie um die Ecke bogen. »Was habt ihr zwei denn vor?« Sie und Preddy trugen Jagdkleidung und waren offenbar unterwegs zu den Stallungen.

Ottilies Blick glitt zu den anderen Jagdleuten, die in verschiedene Richtungen über das Gelände strebten. »Wir können hier nicht stehen bleiben – kommt schnell mit!«

Preddy zögerte und warf einen Blick zu den Stallungen.

Gully sah ihn bedeutungsvoll an. »Du kannst auch mal zu spät kommen, Preddy.«

Während sie weiterliefen, erzählten sie ihnen von Ned und dem Sonnenbaum.

»Ich komme mit«, verkündete Skip im Wingerslink-Gehege.

Leo stand vor Maestros Stall. Er hatte die Arme verschränkt und die Stirn gerunzelt. »Was macht ihr denn hier?«, fragte er barsch.

Alba war auch da. Sie hatte sie letzte Nacht aus der Küche geworfen und ihnen versprochen, morgens etwas zu essen vorbeizubringen. Mit einem misstrauischen Blick zu Nox verstaute sie die letzten Vorräte in einer Satteltasche.

Pinguin tigerte hin und her und knurrte oder bellte abwechselnd die Wingerslinks an, die in ihren Ställen rumorten. Shepherds und Wingerslinks waren einander nicht grün, doch Pinguin war nicht von Leos Seite gewichen.

»Ich komme mit«, sagte Skip und sah Leo in die Augen.

Er schüttelte den Kopf. »Du bist ein Grünschnabel. Außerdem haben wir keinen Platz für dich.« Er zeigte auf Maestro und Nox, die gesattelt und startklar waren.

»Wir können zu zweit fliegen«, erwiderte Skip und sprang frech über das Tor zu Maestros Stall. Als der Wingerslink herumschwenkte und knurrte, machte Skip einen Satz, und es war ein Anzeichen für Leos Angespanntheit, dass er nicht lachte. Normalerweise munterte es ihn auf, wenn Maestro andere erschreckte.

»Wir brauchen den Platz für Ned, wenn wir ihn zurückbringen«, sagte er genervt.

»Maestro ist riesig«, sagte Skip mit einem argwöhnischen Blick. »Wir können zu dritt auf ihm reiten. Du weißt doch gar nicht, was da draußen passieren wird.«

»Sie kommt mit«, entschied Ottilie. Skip war schlau und hart im Nehmen. Sie würden sie vermutlich gut gebrauchen können.

Leo hob resigniert die Hände. »Meinetwegen!« Er riss das Tor auf. »Uns läuft die Zeit davon – jetzt macht schon!«

Die Wingerslinks stürmten aufs Feld, dicht gefolgt von Ottilie und Leo.

»Whistler wird Ned nichts tun.« Ottilie zwang sich zu einem zuversichtlichen Tonfall, der ihren Gefühlen leider nicht ganz entsprach. »Jedenfalls nicht, bis er ihr zeigt, wohin sie gehen muss.«

Leo biss die Zähne zusammen und blickte auf seine Stiefel. »Das weißt du doch gar nicht.«

»Doch, ich bin mir sicher. Er kann es ihr nicht einfach sagen, weil er nur davon geträumt hat. Er weiß gar nicht, wo der Sonnenbaum steht, und muss sich dorthin tasten. Maeve sagt, die Brandmale werden ihn führen.« Ottilie hatte keine Ahnung von Magie, aber Maeve hatte das alte Hexenbuch studiert und war überzeugt davon, dass es so funktionierte.

Knurrend ging Leo weiter. »Pin, du bleibst bei Alba, ist das klar?«, sagte er und tätschelte seinen Kopf. Der Shepherd kam näher und schmiegte sich an Leos Beine.

Alba ging in die Hocke und streichelte ihn zum Trost.

Schließlich bestiegen Leo und Skip Maestro, und Gully und Ottilie ritten auf Nox. Ottilie wollte sich nicht verabschieden. Sie wollte glauben, dass sie bald zurückkamen. Mit Ned. Gesund und munter.

Auf einmal spürte sie etwas auf der linken Seite. Bill stand mit einer schwarzen Eule auf dem Kopf an ihrem Knöchel. Er hatte die Mundwinkel nach unten gezogen und sah sie an, als hätte er eine böse Vorahnung.

»Sie kommt mit.« Sein Blick glitt nach oben. »Für den Fall, dass ihr eine Hexe braucht.«

Ottilie lächelte. Sie sah ihm an, dass es nicht seine Idee gewesen war. Bill hatte zweifellos lange versucht, Maeve davon abzubringen, mitzukommen, so wie er einst Ottilie gebeten hatten, nicht nach Narroway zu gehen.

»Wir kommen zurück, Bill.«

»Das hast du schon einmal gesagt.« Er schlang seine langen Finger um ihr Bein.

Als er das zum letzten Mal getan hatte, war er kurz darauf in Whistlers Gefangenschaft geraten, die ihn monatelang festgehalten hatte. »Diesmal verspreche ich es dir.«

21

In der alten Heimat

Sie flogen zur Küste, das war die längste, aber sicherste Route. Eine Verzögerung durch Angriffe von Schattenschlingern konnten sie nicht riskieren. Es war ein merkwürdiges Gefühl, als Nox über die Wellen sauste und sich in ihren Bewegungen anpasste, um dem Küstenstreifen zu folgen.

Die stärker werdende Sonne tauchte die Welt in goldenes Licht, und die kühle Salzluft hatte etwas Tröstliches, als würden sanfte Hände Ottilie das Haar aus dem Gesicht streichen. Maeve flog vorneweg durch wabernde Lichtschleier. Unter ihnen rauschte ein riesiger Schatten, ließ hier eine Flosse aufblitzen, da einen gewaltigen Schwanz, und brachte die Wellen in Wallung.

Zweimal hielten sie an, um den Wingerslinks eine Pause zu gönnen, einmal an einem Steinstrand und dann auf einer Felsenklippe. Sie machten es sich gerade am Rande der Klippe gemütlich, als Ottilie etwas bemerkte: Eine fließende Dunkelheit, die aus einer Ritze in der zerklüfteten Felskuppe troff. Sie glich schwarzem Wasser, war aber zu zähflüssig und zerteilte sich in Ranken und klebrige Wurzeln, die aus dem Spalt krochen.

Gully schrie auf. Eine Rokkerschar, riesigen blutroten Skorpionen gleich, erhob sich aus der Pampe. Die Ritze wurde breiter, der Boden schmolz und bröckelte. Die Rokker schüttelten das klebrige Zeug ab, während sie zu Leos ausgestreckten Beinen huschten. Mit einem überraschten Aufschrei sprang er auf und trat zu.

Ottilie ließ den Schleim nicht aus den Augen und beorderte die Wingerslinks weiter fort. Der Stich der Rokker hatte eine lähmende Wirkung, und die Wingerslinks konnten hier nicht helfen, ohne sich selbst in Gefahr zu bringen.

Ottilie nahm die Knochenkette, die sie in der Tasche hatte, in die Hand, während Skip, Gully und Leo stampften und zutraten. Sie hatten viel mehr Probleme als im Kampf gegen größere Schattenschlinger. Wäre sie nicht derart besorgt gewesen, hätte Ottilie gelacht. Doch sie glaubte, dass sie verstanden hatte, was sich hier abgespielt hatte. Sie und Leo hatten es schon einmal beobachtet: die Entstehung eines Schattenschlingers. Doch Whistler war nicht in der Nähe. Das wusste sie genau, weil die Knochenkette nicht summte.

Auf diesem von der welkenden Krankheit heimgesuchten Fleck waren die Rokker ganz von allein entstanden. Ottilie hatte gedacht, Narroway müsste erst eine geschwärzte Ödnis werden, bevor so etwas möglich war. Sie wäre nie darauf gekommen, dass es jetzt schon geschah.

Als sie das Zischen und Eindringen eines Pfeils hörte, drehte sie sich zu Skip um, die den Bogen sinken ließ. Sie folgte ihrem Blick zu einem gigantischen Rokker in der Größe einer riesigen Ratte, den Skip mit dem Pfeil an den Boden genagelt hatte. Der giftige Stachel war nur wenige Zentimeter von Leos Wade entfernt. Leo wirbelte herum und wich entsetzt zurück. Als er sich wieder zusammengerissen hatte, machte er einen lässigen Schritt zur Seite und zertrat den letzten Rokker. Mit einem gleichzeitig genervten und bewundernden Blick sah er zu, wie Skip ihren Pfeil aus einem schleimigen Haufen zerbrochener Panzer zog.

»Das ist das zweite Mal, dass du von einem Grünschnabel gerettet wurdest«, sagte Skip und zwinkerte Ottilie zu.

»Wenn du ihn nicht erledigt hättest, wäre ich zur Stelle gewesen«, sagte Leo.

Skip grinste, zwirbelte den Pfeil und wischte ihn an einer Stelle mit gummiartigen Gräsern ab. »Was machen die so nah an der Küste?«

Ottilie holte die Wingerslinks wieder herbei. Die anderen hatten es noch nicht verstanden, und sie hatte wenig Lust, ihnen die scheußliche Neuigkeit zu verkünden. Schließlich holte sie tief Luft und sagte: »Sie sind von selbst entstanden.« Ottilie zeigte auf die klebrige Lache.

Leo runzelte die Stirn und warf einen hektischen Blick ins Landesinnere. »Auf keinen Fall. Vielleicht wurden sie geschickt.«

»Glaubst du, Whistler weiß, dass wir kommen?«, fragte Gully.

»Warum sollte sie sich die Mühe machen, uns Steine in den Weg zu legen?«, fragte Ottilie. Whistler hatte sie bisher auch nicht sonderlich ernst genommen.

»Ich glaube, nachdem du sie in der Höhle plattgemacht hast, wäre sie dumm, es nicht zu versuchen«, sagte Leo und wies mit dem Kopf auf Maeve.

Maeve, die in Eulengestalt auf Nox' Sattel hockte, stieß einen Schrei aus, der alles und nichts bedeuten konnte.

»Wenn sie morgen Mittag ihre einzige Chance bekommt, das durchzuziehen, kann sie es nicht riskieren, dass ihr Zeitplan durcheinanderkommt«, sagte Ottilie. Wie traurig – die Vorstellung, Whistler würde sie aufspüren und behindern, war tröstlicher als die Alternative. Ottilie schlang die Arme um sich. »Glaubt mir, sie hat die Rokker nicht geschickt. Sie sind von selbst entstanden. Direkt hier, schaut es euch an.«

Leo und Skip kamen zu ihr, um die Stelle zu begutachten, die von der welkenden Krankheit befallen war.

Gully blieb auf Abstand, weil er Ottilie auch so glaubte. »Sie ... also was ... können jetzt überall entstehen? Ohne dass Whistler sie heraufbeschwört?«, fragte er mit großen Augen.

Sie runzelte die Stirn. »Nicht überall, würde ich denken. Nur an Stellen, an denen etwas richtig Schlimmes passiert ist.«

Das Böse singt ihnen vor ... Das hatte Alba ihr einmal

erzählt. So wie eine gute Tat die Heilquelle hervorgebracht hatte, konnte eine böse Tat Schattenschlinger und die welkende Krankheit hervorbringen. Die Welt wurde hier geschwächt – so hatte Whistler es ausgedrückt. Sie wurde fruchtbarer für Schattenschlinger und erleichterte ihnen den Weg nach oben.

»Also muss hier etwas Schreckliches geschehen sein«, bekräftigte Ottilie. »Nur so können die Schattenschlinger von allein herauskommen.«

Leo blickte aufs Meer hinaus, dann nach Westen, ging schließlich zum Rand der Klippe und schaute hinunter. »Sklavenhöhlen«, sagte er, als er zu den anderen zurückkam.

Maeve schwang sich in die Lüfte, flog über den Abgrund und verschwand weiter unten.

»Welche Sklaven?«, fragte Skip.

»Viago der Eroberer hat die Sklaverei in den Usklers wieder eingeführt«, antwortete Leo.

»Das ist Whistlers Vater, stimmt's?«, fragte Gully.

Ottilie nickte.

Skip zog eine Augenbraue hoch. »Tolle Familie«, murmelte sie.

»Das hatten wir gerade in Geschichte, bevor ich hergekommen bin«, erklärte Leo. »Nach dem Laklandkrieg versteckten sich viele Laklander in Narroway. Die Sklavenhändler spürten sie dort auf und hielten sie in Höhlen an der Küste gefangen. Später kamen Boote aus Wikric Town und sammelten sie ein, um sie dort auf dem Sklavenmarkt zu verkaufen.«

Von seinem lässigen Tonfall wurde Ottilie übel. Er gab nur eine Unterrichtsstunde wieder. Sklaven … Sie hatte gewusst, dass die Uskler im Laufe der Geschichte immer wieder Sklaven gehalten hatten, doch das war ihr immer wie aus weiter Ferne erschienen, wie eine Erzählung und nicht etwas, das echten Menschen passiert war – unter dem Befehl und Zwang anderer echter Menschen. Doch als sie dort stand, spürte sie es. Die Realität, das Entsetzen. Es warf sie beinahe um. Sie erlebte eine neue Art der Angst – ein lähmendes Misstrauen. Wie konnten Menschen so etwas Schreckliches tun?

Doch trotz seiner Schnoddrigkeit war auch Leo betroffen. Er sah betont vom Rand des Abgrunds woandershin, mit steifen Bewegungen und zuckendem Daumen.

Die Sklaverei war grauenhaft und Whistlers Vater hatte sie erneut eingeführt. Ottilie hätte es nicht für möglich gehalten, dass sie Viago den Eroberer noch mehr verabscheuen konnte. Doch sie erinnerte sich vage daran, dass Feo Sol die Sklaverei abgeschafft hatte. Er war Whistlers Bruder. Whistler hatte ihn als einen guten König bezeichnet. Wie enttäuschend – ja vernichtend –, dass Viago vor ihm und Varrio nach ihm an der Macht waren.

Maeve flog über den Klippenrand und landete als Mädchen im Gras. Sie sah völlig fertig aus. »Die Schattenschlinger kommen wohl schon eine Weile daraus hervor – die welkende Krankheit hat sich dort überall ausgebreitet«, sagte sie. »Es gibt einen wahren Bienenstock von Höhlen, die bis ganz nach unten reichen. Sie sind durch und durch verfault, aber dennoch finden sich noch …«, sie hatte Mühe, es auszusprechen, »S-Skelette und Ketten an den Wänden.«

Ottilie wich das Blut aus dem Gesicht. Sie wandte sich wieder der Lache der welkenden Krankheit zu – an dieser Stelle hatte die Welt begonnen, zu verfaulen. Kein Wunder …

Es war zu gefährlich, in Narroway zu kampieren, sogar an der Küste. Sie flogen ein Stück weiter aufs Meer hinaus und mieden weiträumig das Gebiet, wo die Grenzmauer zwischen Narroway und den Usklers auf den Ozean traf. Sie wollten auf keinen Fall bemerkt werden, weil das unnötige, komplizierte Folgen haben konnte, und trieben deshalb so weit fort, dass sie kein Land mehr sehen konnten. Es fühlte sich wunderbar befreiend an, an allen Seiten nur vom Meer umgeben zu sein. Ottilie schaute nach Süden und dachte an Neds Zuhause in Sunken Sweep. Sie war noch nie dort gewesen … im Grunde war sie noch nirgendwo hingekommen und fragte sich jetzt, ob das noch jemals geschehen würde.

Die nahende Abenddämmerung legte einen violetten Schleier über den Himmel, der hier und da von bronzefarbenen Lanzen durchstochen wurde. Sie wandten sich nach Norden und flogen auf das Land zu. Gully beugte sich vor und stupste mit dem Kopf sanft Ottilies Schulter an. Sie verstand, was er damit sagen wollte. Sie hatten es geschafft – irgendwo da draußen auf See hatten sie die Grenze überquert. Narroway lag hinter ihnen.

Sie musste an ihren gemeinsamen Fluchtplan im Grünschnabeljahr denken. Wie seltsam, dass es ihnen nun schließlich gelungen war zu fliehen. Doch seitdem hatte sich alles verändert. Damals hatten sie sich verzweifelt danach gesehnt, in die Sumpfgrotten zurückzukehren. Mittlerweile wusste Ottilie nicht mehr, wo sie zu Hause wäre. Auf Nox zu fliegen, mit Gully – vielleicht kam das einem Zuhause am nächsten.

Die schläfrige Sonne sank strahlend tiefer und sie flogen landeinwärts. Auf der Suche nach frischem Wasser entdeckte Ottilie einen Silberstreifen und machte Leo mit einem Pfiff darauf aufmerksam. Sie zeigte nach unten.

Nox und Maestro flogen eine sanfte Kurve und landeten schließlich an einem leisen Wasserfall, in dem der Fluss über einen Felsvorsprung plätscherte und in einen großen Teich fiel. Der Abend dämmerte. Als zahllose schwarze Schatten aus den Baumwipfeln aufstiegen, erschraken alle. Leo zückte seinen Bogen und Ottilies Hand zuckte zu ihrem eigenen, ehe sie verstand, dass es Fledermäuse waren. Nur Fledermäuse. Da es sehr lange her war, dass sie so viele Tiere in der ursprünglichen Natur gesehen hatte, sah sie lächelnd zu, wie die Fledermäuse am verhangenen Himmel ausschwärmten. Einige tauchten noch einmal kurz zum Wasser hinunter und sausten dann wieder hoch zu den anderen.

Ottilie nahm die Füße aus den Steigbügeln. Als ein schweres schwarzes Wesen Wasser spritzend vor ihnen auftauchte, nahm Gully ihren Ellbogen. Sie wandte den Kopf und flüsterte: »Ein Schwan.«

Dann glitt sie aus dem Sattel und wankte auf steifen, vom Flug erschöpften Beinen zur Seite, wo sie sich einfach fallen ließ. Mit den Händen federte sie sich im Schlamm der Usklers ab.

22

Tiefe Atemzüge

Skip lehnte sich an einen Holzblock und schlang die Arme um die Knie. Leo und Gully kramten in ihren Satteltaschen nach etwas zu essen, und Maeve bemühte sich, Feuer zu machen. Im Schein der Leuchtstäbe sah Ottilie, wie Skip ein merkwürdiges Gesicht machte. Erinnerte Skip sich überhaupt noch an die Usklers? Sie hatte ihr halbes Leben in Narroway verbracht.

»Es ist so laut hier«, sagte Skip.

Ottilie lauschte, weil sie nicht verstand, was sie meinte. Doch dann drängten die Geräusche vor – zirpende Grillen, summende Mücken, Eulen und andere Nachtvögel schrien, die Waschbären ließen ihren seltsamen Ruf hören, der wie ein heiserer Atem klang, und die streunenden Hunde bellten in weiter Ferne an der Küste.

Schnaubend ließ Maeve die Hände auf den Boden sinken.

»Du kannst Whistler einen Felsen auf den Kopf werfen, aber kein Feuer machen?«, fragte Leo.

Maeve warf ihm einen derart finsteren Blick zu, dass Ottilie dazwischenging.

»Ärgere die Hexe nicht«, sagte Skip.

Maeve sank in sich zusammen. »Ich bin so müde! Wahrscheinlich klappt es deswegen nicht.«

Gully kroch zu ihr. »Natürlich bist du müde – du bist den ganzen Weg selbst geflogen. Ich kann das machen, wenn du möchtest.« Er holte den Feuerstein, den sie mitgenommen hatten, und ging an die Arbeit. Als die ersten Funken flogen, schnippte Maeve mit den Fingern und entfachte auf diese Weise ein loderndes Feuer. Gully schnappte nach Luft und ließ den Feuerstein fallen, während alle anderen das Weite suchten.

»Tut mir leid!«, sagte Maeve.

Gully staunte mit offenem Mund. »Das war *fantastisch*!« Er schüttelte seine versengten Hände und grinste. »Du bist fantastisch!«

»Bitte nächstes Mal mit Vorwarnung, Moth«, schnaubte Skip.

Als Ottilie Gullys Hand nahm, um seine Verletzung zu prüfen, zuckte er zusammen. »Komm.« Sie zog ihn zum Wasser, um seine Hand hineinzutauchen, während Gully noch immer mit Staunen in den Augen zum Feuer blickte.

Plötzlich platschte es laut und Nox schlug ins Wasser. Ein silberner Fisch flog ans Ufer und wurde unverzüglich von Maestro verschlungen. Nox fletschte die Zähne, watete ans Ufer zurück und wartete auf den nächsten Fang.

»Was sollen wir ihnen sagen?«, fragte Gully leise.

»Den Wingersli– oh, du meinst …«

Der Sonnenbaum stand ganz in der Nähe der Sumpfgrotten. Sobald sie dort fertig waren – vorausgesetzt, sie überlebten –, mussten sie ihnen einen Besuch abstatten. Die Vorstellung machte Ottilie nervös. Sie sehnte sich danach, sie alle zu sehen, doch sie hatte auch Angst, dass Old Moss und Mr Parch wütend auf sie waren und kein Verständnis aufbringen würden. Sie würden sicherlich versuchen, sie zum Bleiben zu bewegen. Und was Freddie anging, so wusste sie erst recht nicht, was sie erwartete.

Allerdings hatte sie eins beschlossen: Sie wollte sich nach ihrem Vater erkundigen und herausfinden, wer er war. Falls es irgendeine Verbindung zwischen ihr und Whistler gab, wollte sie Bescheid wissen. Blut schien eine gewisse Macht zu haben – eine Kette von Verknüpfungen, die zu den ersten Menschen zurückreichte, die auf der Erde gewandelt waren. Für Ottilie hatte das zunächst einmal nicht viel mit Familie zu tun. In den Sümpfen waren Kinder mit zwei Elternteilen seit jeher eine Seltenheit. Familie wurde nicht über das Blut definiert, sondern über die Menschen, die da waren, die einen liebten und auf einen aufpassten. Blut hatte mit Familie eigentlich wenig zu tun, und wenn Ottilie sich am Feuer umsah, verstärkte sich dieser Eindruck nur noch.

Sie wandte sich wieder Gully zu. »Als Erstes müssen wir Ned retten«, sagte sie. »Und wenn möglich Whistler zur Strecke bringen. Dann … sehen wir weiter.«

Die Vögel weckten Ottilie kurz vor dem Morgengrauen. Sie hatte nicht zum ersten Mal auf der Erde geschlafen, doch es war lange her, seit sie mit steifen Knochen aufgewacht war. Leo lehnte an Maestros Flanke. Er war blass, hatte vermutlich schlecht geschlafen. Ottilie kannte diesen Ausdruck in seinen Augen, die Art, wie er den Kiefer verkantete und die Fäuste ballte. Er war nervös. Sie wollte ihn anlächeln, schaffte es aber nicht ganz.

Leo kramte in der Tasche mit den Lebensmitteln und warf Ottilie einen Apfel zu. Gully gähnte und richtete sich neben ihr auf. Als sie ihm den Apfel gab, rümpfte er die Nase.

Ottilie drückte ihn ihm in die Hand. »Iss oder du kommst nicht mit«, sagte sie.

»Okay«, krächzte Gully und zog mit den Zähnen ein Stück der roten Schale ab.

Skip kam mit gefüllten Wasserschläuchen vom Fluss.

Als Leo Maeve anstarrte, folgte Ottilie seinem Blick. Um sie herum hob und senkte sich das welke Laub im Einklang mit ihrem Atem. Es war faszinierend. Unglaublich friedlich. Ottilie sah den Blättern zu, die sich sachte hoben und senkten, Atemzug um Atemzug, und wünschte, sie müsste Maeve nicht wecken.

Maestro tauchte an Leos Schulter auf, er hatte die Ohren angelegt. Dann hob er zögernd die Pfote zu einem vagen Schlag, stürmte unvermittelt vorwärts und schlug die Blätter mit beiden Pfoten nach unten. Maeve erwachte mit einem Aufschrei, sah die anderen aus ihrer liegenden Position an und fragte mit schmalen Augen: »Was?«

»Du hast die Blätter zum Tanzen gebracht«, erklärte Gully grinsend und knabberte an seinem Apfel.

»Müssen wir nicht gehen?«, fauchte sie, offensichtlich bemüht, von ihrem sonderbaren Verhalten im Schlaf abzulenken.

Sie verstummten. Denn sie mussten los. Weitere Zwischenstopps waren nicht vorgesehen. Sie wollten auf direktem Weg nach Norden fliegen, über Wikric am River Hook entlang, geradewegs zu dem Eisensarg, der unter dem Sonnenbaum begraben lag.

23

Abgestorben

Noch nie hatte Ottilie so viel von der Welt gesehen und war gleichzeitig in einem denkbar schlechten Zustand, um das Gesehene wahrzunehmen. Sie blieben möglichst lange in der Wildnis, doch da sie keine Zeit zu verlieren hatten, mussten sie auf der direkten Route nach Norden über die ein oder andere zivilisierte Gegend fliegen.

Ottilie fragte sich, was die Städter wohl von den beiden mächtigen Wingerslinks hielten, die über ihre Köpfe hinwegsausten. Sie konnte sich nicht vorstellen, wie sie auf einen solchen Anblick reagiert hätte. Hätte sie sie für Ungeheuer gehalten? Höchstwahrscheinlich. Schließlich hatte sie vor ihrer Begegnung mit Maestro noch nie von einem Wingerslink gehört. Auf den Inseln der Usklers kamen sie nicht vor. Die Jagd beschaffte ihre Wingerslinks in der Hochebene im Süden von Triptiquery.

Ottilie hielt den Atem an, als sie über eine Ansammlung grauer Gebäude hinwegflogen, die in der Mitte vom River

Hook zerschnitten wurden. Das war Wikric Town. Als sie Skip ansah, schaute sie über Maestros Flanke auf ihre alte Heimat. Scoot kam auch dorther, dachte Ottilie.

Die Ausläufer der Stadt verloren sich in grünen Hügeln, auf deren Kuppen vornehme Villen weit über der dicht besiedelten Stadt thronten. Konnte es sein, dass Preddy dort gelebt hatte? Vermutlich. Erwachten seine grausamen Eltern und seine fünf Geschwister gerade in einem dieser palastartigen Herrenhäuser?

Nachdem sie Wikric hinter sich gelassen hatten, sah Ottilie die Spitzen der Finger, die der Longwood Forest ausstreckte und die sich verdichtend in dem weitläufigen Wald verzweigten, der sich bis zur Flussmündung im Norden und nach Scarpy Village erstreckte, wo Montie und Alba gewohnt hatten. Und auf halbem Weg zwischen hier und da lag das Brackermoor – ihr altes Zuhause.

Fliegend legten sie die Strecke zwischen Wikric und den Sumpfgrotten viel schneller zurück als Ottilie damals zu Fuß. Ehe sie wusste, wie ihr geschah, landete Nox auf dem Krippygrasfeld, in dem ihre kräftigen Pfoten in die Erde sanken. Sie grollte angewidert und hob sie nacheinander an. Als Maestro neben ihr landete, spritzte er das schlammige Wasser in alle Richtungen. Nox riss den Kopf herum und knurrte.

»Psst«, sagte Ottilie und gab der Wingerslinke einen Stups mit dem Fuß.

Nox schnappte nach ihrem Stiefel, doch Ottilie schenkte ihr keine Beachtung. Sie schaute nach vorn. Nachdem der Blitz eingeschlagen hatte, waren Gully und sie nicht mehr am Sonnenbaum gewesen. Sie waren nie zurückgekommen, um ihren Schatz zu bergen. Obwohl sie nicht viel über Bäume wusste, war sie ziemlich sicher, dass von einem Baum sieben Jahre nach einem Blitzschlag höchstens ein Stumpf übrig sein konnte.

Der Baum war abgestorben, daran bestand kein Zweifel. Er war in der Mitte geborsten, aber der halbierte Stamm war nicht umgefallen und hatte nicht einmal an Breite eingebüßt. Die Zweige reckten sich nach wie vor zum Himmel, doch die Rinde war schwarz wie die Nacht, und goldene Blumen waren nirgends in Sicht. Der Baum erinnerte sie auf abscheuliche Weise an den Welkenden Wald.

Ottilie sprang von Nox und hastete zu dem Sonnenbaum. Weder tropfte schwarzes Öl herunter noch stank es nach verfaulenden Schattenschlingern. Vorsichtig legte sie eine Hand an die versengte Rinde, die jedoch weder schleimig noch schwammig war. Es war schlicht ein ausgetrockneter Kadaver von einem Baum, um dessen Fuß sich ein Kreis aus Matsch zog. Darin wuchsen karge Krippygrashalme, die kürzer und dunkler waren als die auf dem Feld.

Ottilie dachte daran, was unter ihren Füßen begraben lag. Nicht ihr Schatz, sondern etwas, das tiefer, finsterer war … Mit klopfendem Herzen ging sie ein paar Schritte zurück.

In ihrem Rücken baggerte Gully mit beiden Händen schwarzen Matsch weg.

»Was machst du denn da?«, rief Leo erschrocken.

»Es ist fast Mittag, wir müssen uns auf unsere Positionen begeben«, sagte Skip.

»Jetzt komm, Gully«, sagte Ottilie und wollte ihn wegziehen.

»Ich schau nur nach, ob unsere Sachen noch da sind!«

»Dafür haben wir keine Zeit!«

Gully schüttelte sie ab. Ottilie wollte schon nachgeben und ihn weitergraben lassen, doch dann begann die Knochenkette in ihrer Tasche zu summen. »Sie kommt!« Sie zerrte Gully rückwärts.

Als Maeve aus dem Wald schoss, kehrte auch Gully in die Realität zurück. Sie hatte in der Hoffnung Ausschau gehalten, dass sie entdeckte, aus welcher Richtung Whistler kommen würde.

»Sie sind zu Fuß«, berichtete Maeve atemlos und trat aus der Luft auf den Boden. »Sie kommen von Südwesten und sind schon in der Nähe – Punkt zwölf Uhr mittags werden sie hier sein.«

Ottilie, Leo und Gully fragten gleichzeitig:

»Geht es ihm gut?«

»Wie sah er aus?«

»Ist er verletzt?«

»Er ist nicht er selbst«, antwortete Maeve. »Eher wie ein Untot–« Sie hielt inne, als sie merkte, wie entsetzt die anderen waren. »Aber unverletzt, soweit ich sehen konnte«, fügte sie schnell hinzu. »Sie hat irgendetwas mit ihm gemacht, das ihn in einem immerwährenden Schlaf hält. Sie sind mit einem Seil aneinandergebunden. Ansonsten ist sie allein, keine Spur von Gracie oder den Knochensingern.«

»Gut«, sagte Ottilie einigermaßen erleichtert. Doch ihre Hand zitterte, als sie den Bogen auf ihrem Rücken zückte. Auch allein war Whistler eine Gegnerin, der sie wenig entgegenzusetzen hatten. Sie konnten höchstens hoffen, sie erneut zu überrumpeln.

Rasch begaben sie sich auf ihre Positionen. Maeve verwandelte sich zurück und führte die Wingerslinks, die sie nirgends in der Nähe verstecken konnten, zum fernen Brakkerbend Hill. Skip und Leo rutschten in einen Graben und fanden zusätzliche Tarnung zwischen den hohen Gräsern. Ottilie und Gully kauerten im Matsch hinter dem Sonnenbaum.

Während sie warteten, konnte Ottilie ihr eigenes Herz schlagen hören. Sie sah das kleine X, das sie vor vielen Jahren in einen Ast geritzt hatte, und verdrängte den Gedanken an das, was darunter begraben lag.

Endlich erschien nach einem gefühlten Zeitalter Ned, der wie im Traum in das Krippygrasfeld hineinwanderte. Hinter ihm wankte Whistler in ihrem unsteten Gang.

Gully begann sich neben Ottilie zu regen, doch sie flüsterte: »Warte.«

Während Whistler näher kam, verlor Ottilie sie durch die Ritzen im Baumstamm aus den Augen. Sie wollte auf

Leos Kommando warten. Er hatte die volle Sicht und würde sehen, wann Ned aus dem Schussfeld geriet.

Warten, warten, warten …

Da stimmte etwas nicht.

Es dauerte einfach zu lange. Als der Knochensplitter in ihrer Tasche summte, bemerkte Ottilie ihren Fehler zu spät.

Es rauschte im Krippygras.

Eine Hand griff zu.

»Zu langsam!«, zischte Whistler, grub ihre Fingernägel in Ottilies Arm und zerrte sie seitlich in den Matsch.

24

Immer tiefer musst du graben

Ottilie konnte nicht mehr denken. Ihr Blick zuckte zu Gully; verkohlte Wurzeln waren aus dem Matsch geplatzt, streckten sich und zogen ihn hinunter, bis nur noch ein Arm frei war. Ottilie schreckte zurück, als sich grobe Finger um ihre Arme und Beine schlangen und sie in die Tiefe zogen. Ihre Beine wurden in den Matsch gedrückt, sie lag auf dem Bauch und die Wurzeln peitschten sie nieder. Sie bekam keine Luft.

Whistler ragte über ihnen auf.

Sie musste es gewusst haben – vermutlich hatte sie Ottilie mithilfe der Knochenkette aufgespürt. Stöhnend erinnerte Ottilie sich, dass sie eine direkte Verbindung herstellte. Zwar spürte sie, wenn Whistler in der Nähe war, doch das galt auch umgekehrt. Alle hatten ihr dringend geraten, die Kette wegzuwerfen, doch sie hatte nicht auf sie gehört, und jetzt sank sie tiefer und ertrank. Sie hatte ihre einzige Chance vermasselt und sie alle zum Untergang verdammt.

Leo hatte das Signal nicht gegeben. Was war mit ihm und den anderen geschehen? Was hatte Whistler getan? Ottilie sah voller Angst und Hass zu der Hexe hoch. Sie sah sie nur noch verschwommen und geriet in Panik, doch dann erregte etwas anderes ihre Aufmerksamkeit. Hinter Whistler erkannte sie Ned, in dessen Augen das Licht zurückgekehrt war.

Whistler hatte das nicht mitbekommen und dachte, er würde weiterhin schlafwandeln. Ned schüttelte den Kopf als Warnung für Ottilie, ihn nicht zu verraten. So schnell, dass sie zusammenzuckte, riss er an dem Seil, mit dem er an Whistler gefesselt war, und holte die Hexe von den Füßen.

Gully warf Ned, der bereits vorstürmte, sein Buschmesser zu. Er fing es mit einer Hand und stach zu. Die Klinge war nur noch einen Zentimeter von ihrem Herzen entfernt, als sie zu Staub zerfiel.

Whistler schwenkte ihren Ärmel und Ned wurde rückwärts zu Boden gesprengt. Ottilie konnte ihn im hohen Gras nicht sehen. Die Angst überwältigte sie. Sie wusste nicht, ob er noch lebte, ob noch irgendwer lebte außer Gully, der neben ihr keuchend atmete. Die Wurzeln schlugen hoch, um seine freie Hand zu schnappen, während Whistler sich aufrappelte und es in ihren Augen wirbelte und blitzte wie bei einem Gewitter.

Ottilies Beine sanken tiefer. Der Druck war unerträglich.

Vor Angst konnte sie kaum noch etwas sehen, und etwas kratzte an ihren Fingerkuppen. Sie drehte gerade noch rechtzeitig den Kopf, um zu sehen, wie Gully die Hand ausstreckte und sie berührte.

Maeve war ihre einzige Hoffnung. Aber wo blieb sie nur? Sie sollte eigentlich die Wingerslinks anbinden und Whistler folgen.

»Unverbesserlich.« Whistlers Stiefelspitzen tauchten vor Ottilies Nase auf.

Ottilie schaute nicht hoch, weil die hasserfüllte Hexe nicht das Letzte sein sollte, was sie sah.

»Du bist wegen deines Freundes hier, was?«

Ottilie drückte ihre Fingerspitzen noch fester an Gullys.

»Es ist unhöflich, jemanden, der mit dir spricht, nicht anzusehen«, fauchte Whistler. Sie seufzte. »Ach, egal.«

Als die Wurzeln ein paar Zentimeter nachgaben, ließ auch Ottilies Panik nach. Whistler bückte sich und umfasste ihr Kinn mit Fingernägeln, die wie Klauen aus dem Ärmel ragten. »Ich hasse es, dir wehzutun, mein Küken.«

Ottilie entwand Whistler ihr Kinn.

»Aber du bestehst ja darauf, gegen mich zu kämpfen. In dir rumort es. Aber du richtest deine Wut gegen die falsche Person.« Whistler setzte sich auf und lehnte sich an den verkohlten Baumstamm. Sie hielt inne und fing Ottilies Blick auf. »Du hast ihn mittlerweile kennengelernt, das weiß ich. Wie fandest du meinen bezaubernden Neffen?«

»Bis jetzt hat er keinen meiner Freunde in Stein verwandelt.«

Als Whistlers Miene sich verfinsterte, schien sich sogar die Sonne zu trüben. »Muss ich mich noch klarer ausdrücken?«, grollte sie. »Er hat das alles verursacht, von Anfang bis Ende. Wegen Varrio Sol ist dein Freund aus Stein.«

»Mein Freund ist *Ihretwegen* aus Stein.«

»Varrio Sol *vernichtet* Unschuldige. Er hat eine Armee von Kindern aufgestellt, damit er seine Krone behalten konnte.«

»Um gegen Ungeheuer zu kämpfen, die auf Ihren Befehl hören!«

»*Das reicht!*«

Ottilie hatte eine Grenze überschritten, das merkte sie sofort.

»Du hast deine Chance bekommen«, sagte Whistler. »Ich habe versucht, dich zu retten, aber die Uhr ist abgelaufen. Ich habe keine Zeit mehr zu verschwenden. *Nach drei Runden, drei Runden, drei Runden* … was für ein hilfreicher Reim. Ich habe Gracie die Wahl des Führers überlassen, der gezeichnet werden musste. Sie hatte sich das alles von Nahem angesehen und kannte euch alle am besten. Eigentlich hatte ich gehofft, Bill hätte mir schon früher sagen können, wohin ich mich wenden muss, doch das arme Käferlein wusste es nicht mehr. Verstörende Erinnerungen … Aber unser Ned hier hat sich tapfer geschlagen.« Sie schwenkte den Ärmel hinter sich zu der Stelle, wo Ned vom Krippygras verborgen lag. »Gracie hat eine interessante Wahl getroffen. Ich hatte Angst, er wäre zu vernünftig, und war dann positiv überrascht. Wie hilfreich, dass er kein Drama um die Brandmale und die Träume gemacht hat. Und du, mein Liebes, hast auch brav deine Geheimnisse bewahrt. Wäre es herausgekommen, dass Ned schlafwandelt, hätte ich ihn mir viel eher holen müssen, und ich halte nicht gern Gefangene, wenn es sich vermeiden lässt. Das ist nicht mein Stil.«

Wieso erzählte Whistler Ottilie das alles? Vermutlich wollte sie Ned verletzen. Das würde bedeuten, dass er noch bei Bewusstsein war, am Leben, vielleicht nur an den Boden gefesselt wie sie und Gully. Ottilie schwirrte der Kopf. Sie musste Whistler dazu bringen, weiterzureden – Hauptsache, sie konnte die schlaflose Hexe nicht befreien. Zumindest musste sie abgelenkt werden, bis Maeve kam. Maeve würde mit Sicherheit gleich kommen.

Ottilie versuchte sich zusammenzureißen. »Wieso hassen Sie den König so sehr? Was hat er getan?«

Whistler kauerte sich hin und beugte sich so weit zu ihr vor, dass Ottilie das Unglück in ihrem Atem riechen konnte. Es roch wie Blumen, die von ihren Wurzeln abgerissen worden waren und zu lange im Wasser gestanden hatten – nach stechender, toter Fäulnis.

»Seine Tochter hieß Maia.« Ihre Augen blitzten, als wollte sie Ottilie davor warnen, diesen Namen auszusprechen. »Sie wurde vernachlässigt, nicht beachtet. Ich habe sie wie mein eigenes Kind großgezogen, bis sie sechs Jahre alt war. Als er mich fortschickte, war sie heiser. Nur ein Husten. Ich dachte, sie würde schnell wieder gesund. Da ich weiterhin in Varrios Gunsten stehen wollte, zog ich auf die Nordinsel – wie befohlen nach Rupimoon Rock –, um seinem Cousin als königliche Mystikerin zu Diensten zu sein. Als Odilo mich länger als nötig dort behielt, wurde ich misstrauisch, doch ich kehrte zu spät zurück. Als ich in All Kings Hall ankam, war sie gestorben.«

Whistler richtete sich wieder auf und ging auf und ab. In der mittäglichen Wärme waberte stellenweise die kalte Luft. »Ein gefährliches Fieber hatte Maia ereilt, die daraufhin angeblich nach Westen zu einer berühmten Heilerin geschickt worden war. Das glaubte ich jedoch nicht. Es gab keine besseren Heiler als in All Kings Hill und ohnehin niemanden, der sich damit besser auskannte als ich. Ich zog direkt wieder los nach Westen und holte sie auf der Straße zu den Laklands ein.«

Whistler setzte eine andere Miene auf, die etwas Frisches, ja eine Dringlichkeit ausstrahlte, als würde sie Ottilie anflehen zu begreifen, wie abscheulich der König war. »Das war sein Plan, verstehst du?« Unter den Ärmeln rang sie die Hände. »Aus Angst vor dem Fluch des Eroberers, dem Unheil, das die Töchter der Familie Sol brachten, wollte er Maia an diesem natürlichen Fieber sterben lassen und ihre Leiche in weiter Ferne begraben, so weit weg von All Kings Hill, wie die Pferde sie bringen würden.« Dunkle Schleier trübten ihren Blick und Bitterkeit schärfte ihre Worte. »Kein Mensch hatte sich etwas dabei gedacht. Sie würde zu dieser frei erfundenen Heilerin gefahren werden. Wenn sie unterwegs starb … tja … was sollte man machen?«

Ottilie wurde übel. Der König hatte seine eigene Tochter zum Sterben fortgeschickt?

»Und genau das ist passiert«, sagte Whistler ausdruckslos. Sie schien sich in sich selbst zurückzuziehen. »Wann, weiß ich nicht. Dem Fortschritt der Verwesung nach zu urteilen, schätzungsweise zwei, drei Tage bevor ich sie eingeholt hatte. Da hatten sie Narroway schon zur Hälfte durchquert und waren kurz davor, die Laklands zu erreichen. Ich glaube, sie sollten weiterfahren und die Leiche des Mädchens mit der übrigen Familienschande in den Laklands verscharren.

Als ich sie fand, verlor ich vor Wut die Beherrschung. Seit meiner Kindheit und der Zeit als Gefangene im Verlies meines Vaters hatte ich keiner Seele mehr etwas zuleide getan. Als ich mit den sechs Männern und der Krankenschwester, die sie nach Westen schafften, fertig war, lagen ihre Überreste im Kreis um einen großen Philoholzbaum. Dort, unter seinen schützenden Ästen, habe ich Maia begraben, doch das Verbrechen, das an ihr begangen worden war, ließ ihn verfaulen.«

»Der Welkende Wald«, sagte Ottilie und verrenkte sich, um Whistler beim Hin- und Herlaufen anzusehen.

»Ich spürte es«, sagte Whistler. »Das Potenzial. In meiner Trauer und meinem Zorn rief ich es hervor. Es war ein Schattenschlinger. Ein Ungeheuer aus der Unterwelt, um den König für seine Untaten zu bestrafen und die Usklers ebenso zu zerstören, wie der Verrat meines Vaters die Laklands zerstört hatte. Damals fasste die welkende Krankheit

Fuß und breitete sich aus. Doch sie ist aus ihm entstanden, aus dem Bösen, das er getan hatte, der Vernachlässigung und aus den sieben Menschen, die sich der Durchführung schuldig gemacht hatten.«

»Und die Sie ermordet haben«, röchelte Gully. Die Wurzeln drückten offenbar auf seine Rippen. »Glauben Sie nicht, dass der Mord an sieben Personen die welkende Krankheit ins Leben gerufen hat?«

Gully hatte recht. Whistler behauptete, sie würde das alles nur wegen des Königs tun, doch sie hatte auch darauf bestanden, dass es ihre Entscheidung gewesen war. Sie hatte die Wahl getroffen, zum Fluch zu werden. Sie hatte sich in ein größeres Ungeheuer verwandelt als jenes, das sie vernichten wollte.

»Sie haben Böses mit Bösem vergolten«, sagte Ottilie. »Sie sind kein bisschen besser.«

Whistler bleckte knurrend die Zähne.

»Und was machen Sie jetzt?«, fragte Ottilie. »Sie verbünden sich mit der schlaflosen Hexe! Mit einer Person, die am Tod ihres eigenen Kindes schuld ist, genau wie der König, aber bereits bestraft und weggesperrt, wo sie niemandem mehr etwas tun kann. Und die wollen Sie *befreien*? Das passt doch nicht zusammen!«

Zu Ottilies Überraschung zauberte Whistler ein Lächeln auf ihre Lippen. »Wie gut du mich doch verstehst!«, sagte sie.

Whistler kehrte ihr den Rücken zu. Nachdem sie einen weiten Schwenk ihrer Ärmel vollzogen hatte, begann es im

Boden zu grollen. Ottilies Hände bebten im Matsch. Sie stellte sich die Kreatur aus den Canyon-Höhlen vor, wie dieses Schuppenwesen aus der Erde kroch, die Reißzähne fletschte, endlich wieder frei.

Der Matsch zog sich zurück wie die Wellen bei Ebbe. Ottilie wollte fortkriechen, die Hände über dem Kopf zusammenschlagen, sich verstecken. Doch etwas Bronzefarbenes glänzte in der Sonne. Es kam ihr bekannt vor. Etwas Ähnliches hatte sie woanders schon einmal gesehen, weiter südlich, auf der Straße nach Market Town.

Hier unter dem Sonnenbaum befand sich eine Falltür aus Bronze. Ottilie kämpfte gegen die Wurzeln an, und ihre Knie streiften den Schlamm, als sie sich weiter vorbeugte. Mit Mühe konnte sie die eingravierte Ente in der Mitte eines Kreises erkennen. Was machten die Insignien von Seika Teufelstöterin hier?

Whistler beobachtete Ottilie, sie lächelte immer noch. »Möchtest du herkommen und es dir ansehen?«, fragte sie. Mit einer schnellen Bewegung ihres Handgelenks ließ sie die Falltür aufspringen. Die Sonne schien auf eine schmale Treppe.

Ottilie wusste nicht, was sie sagen sollte. Wollte sie zu ihr gehen und bei der Befreiung der schlaflosen Hexe zuschauen? Gewiss nicht. Doch wenn sie Ja sagte, musste Whistler sie losbinden.

Sie nickte.

Als Whistler diesmal mit den Ärmeln wedelte, schien die Erde selbst Ottilie hochzudrücken, bis sie dem Boden entronnen war. Die Wurzeln lösten sich und zogen sich zurück. Nur ihre Hände blieben auf dem Rücken gefesselt. Ottilie schnappte nach Luft und rappelte sich auf, wobei ihre mit Schlamm verschmierten Beine zitterten. Auf ein Zischen hin, das sie an eine bösartige Gans erinnerte, spürte sie, wie etwas angehoben und dann leichter wurde, während all die Waffen, die sie bei sich trug, implodierten und nur noch eine Spur von Asche hinterließen, die aus ihrer Kleidung rieselte. Ottilie warf einen Blick auf Gully, der weiterhin an den Boden gefesselt war, doch Whistler sagte: »Nur für geladene Gäste.«

»Geh nicht mit«, flehte Gully.

Doch Ottilie hatte keine andere Wahl. Bis auf ihre Hände war sie frei und bekam möglicherweise eine Chance, das Ganze zu beenden – irgendwie. »Ich komme zurück«, stammelte sie. »Versprochen!«

»Komm schon, meine wandelnde Landkarte«, rief Whistler barsch und drehte sich zu Ned um.

Ned, dessen Hände ebenfalls auf dem Rücken gefesselt waren, raffte sich mühsam auf.

»Schlüssel zuerst«, sagte Whistler.

Ottilie und Ned sahen sich an, ohne zu wissen, was sie meinte.

»Das bist du«, flüsterte Whistler und sah Ned direkt an.

Ein *Schlüssel*? Ned war ein Schlüssel? Der etwas öffnen sollte? Etwa den Eisensarg? Ned war eindeutig zu dem gleichen Schluss gekommen. Er blieb wie angewurzelt stehen und sah Whistler böse an, während er sich stillschweigend weigerte, mitzugehen.

Die Hexe lächelte breit. »Ihr tut von jetzt an genau, was ich sage, sonst pflanze ich ihn ein wie ein Samenkorn.« Auf ihr Fingerschnippen wurde Gully bis zur Brust in die Erde gesaugt.

Ottilie schrie auf und Ned nahm die ersten vier Stufen mit einem Satz.

Da Whistler Ottilie anwies, als Nächste zu gehen, warf sie Gully einen letzten Blick zu und folgte Ned in die Dunkelheit.

25

Hier endet dein Weg

Ottilie spürte Whistlers Atem im Nacken. Der Abstieg in die Finsternis mit einer Hexe im Rücken und ohne sich mit den Händen vortasten zu können, war schlimmer als alle Albträume, die sie je gehabt hatte.

Mit dem Fuß suchte sie die nächste Stufe. »Wieso ist das Zeichen von Seika Teufelstöterin auf der Falltür?«, fragte sie immer noch entschlossen, Whistler zum Reden zu bringen.

»Weil ihr Hexenzirkel den Sarg hier heruntergebracht hat«, antwortete Whistler gelangweilt.

»Sie hatte einen *Hexenzirkel*?«, fragte Ned von unten.

Whistler schnaubte.

»Meinen Sie damit die Hexen, die sie eingesperrt haben?«, fragte Ottilie.

Whistler gluckste nur. Hier gab es etwas, das sie nicht ausplaudern wollte, und das hieß ja wohl, dass es wichtig war. Ottilie wollte es im Hinterkopf behalten. Wenn sie hier lebend herauskamen, würde sie dem nachgehen.

»Was macht denn diese Ente überall?« Das fragte Ottilie sich jetzt schon so lange. »Sie prangt auf der Falltür, die zu den Tunneln unterhalb von Wikric führt, und auf dem Brunnen in den Canyon-Höhlen, und in Fiory ist sie mir auch schon begegnet.«

»Haben sie euch denn nichts über die Anfänge der Stützpunkte erzählt?«, fragte Whistler lachend. »Na ja, natürlich nicht.«

»Was ist denn damit?«, fragte Ned.

»Ursprünglich waren die drei Forts in Narroway Orte der Anbetung«, erklärte Whistler. »Die Anhänger der alten Überlieferungen zollten den Göttern Fiory, Richter und Arko ihren Tribut. Habt ihr euch nie gefragt, woher diese Namen stammen? Aus allen Teilen der Usklers kamen die Pilger, und viele der Tunnel, die ihr entdeckt habt, dienten diesem Zweck, denn damals wütete noch der Moorteufel, und eine überirdische Reise war viel zu gefährlich. Die Tunnel unterhalb von Wikric wurden aus einem ähnlichen Grund gebaut – nämlich für den Fall, dass dieses Ungeheuer jemals die Stadt überfallen würde. Unter der Erde war das Volk vor der Krankheit sicher.«

»Oh.« Über die Tunnel hatte Ottilie sich nie viele Gedanken gemacht. Da sie aus den Sumpfgrotten stammte, wo praktisch alle in Tunneln und Grotten lebten, glaubte sie einfach, dass es so üblich war. Doch andererseits waren die Höhlen und Tunnel im Brackermoor von Natur aus so gestaltet. Offenbar war das bei den anderen Tunneln nicht der Fall.

»Schon vor ihrem Sieg über den Moorteufel wurde Seika Sol wie eine lebende Göttin verehrt«, sagte Whistler. »Ohne dass es offiziell gewesen wäre, galt Narroway als ihr Herrschaftsbereich. Wetten, dass ihr deshalb nichts davon erfahren habt? Die befehlshabenden Männer wollen von solchen Dingen sicher nichts wissen. Hexenzirkel lebten seit Jahren in den Höhlen des Canyon, wo sie Versuche mit der Heilquelle anstellten. Und nachdem der Moorteufel aus dem Meer nicht wieder aufgetaucht war, schmiedeten die Hexen in Narroway ihre ersten Salzwaffen. Das ist auch der Grund, warum der Zirkel den Eisensarg so weit weg verlegte. Er sollte nicht in *heiligem Boden* liegen.«

»Warum weiß niemand mehr etwas darüber?«, fragte Ned. Ottilie konnte nicht einmal mehr seinen Umriss sehen.

»Weil alle nach der Hexenjagd möglichst schnell jegliches Wissen über Hexerei vergessen wollten, darunter auch die legendäre Prinzessin, deren Insignien das Königshaus schmückten.«

Sie wurde von einem leisen Poltern unterbrochen.

»Brich dir ja nicht das Genick, Ned. Ich brauche einen funktionstüchtigen Schlüssel«, fauchte Whistler.

»Ein bisschen Licht wäre schön«, murmelte er.

Ottilie lächelte, sein Mut beeindruckte sie.

»Na gut.« Whistler gab ein pustendes Geräusch von sich und tausend glühende Kohlen schwebten plötzlich über ihren Köpfen.

Ottilie atmete aus. Die Treppe sah breiter aus und die Enge in ihrer Brust gab ein wenig nach.

»Es stimmt also?«, fragte Ottilie außer Atem. »Seika Teufelstöterin war eine Hexe?«

»Was denkst du denn, warum sie als Göttin verehrt wurde?«, fragte Whistler. »Sie war ein Fiorn.«

»Aber …« Ottilie hatte sich derart an die derzeitige Einstellung gegenüber Hexen gewöhnt, dass sie sich nur schwer vorstellen konnte, wie Seika für die gleiche Sache zur Göttin erhoben wurde, deretwegen viele andere Frauen Jahrhunderte später lebendig begraben wurden. Das Gleiche galt für ihr Leben als Fiorn … Wenn Maeve erwischt würde, würde man sie in Ketten legen und in die Laklands verfrachten.

»Fiorns galten einst als Fiorys auserkorene Kinder«, sagte Whistler.

Ottilie war sicher, dass sie davon schon gehört hatte.

»Es ist eine seltene Gabe. Zu Seikas Lebzeiten war sie die einzige bekannte Fiorn in den Usklers. Ihr Volk und vor allem die Hexen beteten sie seit ihrer Kindheit an. Sie konnte sich in eine Ente verwandeln. Darum hat das Königshaus dieses Bild gewählt, um ihre Gabe zu ehren. Damals betrachtete die Familie Sol sie als stabilen Beweis für ihr göttliches Recht auf Herrschaft. Und die Untertanen freuten sich, das Zeichen der Ente überall zu sehen, weil sie sich dadurch beschützt fühlten. Es erinnerte sie daran, dass sie in einem Königreich lebten, das in der Gunst der Götter stand. Das Bild einer Ente strahlte etwas Friedliches aus. Es spendete Trost. Jedenfalls eindeutig mehr Trost als eine Streitaxt. Natürlich fand das alles in einer Zeit vor der

Invasion des Wanderreichs statt, das unseren Glauben mit Dreck bewarf. Nach seinem Rückzug ließ das Reich die Usklers in allgemeiner Verunsicherung zurück. Die Überlieferung galt nur noch als Mythensammlung.« Whistler seufzte. »Und wie freute sich doch mein Vater, als er nach seiner Thronbesteigung die königlichen Insignien änderte. Damals war Seika längst in Vergessenheit geraten. Doch wir wussten Bescheid, sie war Teil unseres Familiengedächtnisses. Ich bin höchstens überrascht, dass die Ente nicht bereits vor seiner Regierungszeit getilgt wurde. Doch mein Vater hasste die Hexerei vielleicht mehr als jeder andere Herrscher vor ihm. Er wurde in eine Welt hineingeboren, die sich bereits gegen die Hexen gewandt hatte. Vermutlich hätte er sie auch ohne diese Umstände gehasst. Jegliche Macht, die er nicht für sich beanspruchen konnte, war ihm zuwider.«

Ottilie sah einem Kohlenstück nach, das an ihr vorbeitrieb. Den Neid konnte sie nachvollziehen, den Rest nicht.

»Hexen waren friedliche Helfer und Heiler«, fuhr Whistler fort. »Die Tunnel sind neunhundert Jahre alt und wurden mit Hexenmagie verstärkt, die sie für den Fall bewahrten, dass sie je wieder gebraucht werden könnten. Dennoch befürchtete Viago der Eroberer, diese Macht würde gegen ihn zum Einsatz kommen. Er war genauso ein Feigling wie Varrio.«

Allmählich begriff Ottilie, dass ihr Vater und ihr Neffe in Whistlers Vorstellung zu ein und derselben Person verschmolzen waren. Sie wollte noch mehr erfahren. Wenn sie mit Whistler redete, fühlte es sich an, wie wenn man sich in einem faszinierenden Geschichtsbuch verlor – leider in diesem Fall einem, das die Zähne zeigen und einem an die Gurgel gehen konnte.

Weiter vorn veränderte sich der Klang von Neds Schritten. Er war an der untersten Treppenstufe angelangt.

Ottilies Puls beschleunigte sich. Die schlaflose Hexe war ganz in der Nähe. Sie hob den Blick von ihren Füßen und sah nichts außer einer Steinmauer. Doch jemand hatte etwas in den Felsen geritzt. Die glühenden Kohlen schwebten herüber und verharrten vor der Inschrift.

Verwegen und vernünftig,
Geliebt, getreu und verlässlich.
Nur ein Schlüssel fürs Schloss,
er ist es, er führt dich.

Licht der Sonne,
des Himmels Blüte.
Hier endet dein Weg,
atmende Knochen behüte.

Ottilie erkannte die Verse sofort und bemerkte erschaudernd, dass der vorletzte Vers an dieser Stelle folgendermaßen stand: *Hier endet dein Weg.* Sie war sicher, dass in dem Tunnel unter Fiory das Wort *dort* gestanden hatte. Doch selbstverständlich war es nun *hier*. Denn sie waren angekommen. Schließlich waren sie genau an dem Ort, von dem sie niemals gedacht hatte, dass ihn überhaupt jemand jemals aufsuchen wollte.

Sie überflog die erste Strophe. *Verwegen und vernünftig, geliebt, getreu und verlässlich. Nur ein Schlüssel fürs Schloss, er ist es, er führt dich.* Die Verse beschrieben den Träumer, den Schlüssel, den Führer – Ned.

»Ich hätte dich erwählt, Ottilie«, sagte Whistler.

Ottilie spürte ihren Blick auf ihrem Hinterkopf, und ihr Nacken kribbelte, als wäre ein Käfer aus ihrem Haar gekrabbelt.

»Doch da steht ausdrücklich *er*, und bei Magie kann man nie wissen.« Whistler schnipste mit dem Handgelenk und Ned schrie auf. Hinter seinem Rücken fing sein Ärmel Feuer und die Wurzeln verschrumpelten und fielen herunter. Neds Unterarm stand vollständig in Flammen.

Ottilie überbrückte die letzten Stufen mit einem großen Sprung. Die Hitze versengte ihre Haut, als sie vor Ned stand, doch mit ihren gebundenen Händen konnte sie ihm nicht helfen.

»Beruhige dich«, sagte Whistler. »Du bist ein Schlüssel – tu, was Schlüssel so tun.«

Verzweifelt schaute Ottilie sich nach einem irgendwie gearteten Schloss um. Da war nichts!

Whistler schnalzte mit der Zunge und wies mit dem Kopf auf die Mauer.

Auf diesen Hinweis hin legte Ned die Handfläche auf das Gestein.

Entsetzt und fasziniert zugleich blieb Ottilie wie angewurzelt stehen, als sich aus den sternförmigen Brandmalen drei Rinnsale wie geschmolzenes Gestein um seinen Arm wanden, in die eingemeißelte Inschrift an der Mauer glitten und die Worte *Hier endet dein Weg* in Rot und Gold aufleuchten ließen. Mit einem ohrenbetäubenden Knall wurde der Fels erst schwarz, barst in zwei Hälften und zerfiel anschließend zu Staub, der Ottilie wie ein Sandsturm ins Gesicht fegte. Sie hustete und blinzelte. »Ned? Alles okay?«

»Es geht ihm gut«, murmelte Whistler. »*Ehrlich.*« Sie schob sich an Ottilie vorbei und betrat einen Raum, der ehemals eine Grabkammer gewesen sein musste.

Als Ned den Arm ausstreckte, blickten er und Ottilie einen Augenblick lang nur gebannt darauf. Der Ärmel war weggebrannt, und die Brandmale auf seinem Unterarm waren so wund wie zuvor, doch ansonsten war ihm kein Leid geschehen.

Whistler kehrte ihnen den Rücken zu. Nachdem er aus seiner Schockstarre erwacht war, schlich Ned sich hinter Ottilie und versuchte, die Wurzeln zu lösen, mit denen sie nach wie vor gefesselt war.

»Lasst das doch!«, fauchte Whistler, als wären sie zwei unartige Kinder. »Kommt her und seht euch das an.«

Widerwillig ließ Ned die Wurzeln los, doch er blieb so nah bei Ottilie, dass ihre Schultern sich berührten, während sie zu Whistler gingen. Die kreisrunde Grabkammer war grob aus dem Fels gehauen und leer bis auf den Eisensarg, den Ottilie aus Neds Träumen kannte.

Sie war so nervös, dass ihr sogar das Gehen sonderbar vorkam, als hätte sie es gerade erst gelernt und könnte jeden Moment hinfallen. Ihr Atem zischte merkwürdig. Es war soweit. Es fand wirklich statt, und sie hatte nicht den Hauch einer Idee, wie sie es verhindern sollte.

Whistler scheuchte sie vorwärts und schwenkte die Ärmel. Mit einem lauten Klirren flog der Deckel auf.

26

Blut

Ottilie wappnete sich gegen großes Unheil. Sie stellte sich vor, wie die Kreatur mit den grauen Schuppen aus dem Sarg sprang und ihre spitzen Zähne an Ottilies Hals legte.

Nichts geschah.

War sie gestorben? Ging es so nach dem Tod zu – blieb die Zeit nach dem letzten Herzschlag stehen wie bei einem Fisch, der in einem See gefror?

Nein. Ottilie lebte noch. Ned stand neben ihr, er atmete. Whistlers Ärmel zuckten. Doch aus dem Sarg kam nichts. Ottilie sah Whistler an, um zu sehen, ob sie überrascht war, aber Whistler schaute *sie* an. Als sie ihren Blick auffing, schob sie Ottilie fröhlich weiter nach vorn.

Ottilie schlich langsam näher heran und lugte in den Eisensarg. Er war leer. Ihr Herz hämmerte – war die Hexe bereits draußen?

Als sie noch einmal genauer hinsah, entdeckte sie etwas. In der Mitte lag eine helle Pfeife.

Ein Musikinstrument hier im Sarg der schlaflosen Hexe? Ottilie sah Ned an. Er runzelte die Stirn und wirkte ebenso verwirrt wie sie.

Im Schein der glühenden Kohlen bemerkte Ottilie ein Geflecht aus Bronze, das in die Pfeife eingewirkt war und sie zart umhüllte wie ein Spinnennetz.

Whistler holte die Pfeife aus dem Sarg, steckte sie in ihren Gürtel und kehrte zur Treppe zurück, als hätte sie gerade einen Apfel gepflückt. Sie sagte nichts dazu und schien außerordentlich zufrieden zu sein.

Hatte sie es die ganze Zeit darauf abgesehen gehabt – auf die Pfeife? Wozu? Wo war die schlaflose Hexe? Ottilie hatte geglaubt, sie verstünde das Geschehen oder zumindest das meiste, dabei hatte sie nicht die geringste Ahnung.

Sie fühlte sich, als hätte sie sich den Kopf gestoßen und als hätte ein Zauberspruch ihr Gedächtnis ausgelöscht. Sie musste sich ermahnen, weiterzuatmen, und machte Anstalten, Whistler zu folgen wie ein Hund dem Frauchen, doch die Hexe blieb am Eingang zur Grabkammer stehen und drehte sich mit wildem Blick um.

Ottilie riss die gefesselten Hände auf dem Rücken hoch und sehnte sich nach dem zu Staub zerfallenen Buschmesser.

»Jetzt weißt du alles«, sagte Whistler ohne einen Hauch von Freude. Es war ernst. Sie war fertig mit ihren Spielchen. »Du hast keine Entschuldigung mehr. Dies ist deine *letzte Chance*. Komm mit mir und überlebe oder entscheide dich hier für dein Ende.«

Ottilie wusste nicht, was sie tun sollte. Was würde passieren, wenn sie Nein sagte? Würde Whistler sie und Ned direkt in der Grabkammer angreifen? Oder würde sie die Treppe hochgehen und Gully wehtun?

Sie schindete Zeit, indem sie die Frage stellte, die ihr seit Monaten auf der Zunge brannte: »Wieso bedeutet Ihnen das so viel? Warum *ich*?«

Whistler hielt ihrem Blick stand und sagte: »Weil du mich an sie erinnerst. Du bist so, wie ich mir vorstelle, wie sie sich entwickelt hätte, wenn sie überlebt hätte.«

Es war so einfach, etwas so Normales.

Das konnte doch nun wirklich nicht alles sein. Oder doch? Ottilies Gedanken rasten. Was wollte Whistler ihr damit sagen? Ottilie erinnerte sie an Maia … inwiefern? Aus dem Grund, vor dem ihr so graute? Ottilie kannte ihre Mutter und ihre Lebensgeschichte, doch von ihrem Vater wusste sie rein gar nichts. Wer auch immer er war, stand er irgendwie in Verbindung mit Whistler? Oder allgemein mit der Familie Sol?

Während Whistler sie weiterhin beobachtete, kehrte ein Funken der Belustigung in ihren Blick zurück. »Lass es nicht mit dir durchgehen – du bist keineswegs blutsverwandt mit Maia.«

Ottilie schwirrte der Kopf. Sie wusste nicht einmal, ob sie jetzt erleichtert war oder nicht. Auf jeden Fall war sie sehr dankbar dafür, dass sie keine Sol war, denn soweit sie informiert war, waren sie alle durch und durch verdorben. Andererseits konnte sie nicht wirklich erleichtert sein, weil

Whistler sie einfach gernhatte, wie sie war, oder? Eine Blutsverbindung hatte etwas Unschuldiges, das außerhalb ihrer Kontrolle lag. Aber so … was sagte das über Ottilie aus?

»Ich muss zugeben, dass ich es eine Zeit lang für möglich hielt«, sagte Whistler. »Du kamst mir derart vertraut vor – etwas in dir hat mich berührt. Die Vorstellung, du könntest eine verlorene Tochter der Familie Sol sein, war eine aufregende Aussicht. Varrios zweite Tochter ist gestorben, aber er ist schließlich nicht der Einzige, der diesen Namen trägt.«

Möglicherweise hatte Whistler gedacht, sie könnte sich selbst ein wenig Heilung verschaffen, wenn sie ein anderes Sol-Mädchen rettete. Vermutlich rettete sie deshalb unerwünschte Kinder. Aber eine Tochter der Familie Sol – näher konnte sie dem Versuch, die Zeit zurückzudrehen und Maia zu retten, nicht kommen.

Als Whistler sie so beobachtete, befürchtete Ottilie angesichts ihres Gesichtsausdrucks beinahe, sie könne Gedanken lesen. In jedem Fall war sie aufgewühlter als eben und fauchte: »Ich musste die Zeit totschlagen, während ich wartete, bis meine Landkarte sich zurechtfand.« Mit dem Ärmel zeigte sie auf Ned. »Da habe ich mir deine Familie mal genauer angesehen.« Sie lächelte.

Ottilie fühlte sich unsicher auf den Beinen.

»Aber du bist ein wahres Kind der Sümpfe. Du bist die Tochter von Freda Colter.« Whistler legte eine Kunstpause ein und sah Ottilie direkt in die Augen. »Und von Odis Igo, dem Wärter in den Sumpfgrotten.«

Ottilies Herz schrumpfte und krampfte.

Der Wärter war ihr Vater. Der Wärter, der Freddie immer bevorzugt behandelt und dann doch zugelassen hatte, dass sie in ihrer winzigen Grotte zugrunde ging. Der Wärter, der Gully an die Jagd von Narroway verkauft hatte. Heiße Tränen schossen ihr in die Augen. Am liebsten hätte sie sich übergeben.

»Das hat nichts zu bedeuten«, sagte Whistler sanfter. »Dein Geist ist mit Maias verwandt – und mit meinem auch. Ich habe es gespürt, als du dich in Narroway eingeschlichen hast, um deinen Bruder zu retten. Du hast einen großartigen Sinn für Recht und Unrecht. Ungerechtigkeit kannst du nicht ausstehen. Die Usklers sind bis ins Mark verdorben. Du weißt, wer auf der richtigen Seite steht.«

Ottilie war kaum in der Lage, ein Wort zu sagen, doch ihre Gedanken kamen zur Ruhe. Der König hatte den Menschen fortgeschickt, der Whistler am meisten am Herzen lag, und der Wärter hatte Ottilie das Gleiche angetan. Glaubte Whistler, sie wäre auf Rache aus?

Ottilie fiel ein, dass Bonnie ihr erzählt hatte, Whistler hätte sie zusammengerollt bei den Ziegen gefunden, weil ihr Vater im Haus getobt hatte. Whistler erwählte Menschen, die Unrecht erlitten hatten, und bot ihnen die Gelegenheit, Rache zu nehmen und – wenn man an die Blutbiester dachte – unvorstellbare Macht zu erlangen.

»Bei mir ist Platz für dich.« Die glühenden Kohlen knisterten und flackerten. »Du kannst uns helfen, etwas wiedergutzumachen.«

Ottilie war sprachlos. Sie musste an Gracie denken, im

Bund mit dem Wyler, mit gebleckten Zähnen und wirbelnden Dolchen.

»Du hast die Wahl«, sagte Whistler. »Ich hatte bereits vor, dir den Kappabak zu geben. Als sie gemerkt haben, dass du ein Mädchen bist, und versuchten, dich aus der Jagd zu drängen, haben sie dich all deiner Macht beraubt. Ich fand, das mächtigste Ungeheuer wäre ein passender Ersatz. Aber jetzt, da ich dich besser kenne, gebe ich dir lieber die Learies.«

Als würde es sich um ein Geschenk handeln. Die Learies. Ein Learie war es gewesen, der Scoot so zugerichtet hatte, dass er gestorben wäre, wenn Whistler ihn nicht rechtzeitig geheilt hätte. Ottilie sah das schuppige Katzentier mit dem sengenden Schwanz noch vor sich. Sie stellte sich vor, ihre Hand an sein löwenartiges Gesicht zu drücken, und fragte sich einen verrückten Moment lang, welche Farbe die schwarzen Schuppen annehmen würden, nachdem die Verbindung geschlossen wäre …

Ned meldete sich zu Wort. »Sie wissen überhaupt nichts über sie.«

Whistlers Augen blitzten. Sie legte einen Finger auf die Lippen und sagte: »Pssst!«

Mit einem harten Aufprall landete Ned auf dem Boden.

Ottilie rannte zu ihm und stieß sich die Knie hart am Stein. Es tat so weh, dass ihr die Tränen kamen, aber das machte ihr nichts aus. Was hatte Whistler getan? Sie blinzelte und sah Scoot vor sich, grauen fortschreitenden Stein …

Ottilie hätte Ned am liebsten ins Bewusstsein zurückgeschüttelt oder zumindest seinen Puls gefühlt, doch ihre Hände waren weiterhin gefesselt.

»Beruhige dich, er schläft nur«, sagte Whistler. Sie klang beinahe enttäuscht.

Wütend blickte Ottilie zu ihr auf, während ihr die Tränen des Zorns über die Wangen liefen. »Sie hassen den König, weil er Unschuldige quält. Sie sind *verrückt*«, fauchte sie. »Sie sind kein Mensch mehr, seit Sie die Sache mit den Schattenschlingern angezettelt haben!«

Etwas funkelte in Whistlers Blick, doch es erlosch gleich wieder. »Wie gesagt«, meinte sie unterkühlt, »werde ich jeden retten, der gerettet werden *möchte.*«

Als Whistler einen Schritt in ihre Richtung machte, musste Ottilie sich zusammenreißen, weil sie sonst rückwärtsgekrochen wäre.

»So, hier kommt deine letzte Chance«, sagte Whistler. »Eine weitere wird es nicht geben.«

Sie drohte ihr nicht. Sie machte ihr nur ein Angebot und streckte die Hand zu ihr aus.

Ottilies Herzschlag rauschte in ihren Ohren. Ned schlief auf dem Boden, vielleicht für immer. Maeve war nicht zurückgekommen. Leo und Skip war etwas passiert. Gully war halb vom Erdreich verschlungen. Scoot war aus Stein, und sie hatten keine Möglichkeit, ihn zu heilen. Ottilie wusste nicht, wo die schlaflose Hexe war, und der Wärter … der Wärter war ihr Vater.

Sie erstickte in einem Wirrwarr aus Wut und Angst.

»*Nein.*« Sie war nicht sicher, ob sie das Wort laut ausgesprochen hatte, doch Whistlers Miene verfinsterte sich und über die Hälfte der glühenden Kohlen verschwand in der Dunkelheit.

»Das ist deine Entscheidung«, sagte sie und entfernte sich vom Eingang.

In dem Zwischenraum ballte sich der Staub zu Steinen, die herunterfielen und rollten und sich übereinanderstapelten. Die Mauer baute sich selbst wieder auf.

»Ich erspare dir den Tod, der dich in der Schlacht erwartet«, sagte Whistler. Noch nie hatte ihre Stimme weniger menschlich geklungen.

Ottilie versuchte, Ned mit dem Knie aufzuwecken, doch er schlief weiter. Whistler stieg die Treppe wieder hinauf und Gully war noch draußen! Ottilie wollte aufspringen und über die Mauer klettern. Beinahe hätte sie es getan. Sie führte die Bewegungen in Gedanken aus, doch ihr Körper blieb in der Grabkammer. Sie konnte Ned nicht bewusstlos und eingesperrt zurücklassen. Gully hätte das Gleiche getan, da war sie sicher.

Die Mauer wurde immer höher. Als Whistler außer Sicht geriet, schwappte etwas Eiskaltes um Ottilies Beine. Zunächst dachte sie, Whistlers Gefühle würden die Luft derart abkühlen, doch dann rann etwas in ihren Stiefel, feucht und eiskalt … wie aus dem Nichts sammelte sich Wasser dort unten.

27

Licht

Ihre Gedanken glichen fallenden Schrottteilen. Whistler war nach oben gegangen. Gully war dort. Das Wasser bedeckte ihre Stiefel. Ihre Hände waren gefesselt. Ned würde ertrinken!

Hektisch ließ sie ihren Blick schweifen. An der Wand war ein schmaler Felsvorsprung. Wenn sie ihn dort hochschaffen könnte … doch das musste sie gar nicht erst versuchen. Ottilie schlurfte zu Ned, ging in die Hocke und manövrierte mühsam seinen Kopf und seine Schultern zu ihren Knien. Das Wasser glitt über seine Beine.

Es war so kalt wie frisch getautes Eis. Sie konnte nur hoffen, dass Ned durch den Schock das Bewusstsein zurückerlangte. Das Wasser schwappte um ihre Knie und erreichte Neds Ohren. Ottilie biss die Zähne zusammen und riss ihre Beine unter ihm weg.

Ned platschte rücklings ins Wasser zurück. Sein Kopf tauchte unter und durch die glatte Oberfläche sah Ottilie verschwommen sein Gesicht. Einen schrecklichen Augenblick lang dachte sie, sie hätte ihn ertränkt. Doch dann schoss er nach oben und prustete. Ottilie war so erleichtert, dass sie ihm um den Hals gefallen wäre, wenn ihre Arme frei gewesen wären.

Keuchend und außer Atem fragte er mit rauer Stimme: »Was ist passiert?«

»Sie hat uns eingeschlossen und den Raum geflutet.« Ottilie zeigte auf die wieder aufgebaute Mauer.

Ned rappelte sich auf, er rang immer noch nach Luft. »Aber … woher kommt das Wasser?«

»Nirgendwoher«, antwortete Ottilie ohne Hoffnung. »Von überall.«

Ned arbeitete sich zu der Mauer vor und drückte immer wieder die Handfläche dagegen.

Nichts geschah.

Fluchend kehrte er zu Ottilie zurück. Das Wasser reichte ihm fast bis an die Knie. Er zerrte an den Wurzeln, mit denen ihre Handgelenke gefesselt waren. »Kannst du schwimmen?«

Ottilie nickte. Früher war sie mit Gully in dem klaren Bach oberhalb des Brackermoors geschwommen. Es war lange her, doch sie war sicher, dass sie noch wusste, wie es ging. »Und du?«

»Sunken Sweep«, sagte er, als wäre das Antwort genug.

Doch was würde es ihnen nützen? Das Wasser würde über ihren Köpfen zusammenschlagen, und sie würden schwimmen müssen, doch bald würde es auch die Decke erreichen.

Ned mühte sich mit den Wurzelfesseln ab, bis endlich ein Strang zerriss. Die Wurzeln lösten sich und Ottilies Hände waren frei.

»Wir müssen irgendwie hier rauskommen«, sagte sie und dehnte und spreizte ihre Finger. Die Handgelenke schmerzten, wo die Fesseln die Haut aufgescheuert hatten.

Sie wateten hin und her und suchten nach einer Spalte oder einer Ritze. Einige von Whistlers glühenden Kohlen gaben noch Licht, doch sie trieben nacheinander nach unten und erloschen im Wasser, wo sie teilweise weiter schimmerten wie ein verschwommener, auf dem Kopf stehender Himmel. Es fiel Ned und Ottilie immer schwerer, überhaupt noch etwas zu sehen.

Ottilie machte sich furchtbare Sorgen um Gully, den sie Whistler überlassen hatte. Doch es wäre völlig undenkbar gewesen, Ned bewusstlos in der Grabkammer liegen zu lassen.

Das eiskalte Wasser stieg bis zu ihren Schultern. Ihre Haut saugte sich nach innen und ihr ganzer Körper brannte. Es dauerte nicht lange, bis sie von dem einzigen Wunsch beherrscht wurde, dem eiskalten Wasser zu entkommen. Sie schwamm zu dem Felsvorsprung und zog sich so weit hoch, dass nur noch ihre Knie unter Wasser waren. Dann half sie Ned, sich hochzuhieven. Sie standen bibbernd auf dem Felsen nebeneinander und schlangen die Arme um sich.

»Es tut mir schrecklich leid«, sagte Ned. Ottilie hörte seiner Stimme den Eishauch an, als hingen an jedem einzelnen Wort tropfende Eiszapfen. »Ich hätte die Träume doch verhindern sollen.«

Ottilie schüttelte den Kopf und löste ihren vor Kälte verkrampften Kiefer. »Dazu hattest du gar keine Möglichkeit. Es ist alles meine Schuld«, flüsterte sie. »Ich hätte die Knochenkette wegwerfen sollen. Nur deshalb wusste sie, dass wir ihr hier aufgelauert haben. Wenn ich uns nicht auf diese Weise verraten hätte, wäre unser Plan vielleicht aufgegangen.«

Sie schlang die Arme so fest um sich, dass sie sich eine Rippe hätte brechen können, doch vor lauter Kälte hätte sie das nicht einmal gespürt. Ihr war bewusst, dass ihnen wärmer wäre, wenn sie sich aneinanderschmiegen würden. Ottilie wippte mit den Fersen und merkte, dass sie selbst in dieser verzweifelten Lage zu nervös war, es vorzuschlagen.

Ned schüttelte den Kopf. »Das spielt jetzt alles keine Rolle.« Er starrte auf den Sarg hinunter. Das stabile Eisending schien unter Wasser zu schaukeln, als wäre es in Wirklichkeit gar nicht da, sondern wäre eher eine Erinnerung oder ein Traum. So fühlte sich gerade alles an – unwirklich.

»Was war das für eine Pfeife?«, fragte Ned. »Was hat sie damit vor?«

»Keine Ahnung.«

Darauf hatte Whistler gewartet und sie würden ihre Pläne nur allzu bald kennenlernen.

Selbst wenn ihnen die Flucht gelang und sie nach Narroway zurückkehrten, würden sie sich vermutlich direkt ins

Schlachtgetümmel stürzen müssen. Eigentlich hätte Ottilie sich darum die größten Sorgen machen müssen, doch während auch sie den schaukelnden Sarg betrachtete, schweifte ihr Geist immer wieder zu dem einen Gedanken zurück – der Wärter war ihr Vater … der Wärter … sie wusste, wer ihr Vater war … der Wärter … die ganze Zeit …

Es war leichter, darüber nachzudenken, als über die Frage, was mit Gully und ihren Freunden geschehen war. Leichter, als sich darum zu sorgen, was Whistler mit der Pfeife tun würde, wo die schlaflose Hexe in Wirklichkeit war oder ob der weiße Stein Scoot mittlerweile ganz vereinnahmt hatte.

Der Wärter, der keine zwei Worte mit ihr persönlich gewechselt hatte, der Gullys Namen auf die Pickerliste geschrieben hatte …

Das Wasser stieg immer höher und reichte Ottilie jetzt bis zur Taille. Ihre Stimme bebte, als sie sagte: »Ich weiß nicht, wie wir hier rauskommen sollen.«

Ned hatte darauf keine andere Antwort, als den Arm um ihre Schultern zu legen. Sie konnten sich nicht in die Augen sehen. Ottilie schmiegte sich an seine Wärme, doch sie wusste nicht, wo sie ihre Arme hinlegen, wie sie stehen, ja nicht einmal mehr, wie sie atmen sollte. Doch sie wollte sich auch nicht von ihm lösen.

Nach kurzer Zeit ragten ihre Schultern nur noch knapp über die Wasseroberfläche. Viel weiter oben gab es einen weiteren Vorsprung im Gestein. Sie löste sich von Ned und strich auf der Suche nach einer Möglichkeit hochzuklettern mit den Fingern über die Mauer. Ohne Erfolg. Sie mussten warten, bis das Wasser sie hochtrug.

Ned suchte unter Wasser ihre Hand und verflocht seine Finger mit ihren. Ottilie erinnerte sich an das erste Mal, als er ihre Hand genommen hatte, und wie entmutigt sie gewesen war, als er wieder losgelassen hatte. Die glühenden Kohlen erloschen und sie konnte kaum mehr als den dunklen Umriss seines Gesichts sehen.

Offenbar hatte er das Gleiche gedacht, denn er strich mit dem Daumen über ihre Nasenspitze, als wollte er sich einprägen, wie sie aussah. Einen Sekundenbruchteil kümmerte es Ottilie nicht mehr, dass sie vor Angst und Kälte zitterte.

Als das Wasser an ihren Nacken schwappte, kehrte sie ruckartig in die Wirklichkeit zurück.

Die Angst drückte sie nieder und sie erbebte unter ihrem Druck. Ihre Füße wurden von dem Felsen geschwemmt. Sie konnte nicht mehr stehen, ohne dass ihre Nase unter Wasser war. Über ihr wirkten die letzten verglühenden Kohlen wie sterbende Sterne, die das Ende aller Zeiten verkündeten. Die Dunkelheit hüllte sie ein. Ottilie würde immer weiter nach oben treiben, bis sie vom Himmel verschluckt werden würde.

Ned half ihr, oben zu bleiben. Er war so groß, dass er noch stehen konnte, und verband sie für kurze Zeit mit der Welt. Sie fühlte sich wieder geerdet.

Plötzlich entdeckte sie etwas hinter seiner Schulter: Ein winziges Kohlestückchen verschwand in der Steinmauer.

»Was ist da?«, fragte Ned.

»Ich glaube, da oben ist ein Spalt.« Sie zeigte auf die Stelle. »Ein glühendes Stück Kohle ist hindurchgeschwebt.«

»Bist du sicher, dass es nicht einfach an die Mauer gestoßen und erloschen ist?« Seinen Worten zum Trotz klang er, als hätte er neue Hoffnung geschöpft.

»Ich müsste weiter nach oben, um das sehen zu können.«

Ottilie stieg auf Neds Schultern und freute sich über den Anblick, der sich weiter oben bot. Das Kohlestück war hinter einen Stein gerutscht und beleuchtete seine Kanten. »Hier ist eine Öffnung, glaube ich! Wir müssen nur ein paar Steine verschieben.«

Sie musste einen Sprung von Neds Schultern wagen, um den Felsvorsprung zu erreichen. Nachdem sie am Rand gehangen und ihre Muskeln bis zum Zerreißen angespannt hatte, konnte sie sich hochziehen.

Ein Blick nach unten zeigte, dass Ned keinesfalls so weit nach oben gelangen konnte. Also räumte sie die Steine allein zur Seite. Es war so dunkel, dass sie sich nur tastend orientieren konnte. Ihre Finger wurden allmählich taub, und es fühlte sich an, als würde sie mit sechs paar Handschuhen arbeiten, während gleichzeitig jeder Kratzer brannte und pochte.

Ottilie kam nur langsam voran, aber Stück für Stück entstand tatsächlich eine Art Ausgang.

Das Wasser stieg weiter, und Ned wartete, bis es ihn endlich so hoch getrieben hatte, dass er sich auf den Felsvorsprung hieven konnte. Als sie die letzten Brocken wegräumten, hörte Ottilie, wie seine Zähne klapperten. Das glühende

Kohlestück schwebte noch immer an Ort und Stelle und gab gerade so viel Licht, um die Gravur einer Ente zu beleuchten, die an einer uralten dreieckigen Tür prangte.

Ottilie lachte nervös. Whistler wusste auch nicht alles! Zum Beispiel hatte sie nicht gewusst, dass es einen zweiten Eingang zur Grabkammer gab.

Einen Riegel gab es nicht, nur ein altes Rad. Ned und Ottilie drückten, so fest sie konnten, bis es sich schließlich unter lautem Knarren drehen ließ. Die Tür wurde nach innen geschoben und enthüllte einen dahinterliegenden Tunnel.

Sie krochen hindurch. Das Wasser war bereits bis zu dem Felsvorsprung gestiegen und schwappte in den Tunnel. Gemeinsam drückten sie erneut mit aller Kraft gegen die Tür und verschlossen sie wieder.

»Wir müssen uns beeilen«, sagte Ottilie. »Wenn das Wasser in der Grabkammer so weitersteigt, weiß ich nicht, wie lange die Tür dem Druck standhält.«

»Wir dürfen aber nicht zu schnell gehen«, sagte Ned, der sich im Tunnel vorwärtstastete. »Sonst stoßen wir uns die Köpfe.«

Es war stockdunkel. Sie hatten weder Leuchtstäbe noch Whistlers glühende Kohlen. Gar nichts. Aber sie waren frei.

»Komm«, sagte Ottilie. »Los geht's.«

28

Das Leuchten

Sie kamen nur langsam voran. Ottilies Hals fühlte sich an, als wäre er mit Rinde ausgekleidet. Sie wünschte, sie wäre darauf gekommen, ein bisschen von dem Wasser zu schlucken, das sie beinahe ertränkt hätte. Die Tür schien nach wie vor Widerstand zu leisten, und sie konnte nur annehmen, dass Whistlers Fluch keine Wirkung mehr ausübte. Möglicherweise war das geschehen, als das Wasser die Decke der Grabkammer erreicht hatte oder als keine schlagenden Herzen mehr darinnen waren.

Jetzt konnte sie nur noch daran denken, wie es weitergegangen sein mochte, nachdem Whistler wieder oben angekommen war. Hatte sie Gully am Leben gelassen? Und die anderen? Was war aus ihnen allen geworden? Leo hatte das Signal nicht gegeben. Maeve war nicht zurückgekehrt. Es musste einen Grund dafür geben.

Ottilie fühlte sich, als würde jemand ihr Herz zerknüllen wie ein feuchtes Stück Stoff, weil sie die Antwort kannte.

Wenn Whistler sie und Ned hatte umbringen wollen, warum sollte sie die anderen dann am Leben lassen?

Sie holte tief Luft und konzentrierte sich auf ihre Füße. Bis auf die Tatsache, dass sie aufwärtsgingen, wusste sie nicht, wo der Tunnel sie hinführen würde. Allmählich beschlich sie die Ahnung, dass sie kaum vorangekommen waren, als weiter vorn ein schwaches Licht erschien. Sie erstarrte voller Misstrauen, wer dort sein mochte, schlich dann aber weiter und entdeckte eine Ansammlung von bleichen Pilzen, die silbern leuchteten.

»Was ist das?«, fragte Ned und streckte verwundert die Hand aus.

Sie suchte nach der richtigen Bezeichnung. »*Lumi.*« Leuchtende Pilze. »Sie sind sehr selten und *unglaublich* wertvoll! Es gab Gerüchte, denen zufolge sie in den Tunneln rund um die Sumpfgrotten vorkommen sollen. Gully und ich haben früher danach gesucht, aber wir haben nie welche gefunden!«

Ottilie traute ihren Augen nicht. Es gab Lumi in Hülle und Fülle. Sie wuchsen anscheinend über mehrere Meilen an den Tunnelwänden und beleuchteten den Weg um tief hängende Felsen, enge Erdspalten und scharfe Kurven, bis sie schlagartig spärlicher wurden und schließlich ganz ausblieben.

Ned und Ottilie kratzten einige Pilze von den Wänden und hielten sie hoch. Entgegen ihrer Erwartung waren sie nicht schleimig, sondern luftig und glatt. Ohne die Wurzeln war das Licht ein wenig gedämpfter, aber sie konnten immer noch sehen, wo sie langgingen.

Der Tunnel wurde so eng, dass sie seitwärts weitergehen und stellenweise kriechen mussten, bis sie schließlich an einen schmalen Spalt gelangten. Zentimeter für Zentimeter arbeitete Ottilie sich durch das zerklüftete Gestein, das ihr auf beiden Seiten kaum Spielraum ließ. Doch angesichts dessen, was dahinterlag, bewahrte sie die Ruhe. Dort ging es abwärts zu einer großen Grotte mit Laternen, Teppichen und Fensterläden vor den Löchern in den Höhlenwänden.

Der Anblick verschlug ihr den Atem. Ottilie wusste, wo sie war. Das war die Grotte des Wärters! Sie wankte, doch sie konnte den Blick nicht losreißen und nahm auch das kleinste Detail wahr. In früheren Zeiten wäre es ihr wie ein Paradies erschienen. Ein Bett mit Füßen statt einer alten, mit Spreu gefüllten Matratze auf dem Fußboden. Verhängte Laternen, die noch immer brannten, obwohl er schlief.

Der Wärter hatte keine Ahnung von dem seltenen Schatz, der an den Tunnelwänden in der Nähe seiner zerfallenden Sessel wuchs.

In der Grotte stank es nach verwesendem Fleisch und kaltem Rauch. In einer Ecke war ein kleiner Kamin, und Ottilie fragte sich, wo der Rauch abzog. Vielleicht durch die Ritzen in einen weiteren Tunnel oder eine andere Grotte.

Ottilie empfand eine sonderbare Ruhe. Ihr Kopf fühlte sich leicht an, ihre Gedanken fern, als wäre sie ein Geist, ein unsichtbarer Besucher wie in dem Moment, in dem sie in Neds Träume getreten war.

Nachdem sie die Lumi in die Tasche gesteckt hatte, kletterte sie an der Mauer hinab. Unten ging sie über die feuchten, schlammverkrusteten Teppiche, die jeden Zentimeter Boden bedeckten, zum Bett und starrte den Mann an, von dem sie nun wusste, dass er ihr Vater war.

Der Wärter bestimmte über die Grotten und Ottilie hatte ihn als bedeutende Autoritätsperson im Gedächtnis behalten. Er war aufbrausend und neigte gleichzeitig zu spontaner Großzügigkeit, wie er wohl selbst sagen würde. Früher hätte Ottilie es auch so bezeichnet. Die geschenkten Essensreste oder hin und wieder ein Bettlaken aus seinem persönlichen Vorrat.

Als sie zum Kamin ging, spürte sie, wie Ned, der ihr folgte, sie beobachtete. Er schwieg, um den schlafenden Mann nur ja nicht zu wecken, obwohl er nicht wissen konnte, wer das war.

Ottilie nahm das Schüreisen, dachte daran, wie dünn sie und Gully ihr Leben lang gewesen waren, und pikste damit in den gewaltigen Bauch des Wärters.

Er schlug grunzend auf sein fleckiges Seidennachthemd, erwachte schnaufend und starrte die beiden durchweichten Eindringlinge an.

Ottilie zog das Schüreisen zurück und musterte ihn mit schmalen Augen. Würde er sie wiedererkennen? Wusste er überhaupt Bescheid?

»Ottilie«, sagte der Wärter und wurde rot vor Zorn. »WAS HAST DU IN MEINER GROTTE ZU SUCHEN?!« Der Speichel flog ihm bei diesem Ausbruch aus dem Mund und seine Hängebacken zitterten vor Wut.

Ottilie hätte beinahe gelacht. Nicht *Wo bist du die letzten zwei Jahre gewesen?* Sie war mit Kratzern und blauen Flecken übersät, dennoch fragte er nicht *Bist du verletzt?* Er hatte sich vermutlich erschrocken, das musste sie ihm zugestehen.

Was wollte sie überhaupt von ihm? Eine Bestätigung ihrer Blutsverwandtschaft? Nein, das hatte sie nicht nötig. Sie wusste, was sie brauchte. Eine Erklärung, warum ihre Welt auf den Kopf gestellt worden war.

»Warum?«, fragte sie kaum hörbar, weil ihre Kehle so ausgedörrt war.

»Warum was?«, fragte der Wärter und machte Anstalten aufzustehen.

Zur Warnung, sich nicht zu rühren, zeigte Ottilie mit dem Schüreisen auf ihn. »Warum haben Sie Gullys Namen auf die Pickerliste gesetzt?«

Er sah sie mit offenem Mund an. »Ich … ich werde dafür bezahlt, Ausschau nach denen zu halten, die besonders vielversprechend sind!« Er zog ein saures Gesicht. »Nur so halte ich den Laden am Laufen. Nur so bekommen sie genug zu essen.«

»*Genug zu essen?*«, wiederholte sie ungläubig in Gedanken an getrocknete Brakkernüsse und Flussalgenbrühe. Dann richtete sie den Blick auf die drei Kinne des Wärters. »Er war zu jung.«

»Das ist ihnen egal, vorausgesetzt, die Anforderungen werden erfüllt«, sagte er hastig. »Er war immer eher kümmerlich, aber auch tatkräftig und mutig. Diese Eigenschaften stehen ganz oben auf der Liste.«

Ottilie dachte daran, wie Gully am Sonnenbaum feststeckte, als Whistler aus der Grabkammer wieder hochstieg. Heiße Tränen liefen ihr über die Wangen. Blinzelnd sah sie ihre leere Grotte an dem Morgen vor sich, an dem er verschwunden war. Ihre Stimme kippte, als sie fragte: »Wie konnten Sie Freddie das antun?« *Und mir*, wollte sie hinzufügen, brachte die Worte aber nicht heraus.

»Sie hat's kaum gemerkt«, schnaubte der Wärter.

Die Tränen tropften von Ottilies Kinn. »Sie lügen!«

Sie holte scharf Luft und drückte das Schüreisen an seinen Bauch. Knurrend schob er es beiseite, doch sie wirbelte es in ihrer Hand, streckte es zu seinem Hals aus und hielt es nur Zentimeter von seiner Haut entfernt.

Auf den Wangen des Wärters erschienen rote Flecken, während er sie verhöhnte: »Du willst wissen, warum, du kleine Sumpfratte? Weil es alle gewusst haben, alle wussten, dass *du* von mir warst. Und er von einem anderen. Sie hätte zu mir halten sollen. Dein kümmerlicher Bruder war eine wandelnde Beleidigung. Ich hätte liebend gern auch deinen Namen auf die Liste gesetzt, nur um dich nicht mehr sehen zu müssen, aber die Picker haben für Mädchen nichts übrig.«

Ned stellte sich neben Ottilie.

»Sie widern mich an«, fauchte sie und hielt das Schüreisen so fest umklammert, dass ihre Finger weiß wurden.

In diesem Moment war Ottilie glasklar bewusst, dass sie diesen Mann nie wiedersehen wollte. Er gehörte nicht zur Familie. Dieser Mann war eine Null.

Sie ließ das Schüreisen klirrend fallen und kehrte dem Wärter den Rücken zu.

Sie mussten zu dem Sonnenbaum zurückgehen und herausfinden, was aus Gully und den anderen geworden war. Ottilie hatte keine Ahnung, wie Ned die Unterhaltung in der Grotte des Wärters gedeutet hatte. Jedenfalls stellte er keine Fragen.

Während Ottilie vorneweg durch die Tunnel raste, vorbei an den alten Grotten, hatte sie das Gefühl, in zwei Welten zu leben. Sie sah den Ort, an dem sie ihre Kindheit verbracht und mit Gully gespielt, sich versteckt und in der klammen Dunkelheit gezittert hatte. Es kam ihr fast so vor, als wäre ein kleiner Teil von ihr niemals weg gewesen, als hätte sie ihn zurückgelassen und als würde er jetzt wieder an seinen Platz zurückkehren. Andererseits fühlte sie sich wie eine Außenseiterin, eine Besucherin, wie jemand, der nicht hierhingehörte. Es war verwirrend und schwindelerregend und insgesamt überwältigend.

Am liebsten wäre sie weggelaufen, um Abstand zu diesem seltsamen, stillstehenden Teil ihrer Vergangenheit zu gewinnen. Doch dann – spielte ihr Gedächtnis ihr einen gemeinen Streich? – sah sie sie vor ihrer Grotte sitzen: Mr Parch, der mit aufgerissenen Augen döste, und Old Moss, die in dem Buch *Die Welt, in der wir leben* las.

Eine warme Woge überrollte sie und linderte jeden

Schmerz. Ottilie lief auf sie zu und schlitterte über das feuchte Gestein. Die Tränen liefen ihr über die Wangen. Sie stürzte sich auf Old Moss, der kaum Zeit blieb, sie zu erkennen.

»Hilfe – oh – *Ottilie!*«, schrie Old Moss und drückte sie fest an sich. Sie versetzte Mr Parch einen Tritt. »Wach auf!«, fauchte sie. »Steh auf, du schnabelgesichtiger Kadaver!«

Mr Parch schloss blinzelnd die Augen und schlug sie wieder auf. »Ottilie!« Dann begann er langsam und mühselig, sich aufzusetzen. Als er es endlich geschafft hatte, schlang er seine zitternden Arme um die beiden. »Wir haben so sehr gehofft, dass du heute Abend kommen würdest!«, sagte er und umklammerte ihre Schultern, als könne er es immer noch nicht fassen, dass sie da war.

»Was meinen Sie damit? Woher wussten Sie …«

Old Moss und Mr Parch strahlten sie an und zeigten die wenigen Zähne, die sie noch hatten.

Mr Parch wies mit seinem krummen Finger auf Ottilies ehemalige Grotte.

Ottilie hatte keine Ahnung, was sie dort erwarten könnte. Mit weichen Knien stand sie auf, drückte die Tür auf und entdeckte Gully – er schlief in seinem alten Bett.

29

Tiefer Schlummer

Ottilie hielt sich am Türrahmen fest, als hätte sie nach Jahren auf See wieder einen Fuß aufs Festland gesetzt. Sie brauchte einen Moment, um klar zu sehen und schließlich auch die übrige Grotte in den Blick zu nehmen. Mit einer Woge der Erleichterung entdeckte sie Skip, die tief und fest auf Ottilies alter Matratze schlief. Freddies Matratze war leer. Ehe Ottilie ihn überhaupt gesehen hatte, rappelte sich Leo von seinem Sitzplatz am Boden auf und schloss Ottilie und Ned in eine kräftige Umarmung. Davon erwachte Skip, setzte sich hin, rieb sich die Augen und strahlte.

Gully rührte sich nicht.

»*Gully?*«

Skip grinste. »Es geht ihm gut.«

Ottilie atmete aus. Gully konnte immer schon alles verschlafen. »Wo ist Maeve? Ist sie … ist sie …«

»Maeve ist unterwegs, um euch zu suchen«, sagte Leo

mit einem Blick, der ihr deutlich vermittelte, dass sie sich beruhigen sollte.

»Erzählt uns, was passiert ist.« Sie sah von einem zum anderen. »Wie kommt es, dass ihr alle hier seid? Was hat Whistler gemacht, als sie rauskam?«

Skip winkte ab. »Nein, erzählt ihr lieber, was dort unten geschehen ist.« Ihr Blick glitt zur Tür und sie senkte die Stimme. »Wo ist die schlaflose Hexe?«

Ottilie wusste gar nicht, wo sie anfangen sollte.

Ned fand als Erster die Sprache wieder, doch seine Stimme war dünn und heiser. »Da war keine Hexe. Im Sarg lag nur eine Pfeife. Dann hat Whistler versucht, uns zu ertränken.«

Leo sah ihn verwirrt an. »Eine Pfeife zum Rauchen?«, fragte er halb lachend, halb hustend.

Ned schüttelte den Kopf. »Zum Musikmachen.«

»Wie, keine schlaflose Hexe?«, fragte Skip. »Willst du damit sagen, es gibt sie nicht? Nirgends?«

»Keine Ahnung«, sagte Ned.

»Aber wie seid ihr da rausgekommen?«, fragte Leo und schaute von einem zum anderen.

»Dunkler Tunnel. Leuchtende Pilze«, erklärte Ottilie und hielt die Lumi hoch, sodass alle sie sehen konnten.

Skips Augen strahlten. »Wow!« Sie riss Ottilie die Pilze aus der Hand. »Sind das *Lumi*? Die sind ein Vermögen wert!«

Ottilie ließ ihren müden Arm wieder sinken. »Und ihr? Wie ist es euch ergangen?«

Leo runzelte die Stirn. »Wir hatten uns im Graben versteckt. Ich hatte alles im Blick und war bereit, wie besprochen das Signal zu geben. Doch sie muss gewusst haben, dass wir da waren, denn in dem Augenblick, in dem sie auftauchte … ich kann nicht einmal sagen, was genau geschehen ist.«

»Die Erde hat versucht, uns zu verschlingen«, schlug Skip vor, ohne den Blick von den Lumi loszureißen.

»Wir konnten uns nicht bewegen«, sagte Leo. An seinem verkrampften Nacken konnte Ottilie erkennen, wie sehr ihn die Erinnerung quälte. »Die Wurzeln haben uns geknebelt, sodass wir euch keine Warnung zurufen konnten.« Er sah sie entschuldigend an. »Und dann … nachdem sie euch abgefertigt hatte, hat Maeve uns aufgespürt«, fuhr er fort. »Sie berichtete, Whistler habe sie entdeckt und aus der Luft niedergeworfen. Sie war eine Zeit lang bewusstlos. Als sie wieder zu sich kam, war alles längst gelaufen. Sie glaubt, es wäre ihre Schuld – dass sie uns verraten hat, als Whistler sie geschnappt hat.«

»Das stimmt nicht«, sagte Ottilie scharf, ohne es weiter zu erläutern. Sie war schuld, nicht Maeve. Wenn sie wieder zu Kräften gekommen war und die Verantwortung übernehmen konnte, würde sie es den anderen sagen. »Und was ist dann passiert?«

»Maeve hat dafür gesorgt, dass die Wurzeln uns freiließen.« Leo legte eine Hand auf Skips Schulter. »Aber Skip war verletzt.«

Ottilies Blick glitt zu Skip, die aufhörte, die Lumi zu befühlen und ihr Haar aus der Stirn wischte. Eine hässliche

Wunde zog sich von der Stirn seitlich bis zu ihrem Wangenknochen. »Ich habe mich an einem Stein geritzt, als die Wurzeln mich runtergerissen haben«, erklärte sie.

»Es hat unglaublich geblutet«, sagte Leo. »Maeve dachte, sie könnte die Wunde schließen, aber wir mussten irgendwohin gehen, wo wir sicher waren, dass Whistler sie nicht mittendrin unterbrechen würde.«

Ottilie betrachtete die gezackte Verletzung von Nahem.

»Es war langsam und blutig, aber sie hat es letztendlich geschafft«, sagte Leo.

»Maeve befürchtet, dass eine Narbe zurückbleibt, aber das macht mir eigentlich nichts aus.« Skip grinste.

Ottilie sah Gully an, der immer noch alles verschlief. Als sie den Blick wieder hob, wirkte Leo, als wäre ihm unbehaglich.

»Er wollte dir nach unten folgen«, sagte er behutsam. »Aber Skip brauchte Hilfe und wir mussten uns verstecken. Wir konnten ihn überreden, uns den Weg hierher zu zeigen, aber als wir angekommen waren, wollte er wieder zurück zu dir. Maeve behandelte Skip, und die Wurzeln haben meine Beinverletzung zurückgebracht, sodass ich kaum laufen konnte. Wir konnten Gully nicht allein ziehen lassen. Ich wusste, du würdest mich umbringen, wenn ich so etwas täte. Deshalb hat Maeve …«

Ottilie fiel ein, wie Whistler Ned zum Schlafen verzaubert hatte, und wurde blass. »Sie hat ihn verhext?«

»Nicht *richtig*«, antwortete Skip. »Sie meinte, es gäbe einen Zauberspruch, aber sie könnte ihn nicht ausführen.«

Sie sprach jetzt sehr schnell. »Weil sie Angst hatte, etwas falsch zu machen und ihn in einen ewigen Schlaf zu versetzen, hat sie Sichelklee gepflückt –«

»Sicheldotterblume ist giftig!«, rief Ottilie. Sie hatte schon als kleines Kind gelernt, die hellen, sichelförmigen Blumen niemals anzufassen, die wie gespenstische Boote in den Sümpfen wuchsen.

»Maeve hat ihm die zu Pulver zerriebenen Blütenblätter gegeben, damit er einschläft«, erklärte Skip immer noch in einem irrsinnigen Tempo. »Das hat großartig gewirkt.«

»Das sehe ich!«, sagte Ottilie und gab sich große Mühe, ruhig zu bleiben. »Aber wann wird er wieder wach?«

»Morgen früh«, sagte Leo und wich vor ihr zurück, als hätte er Angst, sie könnte ihn schlagen.

»Wehe, wenn er morgen früh weiterschläft!«, sagte Ottilie mit frisch entfachter Angst.

Als Ned ihr den Arm um die Schultern legte, beruhigten sich ihre Nerven erst recht nicht.

»Der wird schon aufwachen – Maeve hat es uns versprochen«, sagte Skip mit dem Hauch eines Lächelns.

»Moment, und wo ist Nox?«, fragte Ottilie. Hatte Whistler den Wingerslinks auch etwas getan?

»Nox und Maestro haben wir im Wald versteckt. Wir wollten die Leute hier nicht erschrecken«, antwortete Skip.

»Im Longwood Forest?«, fragte Ottilie. Ihre alten Ängste erwachten, doch sie unterdrückte sie. Wenn die Wingerslinks Narroway meisterten, konnte Longwood ihnen auch nichts anhaben.

»Wartet mal kurz«, sagte Leo und kam wieder näher, sodass Ottilie sehen konnte, wie er humpelte. »Und was läuft *hier*?« Er wedelte mit der Hand zwischen Ottilie und Ned.

Unverzüglich nahm Ned den Arm von ihren Schultern und Ottilie rückte unbeholfen ein Stück von ihm ab.

Leo beugte sich vor und flüsterte Ottilie ins Ohr: »Ich lasse es nicht zu, dass jemand mit meinem Grünschnabel schäkert.«

Ottilie verdrehte die Augen und schubste ihn weg.

Ned lachte. »Sie ist nicht dein Grünschnabel.«

Leo sah ihn mit gespieltem Misstrauen an und meinte: »Deiner aber auch nicht.«

»Ich bin niemandes nichts«, sagte Ottilie, die mit so viel Aufmerksamkeit nicht zurechtkam. »Wir müssen uns überlegen, wie es weitergeht.«

Sie saßen fest. Gully würde bis zum Morgen schlafen, und Maeve war unterwegs, um Ned und Ottilie zu suchen. Während die anderen die Gelegenheit nutzten und sich ausruhten, schlich Ottilie zu Old Moss und Mr Parch.

Sie erzählte ihnen ihre ganze Geschichte von Anfang bis Ende und sie brachten Ottilie auf den neuesten Stand der weniger aufregenden Ereignisse in den Sumpfgrotten. Endlich fragte Ottilie, was sie schon viel eher fragen wollte: »Wo ist sie?«

Old Moss brachte sie hin. Sie wankte vor und zurück und stieß mit ihrem Krückstock laut auf den steinigen Boden. Als sie zu dem verschimmelten alten Vorhang gelangten, klopfte sie mit dem Stock an die Felswand.

»Gurt!«, brüllte sie.

»Wersda?«, lautete die verschnupfte Antwort.

»Komm raus«, sagte Old Moss.

Gurt schob den Vorhang beiseite, als wäre er aus feinster Seide, und steckte sein wächsernes Gesicht nach draußen. »Ja, hallo, kleine Ott! Was bringt dich nach Burg Gurt?«

War die Zeit hier etwa stehen geblieben? Ottilie kam sich vor wie an ebendem Tag, an dem Gully verschwunden war, als hätten sie alle geschlafen, seit sie fortgegangen war.

»Zieh ab«, fauchte Moss.

»Was denn, Moss? Was soll ich abziehen?« Er ließ den Vorhang fallen und tippte sich an den Kopf, als suchte er einen Hut, den er abnehmen könnte – dann zog er an seinem Hemd und enthüllte spitze Rippen und Pockennarben.

»Zisch ab, du dreckiger Blutegel, du!«, rief Moss und schwenkte ihren Krückstock.

»Das ist mein Eigentum«, erwiderte er und breitete stolz die Arme aus. »Ihr könnt mich nicht zwingen, wegzugehen.«

Moss pikste ihn mit dem Stock.

»Aua!« Er machte einen Satz nach hinten.

Sie ließ nicht von ihm ab, bis er brummig in den Tunnel stapfte, dicht gefolgt von Old Moss.

Ottilie betrat die Grotte. Selbst nachdem sie den fauligen Gestank der welkenden Krankheit ertragen hatte, drehte ihr der Geruch von altem Brombeerschnaps noch immer den Magen um. Freddie lag in der Ecke und schlief, genau wie an dem Tag vor fast zwei Jahren. Ottilie blieb wie angewurzelt stehen, unschlüssig, ob sie ihre Mutter wecken sollte. Schließlich ging sie zu dem Haufen alter Decken und schmiegte sich an sie.

30

Abschiedsgeschenke

Old Moss hatte Gurt vielleicht nachhaltig verschreckt, jedenfalls kehrte er in dieser Nacht nicht in seine Grotte zurück. Selbst im Schlaf atmete Freddie flach und hastig, als würde sie niemals ausatmen und höchstens winzige Luftmengen in eine Leere saugen.

Ottilie hatte keine Ahnung, wie Freddie reagieren würde, wenn sie erwachte. Manchmal war sie früh am Morgen ganz die Alte. Doch das kam nur selten vor, und während Ottilie neben ihr lag, merkte sie, dass sie diesen Herzschmerz nicht verkraften würde. Nicht so rasch, nachdem sie von dem Wärter erfahren hatte. Nicht jetzt, da Whistler bald angreifen würde und Scoots Ende immer näher rückte. Obwohl sie wusste, dass sie es vielleicht bereuen würde, schlich Ottilie aus Gurts Grotte zurück in ihre eigene.

Dort schliefen alle. Ottilie, die sie nicht wecken wollte, brauchte ohnehin frische Luft.

Als sie gerade die Tür hinter sich zuziehen wollte, tauchte ein Schatten auf. Federn rauschten. Sie erschrak beinahe zu Tode, als eine schwarze Eule im Sturzflug auf ihre Schulter niederging und dort landete. Das Gewicht fühlte sich wie eine beruhigende Hand an. Zu ihrer eigenen Überraschung musste Ottilie lächeln.

Nachdem sie vorsichtig über Mr Parchs Beine gestiegen war, wanderte sie durch die gewundenen Tunnel ins Freie. Die Luft war feucht, bald würde der Morgen grauen. Zwischen den Bäumen hellte ein schwacher silberner Schimmer den Himmel auf, dem sich die seichten Sumpfpfützen entgegenzudrängen schienen.

Maeve schwang sich von Ottilies Schulter, verwandelte sich in sich selbst und landete mit den Füßen im Matsch.

»Du wirst immer besser.«

Maeve lächelte nicht. Ihr Blick war verschattet. »Die anderen haben mir von der schlaflosen Hexe erzählt«, sagte sie. »Sie war nicht da? Nur eine Pfeife?«

Ottilie nickte und erinnerte sich, dass Leo gesagt hatte, Maeve würde sich schuldig fühlen. »Danke für das, was du getan hast. Du hast sie alle gerettet. Es war nicht deine Schuld, sondern meine.«

Ottilie fiel es stets leicht, Maeve etwas zu gestehen – viel leichter, als sich den anderen anzuvertrauen. Sie streckte die Hand mit der Knochenkette aus. »Deswegen wusste Whistler, dass ich dort war. Vermutlich hat sie nach dir Ausschau gehalten. Ich bin schuld, dass sie dich erwischt hat, dass sie uns alle erwischt hat.«

Maeve betrachtete die Kette und sagte nur: »Das spielt keine Rolle.«

Doch Ottilie wusste es besser. Sie war eine gedankenlose Närrin gewesen, und das hatte sie beinahe alle das Leben gekostet. »Hättest du nicht dafür gesorgt, dass sie aus dem Graben gekommen sind, weiß ich nicht, was sie ihnen angetan hätte.« Ihre Kehle war so zugeschnürt, dass die Worte eher wie Japser klangen.

Maeve schenkte ihr keinen Trost. Stattdessen ließ sie den Blick von Baum zu Baum schweifen, als hätte sie den Verdacht, Whistler würde sich dahinter verstecken. »Sie hat uns gar nicht gesucht.«

»Offenbar hat sie wichtigere Dinge zu tun.« Ottilie wagte nicht, sich vorzustellen, was das sein mochte. Sie musste sich auf die Gegenwart konzentrieren. Ihre Nerven konnten sich nur beruhigen, wenn sie in Aktion trat oder Pläne schmiedete. »Kannst du erst mal ohne uns zurückkehren? Sprich mit Alba. Vielleicht findet sie etwas über diese Pfeife heraus. Und sag ihr, sie soll weiter über Seika Teufelstöterin forschen. Whistler hat gesagt, ihr Hexenzirkel hätte den Sarg in diese Grabkammer befördert – vielleicht gibt es einen Zusammenhang mit der Pfeife.«

Maeve blinzelte. Anscheinend beruhigte es auch sie, dass sie von Nutzen sein konnte. »Das mache ich – sofort.«

Ottilies Gedanken überschlugen sich, während sie überlegte, ob sie noch etwas unternehmen konnten. »Wenn du eine Möglichkeit siehst, dann lass Hauptmann Leier eine Warnung zukommen, dass Whistler bekommen hat, worauf sie gewartet hat, und dass es wieder von vorne losgeht … ohne ihm etwas mitzuteilen«, seufzte sie, »das dich in Schwierigkeiten bringt.«

Maeve drehte sich nur um, verwandelte sich und rauschte in der Morgendämmerung davon.

Ein wenig widerwillig kehrte Ottilie in die Grotte zurück. Sie wollte sich verabschieden, bevor alle aufstanden, doch zuvor hatte sie noch etwas zu erledigen. Sie schlich zu Ned hinüber. Seine Jacke war im Schlaf aufgegangen und die Innentasche schimmerte sanft. Vorsichtig, um ihn nicht zu wecken, nahm sie die Lumi heraus und wandte sich rasch ab, damit das Licht niemanden aus dem Schlaf riss.

Anschließend zögerte sie einen Augenblick. Lumi waren kostbar. Beraubte sie ihn gerade? Beinahe hätte sie die Lumi wieder in seine Tasche gesteckt, als Ned ihre Hand streifte. Sie wäre fast zusammengezuckt. Die Fackel draußen gab nur wenig Licht, doch sie konnte sehen, dass er die Augen geöffnet hatte. Anscheinend hatte er nicht vor, sie aufzuhalten. Sie legte einen Finger auf die Lippen und verließ die Grotte.

Sie weckte Old Moss und Mr Parch. Als sie die Sumpfgrotten das letzte Mal verlassen hatte, hatte sie sich nicht verabschiedet. Diesmal wollte sie es tun, und wenn es noch so wehtat.

Moss wollte ihr verbieten, nach Narroway zurückzukehren, aber Mr Parch schloss sie nur fest in die Arme und sagte: »Viel Glück.«

Als sie ihnen die Lumi reichte, fielen Old Moss beinahe die Augen aus dem Kopf.

»*Ottilie*«, sagte Mr Parch. »Weißt du überhaupt, was das ist?«

»Ja.« Sie drückte sie ihm in die dürren Hände. »Für euch.«

Er wollte sie ihr zurückgeben. »Oh nein, nein, nein, das können wir nicht annehmen! Kommt nicht infrage!«

»Ich möchte, dass sie euch gehören«, erwiderte Ottilie. Die Pilze würden so viel einbringen, dass sie lange davon zehren konnten. Und was noch viel besser war, sie konnte ihnen verraten, wo es noch mehr davon gab. In dem Tunnel wuchsen sie so üppig, dass sie sich ein Haus kaufen und den Sumpfgrotten für immer den Rücken kehren konnten.

»Ihr braucht jemanden, dem ihr vertraut und der sie für euch holt.« Sie wünschte, sie hätte Zeit, selbst die Lumi für sie zu sammeln. »Und sorgt bloß dafür, dass *er* nichts merkt.« Sie knirschte mit den Zähnen, so sehr würde es sie anwidern, den Namen des Wärters auszusprechen.

»Wir werden es teilen«, sagte Mr Parch. »Wir denken uns etwas aus, wie wir mehr holen, und teilen es mit allen hier.«

»Tun Sie, was Sie gerne möchten«, sagte Ottilie. »Aber … also … wenn Sie weggehen, nehmen Sie sie dann mit?«

Mr Parchs Augenfältchen kräuselten sich. »Selbstverständlich, Ottilie. Natürlich machen wir das. Aber mehr als fragen können wir nicht. Es muss ihre Entscheidung sein.«

Das stimmte. Ottilie wusste nicht, ob Freddie fortgehen würde.

»Und noch etwas.« Sie reichte ihm die Knochenkette. »Falls Sie jemals einen Schattenschlinger sehen, sollte einer von Ihnen die Kette überziehen. Und dann müssen Sie eng beieinanderbleiben. Damit sind Sie sicher, während Sie so weit wie möglich weggehen. Aber benutzen Sie die Kette nur, wenn wirklich ein Schattenschlinger in der Nähe ist. Und atmen nicht vergessen.«

Sie hatte es sich gut überlegt. Sie konnten die Kette behalten, ohne in Gefahr zu geraten. Whistler interessierte sich nicht für sie, und falls die Schattenschlinger aus Narroway ausbrachen, konnte die Kette ihnen das Leben retten. Ottilie wünschte nur, sie könnte ihnen auch ihren Ring geben, doch ohne war sie zu nichts zu gebrauchen.

Hinter ihr wurde knarrend die Tür geöffnet, und jemand umarmte sie von hinten, wobei er sie fast erwürgte.

»Ich wollte zu dir zurück!«, sagte Gully. »Sie haben mich nicht gelassen!«

»Ich weiß«, sagte sie. »Alles gut, ich bin hier.«

31

Befehl vom Hauptmann

In ihrem verletzten und erschöpften Zustand konnten sie das Risiko, landeinwärts über Narroway zu fliegen, nicht eingehen, sondern kampierten an einem Strand direkt hinter der Grenze. Als sie am nächsten Morgen aufbrachen, spürte Ottilie eine begierige Sehnsucht. Hatte sie etwa Fiory vermisst? Den Stützpunkt und das Gelände? Oder ging es ihr einfach darum, zur Normalität zurückzukehren? Andererseits wusste sie, dass jeglicher Frieden, den sie dort finden würde, nicht von langer Dauer sein würde. Möglicherweise hatte Whistler auch bereits angegriffen – sie konnte die Pfeife längst für ihren unbekannten finsteren Zweck benutzt haben. Vielleicht war der König tot und Fiory eine Ruine.

Als sie über die südlichen Berggipfel hinwegflogen, wirkte alles ganz normal. Die Berge waren reglos und ruhig wie immer, und Fiory stand noch gut bewacht, so wie sie es verlassen hatten.

Vor ihnen lag das Außengelände. Ottilie erkannte das helle Wingerslink-Gehege, das sich an den Rand eines Feldes schmiegte, und stellte sich vor, dass Bill dort Glorys Fell striegelte oder Malleus mit Aalfleisch bestach, damit er seine Krallen feilen konnte. Doch sie konnte nicht wissen, was sie erwartete. Es waren keine normalen Zeiten. Bill würde nicht summend Splitter aus den Pfoten der Wingerslinks ziehen. Eher würde er sich hin und her wiegen, die Füße mit den Schwimmhäuten im Stroh vergraben, und in der Vergangenheit stöbern, um etwas für die Zukunft zu tun.

Die Jagdleute im Mauerdienst hatten offenbar früh gemeldet, dass sie sie gesichtet hatten, denn kaum waren sie gelandet, marschierten zwei Männer auf sie zu, die Ottilie nicht ausstehen konnte – die Ranger Kinney und Furdles. Beide trugen eine Miene brutalen Triumphes zur Schau.

An Furdles' Gürtel hingen Handschellen und Kinney hatte seine Peitsche in der Hand, die er demonstrativ streichelte, während die zurückgekehrten Jagdleute vom Außengelände abgeführt wurden. *Das braucht er, um sich mächtig zu fühlen*, dachte Ottilie.

Unterwegs murmelte Ranger Furdles schadenfroh in sich hinein und Ranger Kinney spuckte hin und wieder aus. Niemand untersuchte sie oder gab den Befehl, sie zur Krankenstation zu bringen. Nicht einmal Leo, der so stark humpelte, dass er sich auf Ned stützen musste, um den steilen Anstieg der Klippentreppe zu bewältigen.

Während sie hineingingen, überlegte Ottilie, zu wem sie gebracht wurden. Zu Eminenz Edderfed? Oder vor den König? Sie wusste, dass sie nervöser sein sollte, doch nach allem, was sie erlebt hatte, konnte sie einer Schimpftirade keine große Bedeutung mehr zumessen.

Als sie um eine Ecke bogen, flog Hauptmann Leiers Tür auf. Seine Miene war ernster und verhärteter als sonst. Er wirkte wie eine Statue seiner selbst, robust und genügsam mit tiefen Falten, die den Schatten einluden.

»Ich kümmere mich um sie«, sagte er. Er musterte sie von Kopf bis Fuß, während sich Wut und Sorge in seinem Mienenspiel abwechselten.

»Wir bringen sie zu Direktor Yaist«, erwiderte Ranger Furdles und packte Skips T-Shirt am Rücken, als wolle er Hauptmann Leier warnen, sie mit in sein Zimmer zu nehmen. »Er hat gesagt, er würde sich mit ihnen befassen, bis Seine Eminenz zurückgekehrt ist!«

Hauptmann Leiers Nasenflügel bebten. Er blickte unverwandt auf Skip, die sich tatkräftig wehrte. Ein Muskel zuckte in seinem Kiefer. »Ich kümmere mich darum.« Seine Stimme klang gefährlich ruhig.

Unter gegrummeltem Protest erlaubten die Ranger Kinney und Furdles ihnen, Hauptmann Leiers Gemächer zu betreten.

»Raus«, sagte Hauptmann Leier leise.

Furdles murmelte einen Fluch und trottete hinaus. Kinney blieb auf der Schwelle stehen und strich über seine Peitsche.

Hauptmann Leier hielt seinem Blick so lange stand, bis auch er mit einem fiesen Grinsen fortging.

Als die Tür sich schloss, drehte Hauptmann Leier sich derart langsam um, dass Ottilie annahm, er müsste zunächst seine Wut zügeln. »Wo wart ihr?« Seine Stimme war zu beherrscht.

Ottilie fühlte sich wieder wie ein kleines Mädchen. Es war zutiefst erschreckend, von jemandem bestraft zu werden, der normalerweise nett zu einem war.

Skip trat unbeeindruckt vor. »Wir wollten Whistler davon abhalten, die schlaflose Hexe zu befreien.«

Hauptmann Leiers Blick blieb an der gezackten Wunde in ihrem Gesicht hängen, was seinen Zorn nur zu steigern schien. Zu Ottilies Überraschung fragte er nicht nach oder bezeichnete es als Lügengeschichte. Stattdessen fragte er: »Und ihr wart nicht der Meinung, das Direktorat sollte darüber Bescheid wissen?«

»Wir können Ihnen gar nichts sagen, wenn wir nicht riskieren wollen, eingesperrt oder in die Laklands verschleppt zu werden«, fauchte Skip. Sie wirkte plötzlich größer. Ottilie schaute nach unten, um sich zu vergewissern, dass sie nicht auf den Zehenspitzen stand.

Skip hatte recht. Wie hätten sie erklären sollen, dass Ned bestimmte Träume hatte, weil Whistler ihn mit magischen Brandmalen gekennzeichnet hatte – und dass er sie zum Eisensarg der schlaflosen Hexe führte – und dass sie all das nur wussten, weil sie einen geheimen Goedlfreund hatten, der sich als Betreuer der Wingerslinks betätigte und der beste Freund von Maeve, ihres Zeichens Fiorn, geworden war?

»Habt ihr eine Vorstellung davon, in welche Gefahr ihr euch gebracht habt?«, fragte Hauptmann Leier und schaute zwischen Ottilie und Skip hin und her.

Als Ottilie etwas sagen wollte, schnitt er ihr das Wort ab. »Ich schicke euch zurück.«

»Zurück?«, wiederholte Skip.

»In die Usklers. Ihr seid draußen. Alle zusammen.«

Sie traute ihren Ohren nicht. Das war doch sicher ein Scherz … oder ein Irrtum?

Leo humpelte vorwärts. »Das können Sie nicht machen!«

»Und ob«, sagte Hauptmann Leier und stampfte mit dem Stock auf. »Eminenz Edderfed ist in Arko, und in seiner Abwesenheit hat das Direktorat das Recht, euch zu entlassen.«

»Wir haben gegen die Regeln verstoßen. Wir sind nicht vertrauenswürdig!«, sagte Ottilie, die sich daran erinnerte, was man ihr bei ihrem Prozess vorgeworfen hatte. »Die Jagd würde niemals Leute in die Usklers zurückschicken, die nicht vertrauenswürdig sind!«

»Wäre es dir lieber, wenn ich euch in die Laklands schicke?«, fragte Hauptmann Leier und zuckte mit dem Stock Richtung Westen.

»Sie müssen abstimmen«, sagte Ned. Seine Reibeisenstimme klang, als läge Packeis auf seinen Organen. »In Abwesenheit Seiner Eminenz müssen das gesamte Direktorat und ein Mitglied der ersten Garde einverstanden sein.«

»Oh, sie werden einverstanden sein«, entgegnete Hauptmann Leier. »Ihnen ist jede Ausrede recht, um Ottilie loszuwerden, und sie werden für die Usklers statt für die Laklands stimmen, weil zwei Sieger beteiligt sind.«

Ottilie wusste auch, was er nicht sagte. Ginge es hier nur um Mädchen, wären sie längst in die Laklands gekarrt worden. Plötzlich hatte sie ein Bild von Skip und sich selbst vor Augen, wie sie wild in einer Höhle lebten und Tag für Tag Schattenschlinger abwehren mussten, während eine verkohlte Welt um sie herum verfaulte. Lange würden sie nicht durchhalten.

Sie blinzelte und konzentrierte sich auf die Gegenwart. Das Morgenlicht schien durchs Fenster und die Staubkörnchen schwebten wie glitzernder Schnee. Es war unwirklich, dieses Gespräch in diesem hellen Raum zu führen, in dem es nach Wildblumen duftete und ein altes Enten-Gemälde neben der Tür hing.

»Morgen früh brecht ihr auf«, sagte Hauptmann Leier und stellte sich hinter seinen Schreibtisch.

Ottilie hatte Magenschmerzen. Er schickte sie tatsächlich fort. Sie waren *außen vor.* Sogar Leo und Gully und Ned. Nach allem, was sie geschafft hatten, nach allem, was sie herausgefunden hatten, sollte es jetzt einfach so vorbei sein?

»DAS KÖNNEN SIE NICHT MACHEN!«, schimpfte Leo und humpelte Richtung Schreibtisch.

»ICH KANN EUCH NICHT BESCHÜTZEN, SOLANGE ER HIER IST!«, brüllte Hauptmann Leier zurück und hielt sich mit weißen Fingern an der Schreibtischplatte fest. Hatte Ottilie sich verhört? *Er*? Wen meinte er bloß? Etwa den König?

Als die Tür aufgerissen wurde, zuckten alle zusammen. Ramona stand auf der Schwelle und tauschte einen kurzen Blick mit Hauptmann Leier, bevor sie rasch die Tür schloss.

»Wo wart ihr?«, fragte sie und schaute einen nach dem anderen an.

»Er will uns wegschicken!«, sagte Leo, ohne auf ihre Frage einzugehen.

Ramona sah Hauptmann Leier forschend an. »*Was* willst du tun? Unmöglich.«

Hauptmann Leier sah aus, als würde er gleich explodieren. »Das ist meine Entscheidung!«

»Wolt!«

Er wich zurück.

Wolt? Hauptmann Leier hieß mit Vornamen Wolt? Irgendetwas daran kam Ottilie bekannt vor.

Ramona riss ihren Blick von Hauptmann Leier los. »Geht zur Krankenstation und lasst euch untersuchen und behandeln«, fauchte sie.

Das ließen sie sich nicht zweimal sagen. Im Hinausgehen fing Ottilie Ramonas Blick auf, der unmissverständlich sagte *Ich regele das.*

32

Die singende Ente

Ottilie wollte nirgendwo anders sein als auf der Krankenstation, und zwar nicht, weil sie Kratzer, Schüttelfrost und blaue Flecken hatte, sondern weil sie Scoot drei Tage lang nicht gesehen hatte. Während ihre Gruppe von den Patchies versorgt wurde, schlüpfte sie hinter die Trennwand in Scoots Eckchen. Ihr blieb das Herz stehen. Er war von oben bis unten weiß. Nur ein winziger Fleck auf seiner Brust, nicht größer als ein Daumenabdruck, war verschont geblieben.

Die Wände schienen sich zu krümmen wie anrollende Wellen. Ottilie kamen die Tränen. Sie neigte den Kopf, damit der Raum seine gewohnte Form wieder annahm.

Sie mussten ihn heilen. Und zwar *jetzt.* Sie fasste einen großen Entschluss. Vorsichtig, um nicht an seinen Kopf zu stoßen, kroch sie auf sein Bett und kletterte aus dem Fenster.

Obwohl sie das Gefühl hatte, gegen eine Regel zu verstoßen und etwas Verbotenes zu tun, wurde sie im Gegensatz zum ersten Mal seit zwei Jahren nirgendwo erwartet. Sie musste weder auf die Jagd noch auf Patrouille gehen und auch keinen Mauerdienst leisten oder ein Training absolvieren. Dennoch hatte sie Angst, einer Autoritätsperson in die Arme zu laufen und eingesperrt oder in einen Wagen gescheucht zu werden, der sie in die Usklers brachte.

Wie ein Flüchtling schlich sie an Monties Küche vorbei, wo Montie und einige Küchenhelferinnen das Mittagessen vorbereiteten. Keine Spur von Alba – deshalb steuerte Ottilie den Rübenkeller an.

Als sie sie sah, sprang Alba auf. »Ich wusste nicht, dass ihr wieder da seid! Maeve hat euch angekündigt ... wow, du siehst ja schrecklich aus. Bist du verletzt?«

Pinguin hatte sich auf einem leeren Sack in der Ecke zusammengerollt. Jetzt hob er schläfrig den Kopf, spitzte die Ohren und kam zu ihnen herüber. Dann schnüffelte er fieberhaft an Ottilies schmutziger Kleidung.

Ottilie öffnete die Tür und gab ihm einen Stups. »Er ist auf der Krankenstation.« Obwohl der junge Shepherd die Worte sicherlich nicht verstand, schoss er an ihr vorbei.

»Hast du etwas gefunden, womit wir Scoot helfen können? Oder wenigstens erreichen, dass es langsamer fortschreitet?« Hart und schwer purzelten die Worte in alle Richtungen. »Es muss doch etwas geben, das wir tun können – seit wann ist es so schlimm?«

Alba senkte den Blick. »Es geschah geradezu anfallsweise. Ich habe nichts gefunden.« Sie warf einen flüchtigen Blick auf ihre Bücher, als wollte sie Ottilie damit sagen, wie viel sie gelesen und dass sie alles versucht hatte.

Schließlich begriff auch Ottilie die fürchterliche Wahrheit. Sie klebte an ihr und drohte, in sie einzusinken.

Es gab keine Heilung für Scoot.

Ottilies Rücken wurde krumm. Brach sie zusammen? Lag sie am Boden? Sie hatte die Augen geschlossen und riss sie wieder auf. Heiße Tränen liefen ihr über die Wangen. Sie war müde, merkte sie, zu Tode erschöpft.

»Komm mit.« Alba wies sie an, ihr zu folgen. Sie schlüpfte unter dem untersten Regalbrett in den Tunneleingang. »Ich muss dir etwas zeigen. Maeve ist jetzt da …«

Maeve. Ottilie hatte sie vollkommen vergessen. Sie hatte nur noch an Scoot gedacht – wie sollte es anders sein?

»Ist Maeve in Schwierigkeiten?« Sie glitt unter das Regalbrett und folgte Alba. Ihr Herz schlug hart am Boden, als wollte es um Hilfe rufen – ein Signal an etwas Größeres senden, eine Macht, die mit der Welt verknüpft war.

Alba trat einen Schritt beiseite, damit Ottilie sich in den Tunnel fallen lassen konnte. »Maeve ist als Vogel hin und her geflogen, sodass sie niemand gesehen hat. Mum hat allen erzählt, Maeve hätte Fieber und wir würden sie in unserem Zimmer versorgen.«

Ottilie war so erleichtert, dass sie kaum noch Luft bekam. Ihre Füße kamen auf dem Steinboden auf.

Alba holte ein Fläschchen mit Leuchtstäben aus der Tasche. »Im Übrigen hat sie mir von der Pfeife erzählt und wir haben ein paar Dinge herausgefunden! Ich habe sie im Tunnel allein gelassen, damit sie sich das alles ansieht. Endlich habe ich nämlich einen Bericht über die schlaflose Hexe in Whistlers alten Büchern gefunden. Es sieht wie ein Tagebucheintrag von einer der Hexen im Zirkel aus, die sie in den Eisensarg gesperrt haben.« Alba drehte sich um und redete weiter, während sie rückwärtsging.

»Es war Seika Sols Hexenzirkel. Die Hexen, darunter auch Seika, benutzten das Wasser einer Heilquelle, um die schlaflose Hexe zu … *heilen*. Das war zumindest der Plan – sie auf diese Weise wieder in einen Menschen zu verwandeln. Sie schafften die Hexe in den Sarg und senkten ihn in den Brunnen hinab.«

Darunter auch Seika …

Eine Erinnerung kam hoch. In Neds Traum hatte Ottilie miterlebt, wie der Zirkel versucht hatte, die schlaflose Hexe einzusperren. Eine Angehörige des Zirkels war ein junges Mädchen gewesen, ungefähr sechzehn Jahre alt. Groß und schlank und sehr vertraut. Das war bestimmt Seika Sol gewesen! Angeblich war sie noch sehr jung gewesen, als sie den Moorteufel besiegt hatte. Ottilie blinzelte. Ohne es damals zu ahnen, hatte sie die Prinzessin aus alter Zeit selbst gesehen und ihr Gesicht betrachten können.

»Aber die schlaflose Hexe war offenbar unheilbar, denn nach der Wasseranwendung waren nur noch ihre Knochen übrig.« Alba tauchte in einen niedrigen Tunnelabschnitt ein, ohne auch nur hinzusehen. »Und das war das Ende der Heilquelle. Danach war sie versiegt.«

So war das also gewesen – das war der Grund dafür, warum die Heilquelle nicht mehr sprudelte. Seika und ihr Hexenzirkel hatten versucht, die schlaflose Hexe mit dem heilenden Wasser zurückzuverwandeln.

Atmende Knochen behüte. Mit atmenden Knochen waren in Wirklichkeit *lebendige* Knochen gemeint. In ihnen steckte der Geist der schlaflosen Hexe, die bis in alle Ewigkeit bei Bewusstsein war, ohne etwas tun zu können. Ottilie erschauderte. Was für ein entsetzliches Schicksal – die schlimmste Strafe aller Zeiten. Doch wo waren die Knochen geblieben? Wieso hatten sie im Sarg nur die Pfeife gefunden? Und was wollte Whistler damit anfangen?

»Also, zurück zu der *Pfeife*«, sagte Alba und drehte sich wieder um, weil ein schwieriger Tunnelabschnitt vor ihnen lag. »Ich habe geforscht und geforscht, aber in den Büchern steht rein gar nichts darüber. Doch nachdem Preddy und Skip den alten Reim in der Nähe der verfluchten Stallungen gefunden hatten, habe ich in dieser Richtung weitergesucht und das hier gefunden!«

Sie zwängten sich durch einen engen Spalt in eine breite Sackgasse. Alba hielt die Leuchtstäbe hoch und zeigte Ottilie die Schriftzeichen an der Wand. Hexenschrift. Ottilie konnte zusehen, wie die alten Symbole sich in das vertraute Alphabet verwandelten, doch große Teile fehlten oder waren derart zerkratzt, dass sie die Bedeutung verunstalteten. Ottilie streckte die Hand aus und bat Alba stumm, ihr die Leuchtstäbe zu geben.

»Die brauchst du nicht.« Maeve trat aus der Dunkelheit zu ihnen.

Ottilie zuckte zusammen, sie hatte sie nicht bemerkt.

»Ich habe die Inschrift vervollständigt«, sagte Maeve. »Einiges habe ich Alba bereits gezeigt, aber jetzt bin ich fertig und kann euch die ganze Geschichte zeigen.«

Als Maeve mit den Fingerspitzen die Felswand berührte, entstand ein schwaches Licht. Sie reichte Alba die Hand, die wiederum Ottilies nahm.

Licht hüllte sie ein.

Es war, als glitten sie in eine Geschichte hinein. Ottilie erinnerte sich an die alten Zeiten, wenn Freddie mal wieder nicht da war und Mr Parch ihnen Gutenachtgeschichten erzählte. Damals hatte sie die Augen geschlossen und war an einen anderen Ort gedriftet. Mr Parchs Worte beschworen Bilder, Klänge und Gerüche herauf. Hin und wieder dachte sie an Bruchstücke dieser Geschichten, die zu ihr gehörten wie ihre eigenen Erfahrungen.

Obwohl sie gerade nicht wusste, ob ihre Augen offen oder geschlossen waren, konnte Ottilie alles genau erkennen. Die schlaflose Hexe, die einst als dreizehntes Mitglied Seikas Hexenzirkel angehört hatte, wurde von den übrigen zwölf zur Strecke gebracht und durch ihre gemeinsame Macht gefesselt und mithilfe von Feuer und Eisenketten bezwungen.

Ottilie erkannte Sequenzen aus Neds Traum wieder, zum Beispiel das Urteil: »Deine Seele wird überdauern, eingeschlossen in deinen unsterblichen Knochen, doch dies soll dein Gefängnis sein – begraben und für immer allein.«

Dann sah sie, wie die Ketten zerbrachen und die Kreatur aus den Flammen trat. Seika, das jüngste Mitglied des Hexenzirkels, hob die Hände. Die anderen taten es ihr nach und brachten die Kreatur unter Zwang in den Sarg, der in den Brunnen heruntergelassen wurde – genau wie Alba es gesagt hatte.

Die Hexen warteten eine Weile, bevor sie den Sarg wieder hochzogen und auf den Steinboden stellten. Als Seika den Deckel hochhob, schoss kochendes Wasser heraus, zischte und stieg kräuselnd wie Dampf zur Decke. Im Sarg lagen die Knochen, weiß wie die Zähne eines Hündchens – mehr war von der Hexe nicht übrig.

Die Geschichte verlagerte sich. Einige Zeit war vergangen. Ottilie sah den Moorteufel, der wie ein großer Feuerdrache ohne Flügel aussah, grau wie ein Sumpf, aus dessen Schuppen blaue Flammen züngelten. Der Moorteufel brachte Zerstörung und Vernichtung. Ottilie sah brennende Dörfer und Menschen, die an der welkenden Krankheit starben. Die Überlebenden wanderten zu den Höhlen im Canyon und flehten um Hilfe, woraufhin Seika mit ihren Hexen an einer Lösung tüftelte.

Sie verwandelten die Knochen in eine Pfeife und verschnürten sie mit Fäden aus Bronze.

Ottilie schnappte nach Luft. Der Geist der schlaflosen Hexe war in die Pfeife verbannt. In dieser, ihrer letzten Form hatte sie die ganze Zeit im Sarg gelegen. Und jetzt war sie in Whistlers Besitz …

Das Böse singt ihnen vor …

Die Pfeife war sowohl ein Musikinstrument, das aus einem furchtbaren Verbrechen entstanden war, als auch ein Gefängnis für das Wesen, das es begangen hatte. Kein Wunder, dass die Schattenschlinger ihrem Ruf folgten.

Jetzt befanden sich die Zuschauer auf bekanntem Terrain. Eine Decke aus Jammermoos breitete sich an einem mit Kiefern bewachsenen Flussufer aus, hinter dem Berge aufragten. Seika Sol ließ die Pfeife sinken und rannte die letzten Schritte zum Rand der Dämmerungsklippen. Dort breitete sie mit wehendem goldbraunem Haar die Arme aus und sprang in den brodelnden Fluss, der nach den Regenfällen Hochwasser führte.

Der Moorteufel raste hinter ihr her und taumelte in den Abgrund.

Seika verwandelte sich mitten im Fall. Eine Ente schlug mit den Flügeln und schwamm unbeholfen im Wasser. Der Moorteufel dagegen wurde von den Fluten verschlungen, tauchte sich windend wieder auf und wurde erneut nach unten gezogen. Die Strömung trug ihn zwischen aufragenden Klippen durch den gesamten Fluss bis ins Meer.

Ottilie wusste, dass er dort endgültig sein Leben ausgehaucht hatte.

Maeve wich von der Mauer zurück. Das Licht flackerte und die Welt löste sich auf.

33

Schlaflos

Sie standen schweigend beisammen.

Maeve ließ unstet den Blick schweifen. Schließlich sagte sie: »Das ist nur eine Version der Geschichte. Sie haben sie gewählt, weil sie sie glücklich machte. Niemand kann Seikas Sprung bezeugen, niemand kann mit Sicherheit sagen, dass sie sich tatsächlich in eine Ente verwandelt hat und fortgeflogen ist. Seika Sol wurde zuletzt auf der Klippe und dann nie wieder gesehen. Die einen glauben, dass sie sich für die Usklers geopfert hat, indem sie mit dem Moorteufel gemeinsam gesprungen ist, um sicherzugehen, dass er mitkam. Andere glauben, dass sie sich in eine Ente verwandelt und beschlossen hat, den Rest ihres Lebens in Frieden als Vogel zu verbringen.«

Ottilie hoffte, dass die zweite Version stimmte.

»Ihr Hexenzirkel fand die Pfeife am Flussufer, wo sie angeschwemmt worden war«, sagte Maeve. »Sie nahmen sie aus Narroway mit und versiegelten sie in dem Grab im Brackermoor.«

»Woher weißt du das alles?«, fragte Alba. Diese Fakten waren in der Geschichte, die sie eben hatten erleben dürfen, nicht enthalten gewesen.

Maeve strich mit den Fingerspitzen über die Felswand. »Im Stein sind geflüsterte Worte eingeschlossen. Erinnerungen und Gedanken … in etwa wie lose Fäden … die vermutlich verwoben wurden, als die Inschrift angebracht wurde.« Ein schwaches Leuchten folgte der Spur ihrer Finger. »Ich sehe und höre das alles nur bruchstückhaft. Wetten, dass es in Bills Kopf auch so zugeht?« Sie kniff die Augen zu und atmete geräuschvoll aus. »Davon wird einem schwindelig.«

Ottilie ließ den Blick über das dunkle Gestein wandern und senkte ihn schließlich auf ihre Stiefel. Seit Whistler die Grabkammer geflutet hatte, waren sie nicht wieder trocken geworden. Sie stellte es sich vor: den Sarg. Die Pfeife. Sämtliche Hinweise ergaben mittlerweile einen Sinn. Die Hexen hatten für den Fall, dass in Zukunft Bedarf dafür bestand, Andeutungen hinterlassen, wie man sich Zugang zu den atmenden Knochen verschaffen konnte – zu der Pfeife, mit der man die Schattenschlinger beherrschen konnte. Sie hatten Tagebucheinträge, gemalte Szenen auf Wänden und Mauern hinterlassen, Reime verfasst und weitergegeben, die teilweise in Vergessenheit geraten waren oder wie das Blitzlied noch immer von Kindern in allen vier Ecken der Usklers gesungen wurden. Damit hatten sie ein Hintertürchen offen gelassen, was den Versiegelungszauber des Grabes anging. Wie hatte Maeve es genannt? *Einen Schwachpunkt vor der Jahrtausendwende.*

Whistler hatte diese Informationen genutzt. Sie hatte das Hintertürchen geöffnet und sich die Pfeife geholt. »Was will Whistler damit?«, fragte Ottilie. »Sie hat die Schattenschlinger bereits unter Kontrolle.«

Alba runzelte die Stirn. »Das Ganze ergibt nur Sinn … nun, Whistler hat keine Kinder …« Sie sah Ottilie an, die ihr das bestätigen sollte.

Ottilie nickte und verdrängte den Gedanken an das schreckliche Schicksal von Maia, die Whistler wie eine eigene Tochter geliebt hatte.

»Das bedeutet, dass sie das Ritual schlafloser Hexen selbst nicht vollziehen kann«, sagte Alba.

»Sie *würde* es aber auch nicht tun«, sagte Ottilie. Es fühlte sich seltsam an, Whistler zu verteidigen, doch sie wusste komischerweise, dass es so war.

»Andererseits … ist die schlaflose Hexe nicht tot. Sie lebt in ihren Knochen weiter – in der Pfeife. Vielleicht denkt Whistler, sie könnte das Ritual schlafloser Hexen mithilfe der Knochen einer schlaflosen Hexe durchführen. Ich kann mir nur denken, dass sie sich selbst damit unverwundbar machen will.«

Ottilie schlang die Arme um ihren Brustkorb und blickte auf die Wand. Auf Seikas Geschichte. Sie wartete darauf, dass ihr Mut zurückkehrte, doch sie war nur traurig und erschöpft und voller Angst.

34

Der Wasserfall

Eine kalte Last sank wie eine nasse Decke auf sie herab, die sie nicht abschütteln konnte. Ottilie wollte sich nur noch unter ihrer Bettdecke verkriechen und tagelang schlafen. Und doch war an Schlaf nicht zu denken. Sie wusste nicht, wohin sie gehen oder was sie tun sollte. Whistler war im Besitz der Pfeife, und sie wussten nicht, wo sie sich verborgen hielt. Scoots Anblick war für Ottilie unerträglich geworden, seit sie wusste, dass sie ihm nicht helfen konnte. Ebenso wenig wollte sie Hauptmann Leier über den Weg laufen, weil er sie ihres Wissens unverzüglich aus Narroway herauswerfen würde. Sie konnte sich auch mit keiner Schicht ablenken und war sich nicht einmal mehr sicher, ob sie sich überhaupt noch zu den Jagdleuten zählen durfte.

Dies konnten Scoots letzte Lebensstunden sein und sie ging nicht zu ihm. Nachdem sie ziellos um den größten Teich herumgelaufen war und sich der aggressiven Annäherungsversuche der roten Gans erwehrt hatte, steuerte Ottilie schließlich das Außengelände an, um Bill zu besuchen.

Sie hatte geglaubt, sie hätte jede Hoffnung verloren und ihr Geist wäre zu eingeknickt und finster, um noch einen Funken hervorzubringen, doch hier war er. Irgendwo in seinem sonderbaren Kopf musste Bill etwas darüber wissen, wie man der Ausbreitung des Herzsteins Einhalt gebot.

Im Wingerslink-Gehege herrschte Chaos. Allseits war gereiztes Knurren zu hören, und wohin Ottilie auch blickte, sah sie peitschende Schweife und gefletschte Zähne. Sie ballte ihre zitternden Finger zur Faust und schaute sich um. Waren Schattenschlinger in der Nähe?

Sie entdeckte Bill in einer dunklen Ecke am Ende der aneinandergereihten Ställe. Er war ein Häufchen Elend, hatte sich ganz klein gemacht, das Gesicht in den Armen vergraben und murmelte leise vor sich hin.

Vorsichtig ging sie näher heran. »Bill?«

Er murmelte etwas, das sich wie *Yabbie-Krebs* anhörte.

Sie ging neben ihm in die Hocke und legte eine Hand auf seinen schlanken, mit Fell bewachsenen Arm.

Er riss die Augen auf. »Mücken!«

Überrascht wich Ottilie zurück, verlor das Gleichgewicht und kippte zur Seite. »Mücken?«, fragte sie, nachdem sie sich wieder gesammelt hatte.

»*Mücken?*«

»Das hast du gesagt.«

»Nein, habe ich nicht.« Er blickte auf seinen Arm, als könnte er die Erinnerung dort sehen.

»Bill, ich schwöre es dir. Ich habe deinen Arm berührt und du hast *Mücken* gesagt.«

Er kniff die Augen zusammen. »Du träumst.«

Ottilie zwickte sich. »Ich bin wach – vielleicht träumst *du*, Bill?«

Bill wirkte tief verunsichert. »*Ich* soll geträumt haben?« Er blinzelte. »*Ich* habe wirklich geträumt!«

Ottilie seufzte erleichtert. »Ist alles in Ordnung? Wovon hast du geträumt? Von Mücken?« Sie versuchte, sich zu erinnern, was eine Mücke noch mal war. Eine Art Insekt?

Bill riss die Hände an seine Hörner. »Brücken!«, rief er.

Sie wusste sofort, was er meinte. Whistlers Herzsteinbrücken. Bill hatte selbst gesagt, sie würde sie bauen, damit die Schattenschlinger sich überall in den Usklers verbreiten konnten.

Bills Blick trübte sich. »Ich habe es gerade gesehen. Jemand, ein anderer ich – *der so ist wie ich*«, verbesserte er sich selbst, »wir haben es gesehen. Sie haben Brücken, in die kleine Stücke Herzstein eingefügt sind, über die schmalen Meeresarme gebaut und die Inseln miteinander verbunden.«

Ottilie rief sich die Karte vor Augen, auf der der Kronenkanal, der Ost und West voneinander trennte, ebenso verzeichnet war wie die Wasserstraße von Pero, die den Norden abschnitt. Sie erinnerte sich fast perfekt an die Winkel und Windungen, die Einbuchtungen der Inseln landeinwärts und die Ausbuchtungen, die einer gebeugten Schulter oder ausgestreckten Fingern glichen.

»Wer baut sie?«, fragte sie. »Wieso hindert sie niemand daran?«

»Aus Shortwood«, sagte Bill.

»Meinst du Longwood?«

Er nickte.

»Die Laklander aus Longwood bauen Herzsteinbrücken für Whistler?«, fragte Ottilie, die eins und eins zusammenzählte.

»Sie haben es bereits getan … also gebaut«, antwortete Bill.

Sie fühlte sich, als würde sie aus großer Höhe hinunterfallen. »In Abwesenheit des Königs«, murmelte sie. »Und seiner ganzen Armee. Whistler hat ihre Leute dorthin geschickt, um die Brücken zu bauen, während sich alle auf Narroway konzentriert haben.«

Bill schlug die Hände vor die Augen und nickte. »Und jetzt kommen sie hierher und greifen von Osten an.«

»Aber viele können es doch nicht sein, oder?«, fragte Ottilie, die sich nach einem Trostschimmer sehnte. Und das war die Wahrheit. Viele Laklander aus Longwood konnten dort nicht mehr sein. Keinesfalls genug, um gegen das königliche Heer und die Jagd von Narroway anzukommen.

Bill glitt mit den Händen zu seinen Hörnern und zuckte mit dem Blick hin und her, als würde er ein Buch lesen. »Sie wurden nach einem Großbrand verjagt.«

Er meinte das Feuer, das Gracies Eltern in Scarpy Village

gelegt hatten und dem auch Monties Haus zum Opfer gefallen war. Die Dorfbewohner hatten sie aus Longwood verjagt und danach waren sie in alle Winde verstreut worden.

»Whistler hat sie gefunden«, sagte Bill. »Diejenigen, die dem Krieg ausweichen konnten, und die Sklavenhändler. Sie schlug ihnen vor, die Laklands zu rächen. Einige sehnen sich nach Rache. Sie versammeln sich seit Jahren und scharen die Unzufriedenen um sich.«

Na klar. Whistler hatte dreißig Jahre Zeit gehabt, ihre Anhänger heranzuziehen. Sie hatte nicht nur Knochensinger angeworben und Schattenschlinger heraufbeschworen. Sie hatte aus den gesamten Usklers Leute um sich geschart, die an ihrer Seite kämpfen sollten. Mit ihrer Hilfe sollten die Blutlinie der Familie Sol, die Krone und alles, was ihre Familie aufgebaut hatte, vernichtet werden.

Als eine Wingerslinke in ihrem Stall mit dem Schweif gegen die Wand schlug, zuckten Bill und Ottilie zusammen.

Sie drückte seinen Arm. »Aber das königliche Heer hat sein Lager in Longwood aufgeschlagen. An den Soldaten kommen sie nicht vorbei«, sagte sie. Sie wagte nicht, sich vorzustellen, wie viele Anhänger Whistler versammelt hatte.

»Sie wollen gar nicht an ihnen vorbeiziehen«, erwiderte Bill und sah ihr in die Augen.

Ottilie biss sich auf die Lippe. Selbstverständlich wollten sie das nicht. Whistler brauchte nicht viele Leute in Narroway. Dafür hatte sie ihre Ungeheuer. Sie wollte nur das königliche Heer loswerden.

»Sie schleichen sich an, wenn keiner damit rechnet«, sagte Bill, dessen Augen immer noch hin und her glitten. »Im Wald kennen sie sich aus.«

Er hatte recht. Ottilie sprang auf. Sie musste jemanden warnen – sofort. Und es gab in ganz Narroway nur einen einzigen erwachsenen Menschen, dem sie vertraute.

Ottilie fand Ramona in den Stallungen, doch als sie gerade bei ihr angelangt war …

»Du bist wieder da!«, rief Preddy mit einem flüchtigen Blick zu den Reittieren, die er gerade hereingebracht hatte.

Die Rösser starrten Ottilies zerzaustes Haar, ihre zerrissene Uniform und ihre durchweichten Stiefel interessiert an. Preddy errötete und stieg ab. Ohne Warship auch nur anzubinden, eilte er zu ihr.

»Habt ihr Ned da rausgeholt? Sind alle heil geblieben?« Er senkte die Stimme. »Wo ist Whistler?«

Ottilie packte ihn am Arm. »Alle sind gesund. Ich erzähle es dir gleich, aber erst muss ich …«

Sie wandte sich an Ramona, die sie intensiv anschaute. Ottilie sah ihr an, dass sie ihr gleich befehlen wollte, sie solle etwas essen, sich waschen oder schlafen gehen, doch für all das hatte Ottilie keine Zeit. Ohne ihr Gelegenheit zu geben, etwas zu sagen, berichtete sie Ramona rasch von Whistlers Anhängern.

Ramonas Erwiderung bestand aus einem einzigen Wort. »Sicher?«

Obwohl Ottilie sich lieber nicht sicher gewesen wäre, konnte sie sich nicht vorstellen, dass Bill sich geirrt hatte. Außer Atem nickte sie und Ramona ging auf schnellstem Weg zu Hauptmann Leier.

Ottilie wandte sich wieder Preddy zu. Er war blass und verhärmt, und plötzlich fiel ihr wieder ein, warum sie eigentlich zu Bill gegangen war. Wegen Scoot. Sie hatte ihn fragen wollen, ob er sich an etwas erinnern konnte, an irgendetwas, das die weitere Ausbreitung des Herzsteins verhindern konnte.

Preddy runzelte die Stirn. »Ottilie? Was ist?«

Sie hatte keine Zeit zu verlieren. Sie hatte schon zu viel davon verschwendet. Ottilie nahm Preddys Arm und zog ihn mit ins Außengelände.

In ihren Gedanken ging es zu wie auf hoher See. Sie dachte an die Pfeife, die Whistler zu einem unbekannten Zweck benötigte. Und an Maia, die unter dem Philoholzbaum begraben lag, und an das Böse, das Narroway vergiftet hatte. Sie dachte an die Heilquelle, die versiegt war und damit ihre letzte Hoffnung zunichtegemacht hatte. Und dann schweiften ihre Gedanken zu Seika Sol ab, die den Moorteufel über die Klippe in den Sol River gelockt hatte – in dem Moment hatte sie eine Erleuchtung.

Wasser speicherte Erinnerungen. Es musste nur am richtigen Fleck aufgefangen werden. Das Böse hatte das Land vergiftet, doch das Gute konnte es heilen. Seika Sols selbstlose Heldentat. Der Fluss war nach ihr benannt worden.

Der Teich unter dem Wasserfall …

Ottilie schnappte nach Luft, blieb abrupt stehen und hielt sich krampfhaft am Tor eines Wingerslink-Stalls fest.

»*Was?*«, fragte Preddy. Er sah aus, als würde ihm eine weitere schlechte Nachricht den Rest geben.

Doch Ottilie hatte gute Neuigkeiten. »Ich glaube, ich weiß, wie wir Scoot retten können!«

Sie hasteten an Bill vorbei, dem Ottilie einen Kamm zuwarf. »Striegele Maestro«, sagte sie. »Das wird dich beruhigen.«

Während sie mit Preddy Nox sattelte, erklärte sie ihm ihren Plan.

Nox knurrte. Sie war wenig begeistert von der Aussicht, erneut aufzubrechen, und versuchte mit aller Macht, den Sattel abzuwerfen. Doch das duldete Ottilie nicht. Sie knurrte zurück und befahl Nox, aufs Feld mitzukommen. Die Wingerslinke scharrte mit den Pfoten und ließ den Schweif zucken. Ottilie gab ihr einen Schubs mit der Schulter und endlich sprang Nox mit einem dröhnenden Wutausbruch in die Sonne des frühen Nachmittags.

Ottilie schnappte sich ein Gefäß mit trockenen Leuchtstäben von einem Regal und kippte sie auf dem Boden aus, bevor sie die Leiter hinunterstieg. Dann sauste sie mit dem Gefäß in der Hand und Preddy hinter ihr im Sattel über die Grenzmauer hinweg Richtung Sol River.

Sie konnte ihn in der Ferne erkennen. Der Fluss glitt über

spitze Steine wie ein seidenes Laken auf einer Brise. Heute war der Wasserfall recht sanft, wie ein sonnenbeschienener Schleier. Ottilie stellte sich vor, wie Seika Sol gesprungen war. Sie sah den Moorteufel vor sich, mit blauen Flämmchen in den Schuppen, wie er sich mit großen Krallen am steinigen Abgrund hielt. Und sich dann unter vulkanartigem Gebrüll über den Rand stürzte.

Ottilie sah in Gedanken zwei Augenblicke gleichzeitig, wie zwei Buchseiten, die jemand übereinander gegen das Licht hielt. Seika, immer noch ein junges Mädchen, wie sie vom Fluss verschlungen wurde, und Seika, die sich einen Zentimeter über der Wasseroberfläche in eine Ente verwandelte und den dunklen Schatten verfolgte, der in der Strömung gefangen war. Welche Geschichte auch immer die wahre sein mochte, was immer tatsächlich geschehen war – Seika Sol war eine Heldin, und dieses Wasser würde Scoot heilen. An diesem Glauben hielt sie sich fest.

Blinzelnd kehrte Ottilie in die Gegenwart zurück und schwang sich seitwärts über den Sattel. Obwohl sie bis zur Taille nass wurde, hielt sie das Gefäß ins Wasser, füllte es bis zum Rand und drückte den Korken fest hinein.

Jetzt musste es funktionieren. Es war das Einzige, das überhaupt noch funktionieren *konnte.* Ottilie hoffte, dass ein Krug reichte. Sie hatte keine Zeit für Vorsichtsmaßnahmen oder eine gute Planung gehabt. Sie würden direkt beim

König vorsprechen und ihn um Hilfe bitten müssen. Scoot gehörte seinem Volk an. Selbstverständlich würde er ihn retten – wieso auch nicht?

Murphy Graves bewachte die Tür zu den königlichen Gemächern. Seine sonst so strahlend grünen Augen wirkten müde und das Lächeln fiel ihm schwer. Er sah aus, als würde er sich zu Tode langweilen. »Ich darf niemanden durchlassen«, sagte er entschuldigend.

»Tu so, als hätte Preddy dich geschlagen«, sagte Ottilie. Für so etwas hatte sie keine Zeit.

Beide Jungen sahen sie an, als hätte sie den Verstand verloren. »*Was?*«, fragten sie einstimmig.

»Du willst doch keinen Ärger bekommen. Also fall hin, stöhne und behaupte, Preddy hätte dich gehauen. Der König wird nur noch gereizter sein, wenn du sagst, ich wäre es gewesen.«

Murphy blinzelte, stöhnte träge »*Arghhh*« und ließ sich fallen.

Unverzüglich hob Ottilie den Riegel hoch und marschierte ohne Einladung ins Gemach des Königs.

35

Die Krone

Varrio Sol ruhte in einem Sessel am Fenster. Ottilie strich mit dem Daumen über ihren Dolch. Am liebsten hätte sie ihn in die Wand hinter ihm geschleudert und ihn über den Schock in die Realität katapultiert. Draußen gingen Mädchen und Jungen auf die Jagd. Seine Soldaten hatten ihr Lager in diesem grässlichen Wald aufgeschlagen und bereiteten sich mit Plänen und Strategien auf den Krieg vor. Whistler stand kurz vor dem Angriff, aber der König saß einfach nur da.

Bei näherem Hinsehen wirkte er ein wenig mitgenommen. Seine olivfarbene Haut hatte einen kränklichen Grünton angenommen und Kiefer und Hände waren sehr verspannt. Dennoch legte er eine träge Miene auf und begrüßte die Eindringlinge mit einem wölfischen Lächeln. »Wird hier nicht einmal geklopft? Was bringen sie euch Jungen eigentlich bei?« Er korrigierte sich nicht, als sein Blick auf Ottilie fiel. »*Wilde*, das seid ihr. Kein bisschen besser als die, die ihr jagt.«

»Wir brauchen Eure Hilfe!«, platzte Ottilie heraus.

Preddy zog sie in eine Verbeugung, doch sie richtete sich ruckartig wieder auf. Für derartige Höflichkeiten blieb keine Zeit. Für Scoot konnte es jede Sekunde zu spät sein.

»Dienen ist mein Leben«, säuselte der König und sah Preddy an. »Kennen wir uns?«

»Ich … ich glaube nicht.«

»Name?«

»Noel Preddy.«

Der Blick wurde schärfer. »Sohn von Jollion Preddy?«

»Ja«, antwortete Preddy mit flatternden Augenlidern.

»*Tss, tss, tss*, seinen eigenen Bruder«, gluckste der König. »Wenn ich mich nicht irre, erstellt dein ältester Bruder Fonter die Liste für Nord-Wikric im Austausch dafür, dass die Krone bei den Geschäften deines Vaters ein Auge zudrückt.«

Ottilie war entsetzt. Wieso hatte der König ihnen das verraten? *Die Krone drückt ein Auge zu* … Er hielt sie offenbar für so unbedeutend, dass er ihnen von seinen eigenen Missetaten erzählte – Preddys trauriges Gesicht war es ihm wert.

In der Tat war Preddy kreidebleich geworden. Ebenso wie der Wärter Gully an die Picker verkauft hatte, hatte auch Preddys Bruder ihn verschachert. Ottilie wollte ihn trösten und ihm sagen, dass sie wusste, wie er sich fühlte, doch dies war nicht der richtige Moment.

»Wir brauchen Eure Hilfe«, wiederholte sie, und bevor der König erneut das Thema wechseln konnte, fügte sie hinzu: »Whistler hat unseren Freund in Stein verwandelt, aber wir haben eine Möglichkeit gefunden, ihn zu heilen.« Sie trat näher und flehte ihn an: »Ein Blutsverwandter von Whistler muss ihn mit diesem Wasser übergießen. Uns läuft die Zeit davon!«

Als der Blick des Königs auf den Wasserkrug fiel, blähte er die Nasenflügel. »Ihr platzt einfach so herein und fordert, dass ich mich an Hexenwerk beteilige?«

»Das ist kein Hexenwerk«, widersprach Preddy mit bebender Stimme.

»Sondern Heilkunde«, sagte Ottilie und gab sich große Mühe, nicht vorwurfsvoll zu klingen.

»Warum sollte ich das tun?« Der König strich durch seinen grauen Bart.

Ottilie war außer sich. Wieso eilte er ihnen nicht sofort zu Hilfe? Wieso war es nicht sein erster Impuls, ihnen beizustehen?

»Weil Ihr die Chance bekommt, jemandem das Leben zu retten«, sagte sie wohlüberlegt. Ihr graute davor, das Falsche zu sagen oder den falschen Tonfall zu treffen und den verkehrten Ausschlag zu geben.

»Leben rette ich jeden Tag«, sagte der König. »Alle, die in den Usklers leben und atmen, haben das mir zu verdanken.«

»*Was?*«, fragte Ottilie.

»Ich. Bin. Der. *König*. Du dummes kleines Mädchen!«

Ottilie war sprachlos.

Er zeigte zum Fenster. »Ich habe die Ungeheuer von meinem Land ferngehalten.«

»*Wir* haben sie von Eurem Land ferngehalten. Ihr habt *nichts* getan.«

Der König zeigte keine Reaktion. Ihre Worte glitten über ihn hinweg, ohne einen Hauch von schlechtem Gewissen auszulösen. »Um euren Freund tut es mir leid«, sagte er mit eiskalter Stimme. »Aber ich gestatte den Gebrauch von bösem Hexenwerk nicht.« Sein Lächeln wurde boshaft. »Und du, *Mädchen*. Du bist gekommen, um mich in die Finsternis zu locken.« Er hielt inne und sah sie streng an. »Das wird dich den Hals kosten.«

Preddy stürmte quer durch den Raum und drückte den König an die Wand. »Ihr werdet unseren Freund heilen!« Er presste den Unterarm gegen den Hals des Königs.

»Da müsstest du erst eine Marionette aus meiner Leiche basteln, mein Junge«, zischte der König. Er stieß Preddy weg und riss an der Kette mit der Glocke.

Auf den allgegenwärtigen, lauten Alarm folgten schwere Stiefeltritte. Die Tür wurde aufgerissen, und Murphy Graves kam mit gezücktem Buschmesser herein, ohne so richtig zu wissen, was er tun sollte.

Kurz darauf erschienen mindestens zehn weitere Jagdleute, die in aller Hektik nach Schattenschlingern Ausschau hielten. Doch sie fanden nur Murphy, Ottilie, Preddy und den König vor, die einander keuchend und schweigend anstarrten. Preddy zitterte vor Wut.

»Bringt sie in den Bau!«, befahl der König.

Igor Thrike packte Ottilie von hinten, doch Murphy trat vor und fragte: »Warum?«

Dem König quollen die Augen aus dem Kopf. »Weil ich es befehle. Ich bin euer König und Kommandant. Tut, was ich sage!«

Keiner rührte sich. Für Ottilie war sogar deutlich zu spüren, dass Igor Thrike seinen Griff lockerte.

»Kennt ihr die Strafe für die Verweigerung königlicher Befehle?«

Die Jungen schauten sich an. Sie hatten keine Ahnung. Der König *war nicht* ihr Kommandant. Sie bekamen ihre Befehle vom Direktorat, über die Ranger, die sich sicherlich alle unverzüglich eingeschlossen hatten, als die Alarmglocken geläutet hatten. Alle außer …

Ranger Morse preschte in das königliche Gemach. »Was geht hier vor?«, fragte er gebieterisch.

»Zwei Ihrer Jagdleute haben mich angegriffen, und ich habe den Befehl gegeben, sie einzusperren, aber dennoch stehen wir immer noch hier«, sagte der König und bemühte sich um Haltung.

Ranger Morse schaute Preddy und Ottilie an. »Also gut«, sagte er und räusperte sich. »Worauf warten wir noch, Jungs? Das ist ein Befehl des Königs.«

Ottilie verlor den Mut. Ranger Morse war nicht auf ihrer Seite. Er packte Preddy höchstpersönlich am Kragen, während Igor Ottilie hinter sich herzerrte.

Sie waren noch nicht einmal an der Treppe, als Ranger Morse flüsterte: »Verschwinde, Thrike.«

»Was?«, fragte Igor.

»Ich sagte, *verschwinde!*« Der Ranger sah Igor so angsteinflößend an, dass er leise aufschrie, Ottilie losließ und davoneilte.

»Erzähl, schnell«, sagte Ranger Morse und bückte sich zu Ottilie herunter, um sie besser verstehen zu können.

Daraufhin berichtete Ottilie all die wichtigen Dinge, die ihr einfielen.

»Ein Blutsverwandter der Familie Sol, sagst du?«, fragte Ranger Morse und zog an seinem roten geflochtenen Bart.

»Ja«, sagte Ottilie. »Aber hier ist nur der König.«

Ranger Morse schüttelte den Kopf. Dann schien er eine bedeutende Entscheidung zu treffen. »Nein, du irrst dich. Wir müssen Wolter suchen.«

»Wolter?«, fragte Preddy. »*Wolter Sol*?«

In Ottilies Gedächtnis klingelte es. Leo hatte ihr erzählt, Wolter Sol wäre der jüngere Cousin des Königs und der zweite Anwärter auf den Thron. Aber da war noch etwas. Ramona hatte einmal jemanden direkt vor ihrer Nase mit Wolt angesprochen.

36

Blutsverwandt

Hauptmann Leier war stets mit fast allem davongekommen. Ottilie hätte ahnen können, dass er etwas Besonderes war und unter Schutz stand. Was hatte sie in seinem Gespräch mit dem König belauscht? Er hätte den Jungs so etwas wie einen Alltag geben wollen? Sie erinnerte sich auch daran, dass Whistler gesagt hatte, sie hätte versucht, in der Gunst des Königs zu stehen, damit sie nicht von der Prinzessin getrennt wurde, die sie wie eine Tochter liebte. Hauptmann Leier umging die Vorschriften gerade so weit, dass er in Narroway bleiben durfte und über die Jungen wachen konnte, die der König zu einem gefährlichen, von Gewalt bedrohten Leben verdammt hatte.

»Kommt mit«, sagte Ranger Morse.

Sie eilten zu Hauptmann Leiers Gemächern, doch da war er nicht. Ottilies Herz hämmerte gegen ihre Rippen.

Preddy hielt sich am Türrahmen fest. »Ramona!«

Natürlich! Ottilie hatte Ramona losgeschickt, damit sie

Hauptmann Leier von Whistlers Anhängern in Longwood berichtete. Sie würde wissen, wo er sich aufhielt.

Sie waren gerade wieder in den Gang gehastet, als Ranger Voilies mit Igor Thrike auf sie zukam. Rote Flecken glühten auf Ranger Voilies' Wangen. »Was ist hier los, Reuben? Igor meinte, die beiden hier sollten in den Bau gehen.«

Ranger Morse gab Ottilie einen Stups. »*Los.*«

Als sie mit Preddy um Ranger Morse herumsauste, kreischte Ranger Voilies: »Nein, Moment, wartet – *ihr zwei* – kommt sofort zurück!« Doch sie waren schon auf dem Weg zu den Stallungen. Dort füllte Ramona den Wassertrog in Billows Stall.

»Wo ist Hauptmann Leier?«, fragte Preddy sofort.

»Was?«

»Wir wissen, dass er Wolter Sol ist«, sagte Ottilie. »Wir brauchen jemanden aus der Familie Sol, um Scoot zu heilen, *und zwar jetzt!*«

Ramona verschüttete Wasser auf ihr Oberteil. »Ihr … was?«

»Heilwasser!«, erklärte Ottilie außer Atem und schüttelte den Krug, den sie krampfhaft festhielt. »Es muss von einem Sol vergossen werden. Wir brauchen Hauptmann Leier!«

Ramona verzog niedergeschlagen das Gesicht. »Er ist unterwegs nach Arko.«

»Wann ist er aufgebrochen?« Ottilie weigerte sich, aufzugeben. »Können wir ihn einholen?« Doch Alba hatte gesagt, das Weiß würde sich schubweise weiter ausbreiten. Wenn Scoot einen weiteren Schub hatte … vielleicht war es längst geschehen, in der Zeit, in der sie hier hin- und herrannten …

Ramona schüttelte den Kopf. Sie biss sich auf die Lippe und sagte dann: »Wir müssen ihm nicht nachreiten.«

»Was reden Sie denn da?«, fragte Ottilie.

»Kommt mit zur Krankenstation. Ich erkläre es euch auf dem Weg dahin«, sagte sie und führte sie aus dem Stall.

Sie hasteten über das Gelände.

»Die Töchter der Familie Sol«, sagte Ramona, »haben die Angewohnheit, Unfälle zu haben, verloren zu gehen oder an geheimnisvollen Krankheiten zu sterben.«

»Angeblich denkt das Volk, die Frauen der Familie Sol stünden unter einer Art Fluch«, sagte Ottilie. »Das hat Whistler mir erzählt.«

Ramona nickte. »Varrio Sol verlor seine erstgeborene Tochter Maia wegen eines Fiebers. So wurde die Geschichte überall verbreitet. Jahre später, als ich anfing, im Palast zu arbeiten, habe ich mich mit Wolter angefreundet, der mir von seinem Verdacht erzählte, dass Varrio Sol eine Mitschuld an ihrem Tod trifft … Jedenfalls kam Wolt alle paar Monate zu Besuch in All Kings Hill und erstattete Bericht über die Jagd von Narroway. Doch das habe ich lange Zeit nicht gewusst.«

Ramonas Schritte wurden länger. »Anfangs hatte er keine klar definierte Position innerhalb der Jagd. Der König war zu feige, um den Schattenschlingern auch nur zu nahe zu kommen, und sandte deshalb seinen jüngeren Cousin Wolt als Vertreter. Wolt nahm den Namen Hauptmann Leier an, damit die Leute ihn wie einen normalen Menschen behandelten. Nur die drei Eminenzen und seine besten Freunde kannten die Wahrheit. Wolt und ich kamen uns immer näher und er hielt sich häufiger im Palast auf. Das fiel auch dem König auf, der, als Wolt entdeckte, dass die Unschuldsregel eine Lüge war, drohte, mich zu töten, wenn er das Geheimnis nicht für sich behielt.«

»Aber wo ist da der Zusammenhang?«, fragte Preddy.

»Wolt hatte noch einen anderen Grund, seinen Besuch jeweils zu verlängern«, fuhr Ramona fort, als hätte er sie nicht unterbrochen. »Als die zweite Königstochter auf die Welt kam, vertraute Wolt mir an, wie sehr er sich um das Mädchen sorgte. Ich bot ihm an, auf sie aufzupassen, indem ich vorgab, sie zeige schon als Kleinkind ein außergewöhnliches Interesse an Pferden. Der König war einverstanden, er wollte ohnehin nichts mit ihr zu tun haben. In ihrer Gegenwart war seine Abneigung gegen sie immer deutlicher zu spüren, und wir begriffen, dass er sie über kurz oder lang verschwinden lassen würde. Sie war gerade mal drei Jahre alt. Wir beschlossen, dass die einzige Möglichkeit, sie zu retten, in der Vortäuschung eines Unfalls bestand. Ich tat so, als wäre sie unter die Hufe eines in Panik geratenen Pferdes gekommen, und nahm die Schuld auf mich.« Sie zeigte auf ihre Augenklappe. »Wolt brachte sie so weit weg, wie es irgend ging. Da er sowieso wieder nach Westen aufbrechen musste, wies er sie auf dem Weg in ein Waisenhaus in Wikric Town ein. Wir wollten sie so lange dort lassen, bis sie alt genug war, dorthin zu gehen, wo der König sich niemals blicken lassen würde – nach Narroway. Es lief nicht ganz nach Plan – sie lief aus dem Waisenhaus davon«, sagte Ramona. »Aber Wolt spürte sie schließlich in den Slumtunneln auf und bot ihr eine Stellung als Dienstmagd an.«

Ottilie schwirrte der Kopf und sie wäre beinahe über ihre eigenen Füße gestolpert. Sie wusste, wie die Geschichte weiterging! Obwohl sie nicht gewusst hatte, dass Hauptmann Leier derjenige war, der ihr die Stellung angeboten hatte, kannte sie eine Dienstmagd, die aus einem Kinderheim fortgelaufen und in den Slumtunneln von Wikric gelebt hatte.

»Danach nahm Wolt eine Position als ständiger Direktor in dem Stützpunkt an, auf dem er sie untergebracht hatte, und beschützte sie. Ich glaube nicht, dass der König mich rein zufällig auch hierhin beordert hat, sondern eher als Mahnung, sich königstreu zu verhalten. Doch das passte uns gut, denn so konnte ich ebenfalls auf das Mädchen aufpassen. Ich bot ihr Reitstunden an und sah zu, wie sie aufwuchs …«

»*Skip*«, sagte Ottilie.

»Skip?«, fragte Preddy.

Ramona nickte. »Isla Sol.«

37

Und für deine Taten zahlen

Skip war die Tochter des Königs. Die Erkenntnis war schwindelerregend und geheimnisvoll und auch ein wenig abstoßend. Was würde Skip dazu sagen? Dieser ekelhafte Mann war ihr Vater. Er hielt sie für tot – er wollte ihren Tod. Sie war kein Waisenkind aus den Slumtunneln. Sie war verstoßen, eine untergetauchte Prinzessin, ohne es selbst zu wissen.

Ottilie schüttelte den Kopf, um ihre Gedanken zu klären. Sie würden Scoot retten können. Skip und Leo waren in der Krankenstation, blitzsauber und mit Verbänden übersät. Gully und Ned waren bereits gegangen, vermutlich hatte man sie ins Bett geschickt.

In dem Raum herrschte eine merkwürdige Atmosphäre. Etwas stimmte nicht. Die Patchies hielten sich im Hintergrund und die anderen Betten waren leer. Skip liefen die

Tränen über die Wangen. Ottilie wurde es eng um die Brust, als sie quer durch den Raum lief. In ängstlicher Erwartung neigte sie den Kopf.

Die kleine Stelle über Scoots Herz war weiß geworden.

»*Nein*«, sagte Preddy.

Das wollte und konnte Ottilie nicht akzeptieren. Es fühlte sich nicht echt an. Es war nicht echt. Die Zeit konnte immer noch ausreichen. Irgendwo war vielleicht noch eine freie Stelle. Sie drückte Skip den Krug in die Hand. »Schütte es aus.« Für mehr fehlten ihr die Worte.

»Was? Wieso?« Die Tränen tropften von Skips Kinn.

»Bitte, Isla, gieß es einfach über ihn«, sagte Preddy.

Skips Hand zitterte, als sie das Wasser über die schneeweiße Statue goss.

Ottilie hielt den Atem an. Das Wasser verteilte sich in Rinnsalen und floss vom Stein ins Bettlaken. Sie sah zu, wie es den Stoff durchtränkte, und wartete auf die magische Wirkung. Doch es fühlte sich bereits falsch an, wie wenn man einfach hochsprang, in der Hoffnung, gleich zu fliegen. Es war zu gewöhnlich. Einfach nur Wasser auf Stoff. Ein verschüttetes Getränk.

Es hatte nicht funktioniert.

Dies war ihre letzte Chance gewesen und ihr sehnlichster Wunsch war nicht in Erfüllung gegangen. Vielleicht waren sie zu spät gekommen oder sie hatte sich in der Heilquelle geirrt. Möglicherweise war die Heldentat bereits verjährt oder sie war am falschen Ort gewesen. Oder das Wasser war einfach nur Wasser gewesen.

Ottilies Knie gaben nach und sie lehnte sich auf dem Boden sitzend ans Bett. Preddy rutschte kreidebleich und zitternd neben sie.

»Steht auf«, sagte Leo.

»Halt die Klappe, Leo«, fauchte Ottilie.

»Nein, Ott, steh auf!«

Etwas in seinem Tonfall veranlasste sie, aufzuspringen. Ottilie sah Scoot an und quiekte beinahe.

Es sah aus wie bei einer Schneeschmelze.

Es taute schleichend und sickernd von seinem Herzen nach außen, bis er wieder Scoot war, in derselben Kleidung, die er damals vor Monaten getragen hatte. Die Sachen waren mit Blut verschmiert, in der Schlacht zerrieben und zerrissen von Klauen und Zähnen.

Keiner wollte ihn anfassen. Alle traten einen Schritt zurück.

Scoot holte tief und gierig Luft.

In ihrer Benommenheit wollte Ottilie sich an Preddy festhalten, doch er ging an ihr vorbei zu Skip und küsste sie auf den Scheitel.

Leo knurrte amüsiert und Ottilie lachte bebend und völlig überwältigt von Freude.

»Was ist so lustig?«, fragte eine krächzende Stimme.

Ottilie wirbelte herum. Scoot hatte die Augen aufgeschlagen und stützte sich auf die Ellbogen. Sie flog an seine Seite und setzte sich eine Haaresbreite von ihm entfernt, weil sie immer noch zu viel Angst hatte, ihn zu berühren.

Scoot ließ den Blick über ihr stumpfes Haar, ihre schlammbespritzte Kleidung und die zahllosen Kratzer und blauen Flecke schweifen. Er schaute von Leos Pflastern zu Ramonas Lächeln und weiter zu Preddy, der knallrot im Gesicht von Skip abrückte.

Scoot lächelte schläfrig und fragte: »Was habe ich verpasst?«

Keiner sagte etwas. Ottilie wusste gar nicht, wo sie anfangen sollte.

Schließlich brach Skip das Schweigen. »Es tut mir wirklich leid, Scoot«, sagte sie. »Und ich bin *sehr* froh, dass du keine Statue mehr bist. Aber bevor wir das näher erläutern, kann mir mal jemand sagen, was ich da gerade gemacht habe?«

Allgemeines Schweigen. Skip streckte die Hand mit dem Krug aus und wackelte damit. »Was war da drin?«

Als ein kostbarer Tropfen herunterfiel, sahen sie alle zu, wie er auf dem Boden auftraf, und konnten es doch nicht erklären.

Als Ottilie wieder Skip ansah, stockte ihr der Atem. Jetzt wusste sie, warum Seika Sol ihr so bekannt vorgekommen war. Die jüngste der zwölf Hexen in diesem Zirkel hatte genau wie Skip ausgesehen. Wieso hatte sie die Verbindung nicht eher hergestellt? Bei Varrio war es ihr ähnlich ergangen – seine Augen waren ihr vertraut erschienen, das einzige sanfte Merkmal in seinem wölfischen Gesicht. Dem Gesicht von Skips Vater.

»Ich bin magisch, stimmt's?«, fragte Skip. »Bin ich eine

Hexe? Wieso habt ihr das alle vor mir erfahren? Wo ist Maeve? Ich habe eine Menge Fragen.«

Ramona trat vor. »Komm, wir gehen ein bisschen spazieren.«

Skip, die immer noch die Hand mit dem leeren Krug ausgestreckt hielt, sah misstrauisch von Ottilie zu Preddy und ging schließlich mit Ramona zur Tür. Leo wollte mitgehen, doch Ottilie riss ihn zurück.

»Ich will es auch wissen«, protestierte er.

Ottilie wartete, bis die beiden gegangen waren, und erklärte Leo dann: »Skip ist die Tochter des Königs. Ramona und Hauptmann Leier haben ihren Tod vorgetäuscht.«

»Und Hauptmann Leier ist in Wirklichkeit Wolter Sol, der Cousin des Königs«, wisperte Preddy.

»Und das Wasser stammt aus dem Fluss, wo Seika Sol vor neunhundert Jahren den Moorteufel über die Dämmerungsklippen gelockt hat«, fuhr Ottilie fort. »Es enthält heilende Magie.«

Leo sah aus, als würde gleich sein Kopf platzen. »*Skip* ist Isla Sol? Die Prinzessin, die von einem Pferd zu Tode getrampelt wurde?«

»Oder auch nicht«, sagte Preddy.

»Sie ist eine Anwärterin auf den Thron«, sagte Ottilie.

Leo schüttelte den Kopf. »Nein, der Thron geht an den nächsten männlichen Verwandten. In den Usklers hat noch nie eine Königin geherrscht.«

»Versuch mal, das Skip zu erzählen«, sagte Preddy lächelnd.

»*'tschuldigung*«, sagte Scoot.

Sie drehten sich zu ihm um.

»Äh … »Er schwenkte die Arme. »*Was?*«

Sie erklärten ihm nach bestem Wissen und Gewissen alles, was seit der Schlacht um Fort Richter geschehen war. Als sie fertig waren, blieb es still.

Scoot holte tief Luft. »Könnt ihr bitte alle aufhören, mich mit Tränen in den Augen anzustarren?«

Leo schnaubte, doch Ottilie und Preddy konnten den Blick nicht von ihm abwenden.

»Ich glaube, ich muss mal an die Luft«, sagte Scoot.

Sie halfen ihm aus dem Bett. Seine Glieder waren steif, aber ansonsten ginge es ihm gut, versicherte er ihnen. »Fühlt sich an, als hätte ich zu lang geschlafen. Oder zu wenig, keine Ahnung. Das fühlt sich immer gleich an.«

Da seine Knie und Knöchel noch nachgaben, stützten ihn Ottilie und Preddy wie Krücken. »Schon besser«, sagte er, als sie auf das Lavendelfeld hinausgingen. »Ich hasse die Krankenstation.«

Skip und Ramona hatten die gute Nachricht von Scoots Heilung offenbar bereits verbreitet, denn Ned und Gully kamen herbei sowie kurz darauf auch Montie und Alba. Sogar Maeve, die mit Scoot nie gut ausgekommen war, gesellte sich in ihrer Eulengestalt dazu. Zu Gullys großem Entzücken landete sie auf seiner Schulter.

Sie wanderten über die Felder, gewärmt von Gelächter und Sonnenschein. Doch innerhalb einer Sekunde veränderte sich alles.

Scoot verspannte sich.

»Was ist?« Ottilie nuschelte plötzlich, und als sie sich umschaute, trübte sich ihr Blick.

Montie schwankte. Preddy nahm ihren Arm, um sie zu stützen, während Alba auf die Knie fiel und Scoot neben ihr zu Boden ging. Leo stürzte vor, doch er kam zu spät, um ihn aufzufangen. Alba brach zusammen und schloss die Augen.

Die Welt drehte sich. Ottilie sah, wie in der Ferne auch andere Leute umfielen. Waren sie alle vergiftet worden? Doch Scoot war gerade erst aufgewacht und hatte noch nichts gegessen. Sie auch nicht, wenn sie darüber nachdachte.

Preddy ließ Montie zu Boden gleiten. Als Ottilie taumelte, hielt Ned sie fest. Sie fühlte sich wie am Rande eines Abgrunds. Ihr Körper schaltete ab, als sich eine dunkle Decke über die Welt legte.

»Sie atmet.« Leo hörte sich sehr weit weg an.

»Es ist, als würden sie schlafen«, sagte Gully.

Ottilie blinzelte.

»Es liegt an den Ringen«, hörte sie Ned sagen. »Diejenigen, die einen Ring tragen, schlafen ein.«

Ottilie zwang sich, die Augen zu öffnen. Sie lag am Boden. Neben ihr versuchte Scoot, sich aufrecht hinzusetzen.

»Ottilie?« Das war Gullys Stimme an ihrem Ohr. »Ich nehme ihn jetzt ab. Bist du bereit?«

Sie wollte nicken, aber es ging nicht. Langsam zog Gully den Ring von ihrem Daumen.

Die Schläfrigkeit rauschte aus ihr heraus. Sie blinzelte und konnte wieder sehen. Stattdessen wurde ihr leicht übel. Schattenschlinger waren nicht in der Nähe, aber ohne den Ring reichte schon allein ihre massive Anwesenheit in Narroway aus, um Ottilie zu schwächen. Immerhin konnte sie die Übelkeit abwehren, wenn sie weit weg waren. Das brachte sie dann doch zustande.

Alba lag ganz in ihrer Nähe. Ottilie wollte sie wach rütteln, aber sie regte sich nicht. »'tschuldige, Alba«, murmelte sie und nahm ihr rasch den Ring ab. Trotzdem schlief sie weiter.

Preddy probierte es mit Montie, mit dem gleichen Ergebnis. Sie wurden einfach nicht wach.

»Sobald es einen überwältigt hat, kann man nicht mehr geweckt werden!«, rief Ottilie. »Schnell, nimm Scoot den Ring ab!«

Immer wieder schlossen und öffneten sich abwechselnd Scoots Lider, so hart kämpfte er dagegen an. Als Leo ihm den Ring gerade noch rechtzeitig vom Daumen ziehen konnte, setzte Scoot sich ruckartig auf. »*Mann*!«, sagte er und hielt sich den Kopf. »Zweimal an einem Tag!«

»Was geschieht denn hier?« Gully stand auf und schaute sich um.

Maeve flog hinter einen Lavendelstrauch und sprang in ihrer Mädchengestalt dahinter wieder hervor, zog rasch den Ring ab und überprüfte hektisch, ob jemand die Verwandlung mitbekommen hatte. Doch niemand achtete auf sie. Wer nicht am Boden lag, lief hektisch hin und her oder versuchte, die Schlafenden zu wecken.

»Damit sind alle Grünschnäbel bewusstlos«, sagte Leo mit einem Blick zurück zum Hauptgebäude.

»Und mindestens ein Drittel aus der zweiten Stufe«, sagte Gully.

»Und alle Ranger«, sagte Ottilie, doch noch während sie es sagte, begriff sie ... »Und die gesamte königliche Armee!«

»Und alle Wachposten an der Grenze zu den Usklers«, sagte Ned.

Sie gerieten in Panik. »Whistlers Anhänger schlachten sie im Schlaf ab«, sagte Ottilie.

»Vielleicht ziehen sie nur an ihnen vorbei«, meinte Gully. »Um sich mit Whistler zu vereinigen.«

Doch Ottilie wusste es besser. Bill hatte gesagt, der Plan sei, das königliche Heer anzugreifen und nicht, daran vorbeizuziehen.

»Wir müssen sie aufhalten«, sagte Ottilie. Ihr war schlecht.

»Ottilie!« Bill rannte zu ihnen, ohne noch Wert auf Tarnung zu legen. Ein rotes Vögelchen klammerte sich an ein Horn. Bill war so entsetzt, dass er nicht mehr sprechen konnte, und richtete seinen Blick unverwandt auf Maeve. Anscheinend sprachen sie in ihren Köpfen miteinander.

Maeve riss die Augen auf. »Sieh nur«, sagte sie und nahm Ottilies Hand. Die andere schlang sie um Bills Finger.

Ottilie merkte, dass jemand ihre andere Hand nahm, wusste aber nicht, wer, da sie hoch in die Luft geschwungen worden war. Sie flog über Fort Richter an einem unglaublich blauen Himmel und blickte im wahrsten Sinne des

Wortes aus der Vogelperspektive auf die westliche Grenzmauer, die Narroway von den Laklands trennte.

Zunächst vermutete sie, es wäre eine Reihe hellgrauer Fahnen, doch als sie tiefer kreiste, erkannte sie, dass mindestens zwanzig Knochensinger auf den Zinnen standen. Ihre Gewänder wehten im Wind und ihre Augen glühten.

Gracie Moravec saß ein wenig abseits der Mauer auf dem Rücken eines Wylers. Hinter ihr konnte Ottilie einen Blick auf die Laklands werfen. Erst kam ein Streifen Grün, dann ein Streifen Braun, und dann war alles tödlich welkend schwarz, so weit das Auge reichte. Aus dieser Schwärze wogte eine Masse von Schattenschlingern heran wie eine Welle, die sich auf Narroway und die Tore zuwälzte, die unten an der Grenzmauer weit offen standen.

38

Deserteure

Das Glockenläuten forderte sie auf, sich zu versammeln, doch sie konnten Montie und Alba nicht einfach auf offenem Feld liegen lassen. Leo und Preddy rannten zum Mondhof, um sich Erklärungen oder Befehle abzuholen, während Ottilie, Gully, Ned und Scoot Alba und Montie zur Krankenstation trugen.

»Wie hat sie das gemacht?«, fragte Ottilie Scoot, als sie Alba durch die Flügeltür schleppten.

»Keine Ahnung«, antwortete er. »Wenn sie es immer schon konnte, warum hat sie dann nicht auch in Fort Richter alle in Schlaf versetzt? Es hätte ihr zum Sieg verholfen.«

»Offensichtlich ist sie erst jetzt dazu in der Lage.« Ottilie klang gestresst. Sie hatte keine Zeit gehabt, sich von dem langen, anstrengenden Kampf und allem, was ihm vorausgegangen war, zu erholen. Außerdem war Alba erstaunlich schwer, so klein wie sie war. »Es muss mit der Pfeife zusammenhängen.«

Scoot verzog das Gesicht. »Die Pfeife aus Hexenknochen?«

Ottilie nickte nachdenklich. »Wir müssen an Whistler herankommen und sie irgendwie zwingen, alle wieder zu wecken, und zwar *jetzt*, bevor sie sie im Schlaf ermordet.«

Bill lief mit ausgestreckten Armen neben ihnen her und reagierte auf Ottilies Worte mit einem gemurmelten Geräusch, das wie *Oh nein* klang. Seine Stimme war belegt.

»Aber wie sollen wir dahin kommen?« Scoot wies mit dem Kopf auf den Ring, den er wieder an Albas Daumen gesteckt hatte. »Wir können nicht abwehren, Ottilie. Oder ist es dir inzwischen gelungen?«

Sie musste schlucken und schüttelte den Kopf. Sie und Scoot waren im Abwehren immer die schlechtesten gewesen. »Wir müssen es eben versuchen«, sagte sie, als sie Alba auf ein Bett hievten.

Skip stürmte in die Krankenstation. »Was ist los?«

Ottilie und Scoot wirbelten herum.

»Wieso schläfst du nicht?«, fragte Scoot.

Ottilie starrte auf den Ring an Skips Daumen.

»Weil Tag ist«, antwortete Skip und kam vorsichtig näher. Sie neigte den Kopf zu Ottilie und flüsterte: »Ist er nicht ganz richtig im Kopf zurückgekommen?«

Ottilie rang sich ein kurzes Lachen ab. »Alle, die einen Ring tragen, schlafen ein«, erklärte sie und lockerte ihre Arme. »Außer dir, wie man sieht. Hast du es nicht mitbekommen? Ramona trägt auch einen, oder?«

Skip sah sie entsetzt und dann verlegen an. »Ich weiß

nicht, wo sie ist. Ich bin abgehauen, nachdem sie mir erzählt hat, sie hätte vorgetäuscht, dass mich ein Pferd zu Tode getrampelt hat, als ich noch klein war.«

»Verständlich«, sagte Scoot.

»*Blut*«, murmelte Bill.

Scoot sah ihn verstört an. »Äh, was, Bill?«

Maeve antwortete: »Tut mir leid, das hat er von mir.«

»Ihr unterhaltet euch über eure Gedanken?«, fragte Scoot. »Voll unheimlich«, murrte er.

»Was ist mit Blut?«, fragte Ottilie.

»Whistler hat alle in Schlaf versetzt«, erwiderte Maeve. »Vielleicht hat sie die Blutsverwandten in der Familie Sol gegen den Zauber geschützt.«

»Warum sollte sie?«, fragte Gully und entfernte das Kissen unter Monties Kopf. Kissen hatte er noch nie bequem gefunden.

»Möglicherweise ging es gar nicht anders«, meinte Ned. »Wenn sie den Zauber bewirkt, könnte ihr Blut automatisch geschützt sein.«

Maeve nickte. »Kann sein.«

Doch Ottilie hatte bereits an einen finsteren Grund gedacht. »Vielleicht sollte der König aber auch bei Bewusstsein bleiben – meinem Gefühl nach hätte sie etwas dagegen, wenn er das Ganze verschläft.« Was auch immer Whistler geplant hatte, stand jedenfalls kurz bevor.

Die Kundschafter der Jagd berichteten, dass die Schattenschlinger sich in zwei unterschiedlichen Gruppen zusammenrotteten. Die eine Gruppe war unterwegs nach Arko, die andere nach Fiory. Ottilie wusste, dass eine andere Horde bereits aus den Laklands gegen Fort Richter vorrückte.

Obwohl sie keine Ahnung hatte, wie gut Whistler und ihre Knochensinger die Schattenschlinger aus den Laklands unter Kontrolle hatten, hatte sie ja mit Bills und Maeves Hilfe bereits gesehen, dass sie über die Grenze gestürmt waren. Sie rückten unter der Führung jener Ungeheuer, die mit den Knochensingern verbunden waren, an einem Küstenstreifen vor, um den sie normalerweise einen großen Bogen machten. Es sah nicht gut aus.

Während die Jagdleute sich auf die Verteidigung des Stützpunkts vorbereiteten, hatte Ottilie andere Pläne. Sie traf sich mit ihren Freunden zu einer eigenen Versammlung im Wingerslink-Gehege. Bill saß mit geschlossenen Augen dabei und hielt die Verbindung mit den Vögeln aufrecht.

»Sobald wir wissen, wo Whistler sich aufhält«, sagte Ottilie, »gehen Leo, Maeve und ich –«

Skip kickte mit der Ferse an das Fass mit Aalen, auf dem sie saß. »Wieso ihr drei?«

»Genau«, sagte Scoot, der ihr zu Füßen am Boden saß.

»Weil wir fliegen können«, entgegnete Leo ungeduldig. »Ihr anderen würdet direkt daran gehindert, rauszukommen.«

»Das hatten wir doch schon – Maestro kann drei mitnehmen!«, protestierte Skip und trat erneut gegen das Fass.

»Er ist kein Boot!«, zischte Leo. »Wenn wir gegen Schattenschlinger kämpfen und Whistler ausweichen müssen, können wir ihn nicht wie einen Lastkahn beladen!«

»Für diese Diskussion fehlt uns die Zeit«, sagte Ottilie. »Wir müssen los. Immer noch keine Spur von Whistler, Bill?«

Bill hob einen Ellbogen wie einen Hähnchenflügel.

»Soll das Nein heißen?«, fragte Scoot.

Ottilie sah Maeve an, die den Kopf schüttelte.

»Du hast es mir versprochen«, sagte Gully leise. »Du hast gesagt, du lässt mich nicht noch einmal zurück.«

Ottilie wollte dagegen argumentieren, aber er hatte recht. Sie hatte ihm das Versprechen gegeben, und außerdem war er in Fiory genauso in Gefahr, wie wenn er mitkäme. Wenigstens konnten sie auf diese Weise aufeinander aufpassen.

»Gut«, sagte sie. »Gully kommt mit.«

Alle Blicke richteten sich auf Leo. »Mich müsst ihr nicht fragen«, sagte er. »Ich nehme keinen mit.«

»Im Welkenden Wald!«, rief Maeve.

Bill hatte die Augen aufgeschlagen und nickte feierlich.

»Die Elster hat Whistler gesehen –«, sagte Maeve.

»An dem großen abgestorbenen Baum, der wie eine Spinne aussieht«, beendete Bill den Satz für sie.

Scoot blickte zwischen ihnen hin und her. »Seid ihr jetzt eine Person, oder was?«

»Sie ist keine Person«, widersprach Bill und schielte.

»Ja, ja, sie ist ein Vogel«, sagte Scoot. »Schon verstanden.«

Ottilie sprang auf. »Gehen wir«, sagte sie zu Leo.

»Wir treffen uns da«, sagte Skip.

Leo zog die Augenbrauen hoch. »Was?«

»Spreche ich Triptiq?«

Leo antwortete in einer Sprache, die Ottilie nicht verstand. Skip sah ihn perplex an.

Preddy räusperte sich und erklärte: »Er hat gesagt: ›Nein, *ich* spreche Triptiq.‹«

Skip unterdrückte ihr Lächeln. »Ich *sagte*, wir treffen uns da! Du bist nicht mein Boss, Leo. Irgendwie kommen wir hier raus.«

»Wir können es mit den Knochensingern versuchen«, sagte Ned. »Mindestens einer von ihnen kennt einen geheimen Zugang zum Fort. Erinnert ihr euch, dass Gracie so die Wyler hereingeschleust hat?«

»Sie werden euch nichts verraten«, sagte Ottilie. »Ich habe auch schon mal versucht, mit Bonnie zu reden.«

»Außerdem schlafen sie wahrscheinlich«, meinte Scoot.

Ned schüttelte den Kopf. »Alle Knochensinger können abwehren – sie tragen keine Ringe. Und wetten, dass sie den Mund aufmachen, wenn wir ihnen erzählen, dass eine Armee aus Schattenschlingern hierher unterwegs ist?«

Als Ottilie zu Nox' Stall ging, kamen Ned und Gully mit hinein. Sie tauschte den Einzelsattel gegen den Doppelsattel aus und ging zu der Leiter, die hinunter aufs Feld führte.

Durch die weit offenen Türen konnte sie sehen, wie sich die anderen unten versammelten.

»Passt gut auf da draußen«, sagte Ned zu Ottilie und Gully.

Ottilie betrachtete ihren Daumen. Den Ring hatte sie in die Tasche gesteckt. Sie würde gleich zur Abwehr gezwungen werden und ihr war bei dieser Aussicht jetzt schon schlecht.

»Du schaffst das«, sagte Ned nur zu ihr.

Sie sahen einander einen Augenblick lang an. Ned wirkte irgendwie unschlüssig und Ottilies Herz schlug plötzlich schneller. Das hatte sie nicht kommen sehen. Sie verstand nicht einmal, wo es herkam.

Sie schwankte dazwischen, Ned noch näher zu kommen oder sich abzuwenden. Das Ergebnis war ein unbeholfener Schritt nach vorn. Im selben Moment kam Ned ihr entgegen. Ottilie fand ihr Gleichgewicht, stellte sich auf die Zehenspitzen und küsste ihn.

Es war das gleiche Gefühl, wie wenn man im Wasser untertauchte. Sicherheit und Gefahr zugleich. Langsam, aber fließend.

Sie lösten sich voneinander. In Neds Augen stand ein Lächeln. Ottilie konnte nicht mehr denken, doch sie spürte Gullys Blicke und drehte sich zu ihm um. Grinsend fragte er: »Was ist hier eigentlich gerade los?«

»Wieso machen das heute alle?«, fragte Leo weiter unten vom Feld. Ottilie war erleichtert, als Scoot mit einem Lachen antwortete.

Sie musste sich sehr konzentrieren, als sie die Leiter hinunterstieg, so überschäumend fröhlich wie sie war, leicht wie eine Feder. Obwohl es irgendwie entsetzlich war, Neds Blick standzuhalten, konnte sie auf keinen Fall wegsehen. Schließlich kamen ihre Füße unten auf, und Ned und Gully folgten.

Ottilie umarmte Scoot. »Wenn das hier vorbei ist, atmest du gefälligst noch.« Sie packte seine Oberarme und drückte ihre Finger in sein Fleisch, um sich zu vergewissern, dass er warm und lebendig war.

»Versprochen«, sagte er.

Ottilie schaute sich um. »Wo ist Bill?«

Maeve stieg die Leiter aus Maestros leerem Stall herunter. »Er ist noch im Gehege und spricht mit den Vögeln.«

Es war besser so. Bill hatte Abschiede noch nie gemocht.

Ottilie straffte die Schultern und hob den Blick zu den Grenzmauern. Falls jemand zusah, würde er annehmen, dass sie die Flucht ergriffen und in der Stunde der Not aus Fort Fiory desertierten. Sie hielt sich an Nox' Sattel fest und nahm all ihren Mut zusammen. Dann zog sie sich hoch. Gully folgte ihr und schnallte sich rasch an. Nachdem Ottilie Leo zugenickt hatte, schwangen sich Maestro und Nox gleichzeitig in die Luft.

39

Die Hexe im Wald

Während sie über die Bäume hinwegflogen, gab Ottilie sich Mühe, nicht an das Abwehren zu denken. Doch sie konnte nicht leugnen, dass die Übelkeit und der Schwindel zunahmen.

Ein einsamer Vorrigle schlug mit seinen federlosen Flügeln und stieg aus einem Netzholzhain empor. Ottilies Herz klopfte, es drehte ihr den Magen um.

Leo schoss das Ungeheuer ab und warf ihr einen Blick zu. »Das kannst du wirklich besser!«, schimpfte er, doch sie wusste, dass er sich Sorgen machte.

Sie schaute nach hinten zu Maeve, die ihnen nachflog. Hätte sie es Leo und Maeve überlassen sollen, allein damit fertigzuwerden? Vielleicht war sie nur eine Last. Womöglich mussten alle ihretwegen sterben … und jetzt hatte sie auch noch Gully mit hineingezogen.

Im Wirrwarr ihrer Sorgen fiel ihr etwas ein. Ottilie drehte sich um und rief laut, um den Wind zu übertönen: »Leo –«

Das klang so überzeugt, doch andererseits wusste sie nicht genau, wie sie sich ausdrücken sollte – wie sie es ihm vermitteln sollte. Schließlich wählte sie die einzigen Worte, die für sie selbst einen Sinn ergaben. »Du bist mein Bruder.«

Leo musterte sie, als würde er nach Anzeichen dafür suchen, dass die Krankheit ihren Geist verwirrt hatte. »Weißt du etwas, das ich nicht weiß?«

Er sollte es sich von ihr anhören, das war ihr großer Wunsch. »Du bist wie ein Bruder für mich.«

»Ist gut, Ott, beruhige dich.«

»Das meine ich ernst, Leo!«

Zu ihrer Überraschung umwölkte sich seine Miene. »Hör auf«, zischte er.

»Womit?«

»Mit dem Verabschieden! Du kannst abwehren. Jetzt reiß dich zusammen und glaub daran!« Er sah sie böse an. »Und ich sehe das – also du bist – ich meine, ich ... ach, du weißt, was ich meine!«

Gully schoss einen Flare ab, der unter ihnen kreiste. Das eidechsenartige Ungeheuer löste sich in einem Funkenregen auf und verstreute Splitter aus Schuppen und Knochen über das Kronendach. »Ihr solltet endlich besser aufpassen!«, sagte er und schaute sich um, ob noch mehr da waren – Flare traten meistens zu dritt auf.

Ein Lächeln schlich sich auf Ottilies Gesicht. Der Flare hatte ihr nichts ausgemacht. Ihr war nicht übel. Sie hatte ihn nicht einmal bemerkt.

»Leo hat recht, man muss einfach daran glauben, dass

man es kann«, sagte Gully ihr ins Ohr. »Das ist das ganze Geheimnis. Du darfst keinen Zweifel daran hegen, dass dir nicht übel wird – denk einfach gar nicht darüber nach.«

»Also, ob ich das ohne den geringsten Zweifel schaffe, kann ich nicht versprechen«, sagte Ottilie, deren Zuversicht bereits wieder schwand. Kein Wunder, dass Gully so gut abwehren konnte. Er gehörte zu den Jungs, die bei Gewitter auf einen Baum klettern wollten. Er dachte die Dinge nicht zu Ende. Doch sie musste es beherrschen, denn sie hatte keine andere Wahl. Wenn sie nicht abwehren konnte, würde sie von Nox in den schwarz verfärbten Wald taumeln, über den sie von nun an hinwegflogen. Auch wenn sie stets irgendwelche Zweifel hegte, so war sie doch willensstark und entschlossen. Das war auch etwas wert, oder?

Der zweite und der dritte Flare waren nirgends in Sicht, was nicht sonderlich beruhigend war. Tatsächlich begegneten ihnen überhaupt keine Schattenschlinger mehr. Ottilie konnte sich denken, woran das lag. In dieser Gegend traten keine Ungeheuer auf, weil sie alle auf dem Weg nach Fiory waren.

Sie hatten Alba und Montie auf der Krankenstation gelassen. Hätten sie sie vielleicht lieber an einen sichereren Ort bringen sollen? Und was war mit Bill? Da er kein Mensch war, würden die Schattenschlinger kein Interesse an ihm zeigen. Aber möglicherweise ein Blutbiest. Sie konnte nur hoffen, dass er sich mittlerweile besser verstecken konnte.

Ottilie musste sich auf die Gegenwart konzentrieren, als

sie sich jetzt dem Herzen des Welkenden Waldes näherten. Sie mussten gar nicht erst versuchen, sich an Whistler heranzuschleichen. Schließlich wollten sie mit ihr sprechen. Diese friedliche Annäherung war geradezu unheimlich. Ottilie zückte einen Pfeil, als Nox tiefer ging, doch niemand griff sie an.

Zwischen den abgestorbenen Ästen sichteten sie eine Gestalt: Whistler, die ihnen mutterseelenallein zusah, wie sie still und leise herbeischwebten wie Schmuggler, die um Mitternacht ihr Schiff vertäuen.

Nox und Maestro landeten vor dem Philoholzbaum.

Whistler sah Ottilie mit einem Ausdruck amüsierter Verwunderung in die Augen. »Ich kann mich nicht erinnern, euch eingeladen zu haben.« Sie blickte nach oben, als wollte sie eine Erinnerung heraufbeschwören. »Solltest du nicht einen Topf Grabsuppe würzen?«

»Wir sind da rausgekommen«, erwiderte Ottilie und packte Pfeil und Bogen fester.

»Bravo«, sagte Whistler. »Aber verschwindet, ja? Ich habe eine Verabredung.«

Ottilie wagte es, den Blick von Whistler auf ihre Umgebung zu richten. Eine Verabredung? Mit wem? Mit dem König? Doch der hatte sich zu seiner Sicherheit in Fiory eingeschlossen.

In dem Moment machte sie eine Entdeckung. In einem alten Baumstumpf köchelte ein kleiner Kupferkessel, aus dem sich lilafarbener Dampf kräuselte – allerdings nach unten statt nach oben.

Whistler hatte Gefallen daran, Fragen zu beantworten. Ottilie erschien es am sichersten, so zu beginnen.

»Wie haben Sie alle in Schlaf versetzt?«, fragte Ottilie. Als sie hinter Nox eine Bewegung spürte, drehte sie sich um und sah, dass Maeve hoch oben in einem Baum landete.

»Ein hübscher kleiner Trick, was?«, sagte Whistler und lehnte sich an einen Ast des Philoholzbaums. »Erinnerst du dich an die Pfeife? Gewöhnliche Menschen könnten etwas so Böses nicht bedienen, ohne sich zu schützen.«

Als sie gezwungen lächelte, fragte Ottilie sich nach dem Grund. Selbst jetzt, nach allem, was Whistler getan hatte, konnte Ottilie nicht glauben, dass sie wirklich auf Menschen herabblickte, die nicht zu bösen Taten fähig waren. Dieses Lächeln sollte über irgendetwas hinwegtäuschen. Irgendetwas in ihrem tiefsten Inneren. Konnte es Reue sein? *Jeder möchte gut sein, oder?*, hatte Maeve gesagt. Es hatte den Anschein, dass Whistler auf ihrem dunklen Weg zu weit fortgeschritten war und kein Zurück mehr fand.

Ihre Blicke trafen sich. Einen Augenblick lang befürchtete Ottilie, Whistler könne ihre Gedanken lesen – und dass sie sie verärgert hatte. Doch sie fuhr einfach fort: »Die schlaue Seika hat die Pfeife mit dem Metall eines Abwehrrings umwunden, den sie selbst hergestellt hatte. Ihr Hexenzirkel hatte damit experimentiert, um das Volk vor dem Moorteufel zu schützen. Nur so konnte sie die Pfeife benutzen, ohne dass ihr übel wurde.«

Ottilie spürte das Gewicht ihres eigenen Rings in der Tasche.

»Danach stellten die Hexen diese Ringe zu Tausenden her und benutzten den gleichen Schutzzauber«, erklärte Whistler umgänglich. »Sie schmiedeten so viele Ringe, wie sie konnten, als Absicherung für das Volk, falls der Moorteufel jemals wieder auftauchte. Die Ringe waren miteinander verbunden. Miteinander verwandt, wenn man so will, und aus genau demselben Material, das von den denselben Hexen verzaubert worden war. Aus diesem Grund konnte ich meine Botschaft an all jene senden, mit denen ich ein Hühnchen zu rupfen habe. Wenn man einen verändert, verändert man alle – oder jedenfalls die meisten.« Sie verzog den Mund zu einem Lächeln. »Wie du sicher bemerkt hast, habe ich dich von dieser Liste gestrichen. Nach der Sache in der Grabkammer hätte ich das rückgängig gemacht, aber ich hatte zu viel zu tun … außerdem dachte ich natürlich, ich hätte bereits mit dir abgeschlossen.«

Jetzt ergab es auch einen Sinn, dass die Ringe mit einem Vers aus dem Blitzlied versehen waren. Die alten Hexen lieferten damit weitere Hinweise darauf, wo sich die Pfeife befand.

»Wieso denken alle, Sie hätten die Ringe hergestellt, wenn das gar nicht stimmt?«, fragte Leo.

Whistler lächelte katzenhaft. »Das war eine Notlüge. Ich musste mich der Jagd als unentbehrlich erweisen, damit ich dortbleiben durfte und machen konnte, was ich wollte. Dennoch haben sie es tatsächlich mir zu verdanken, dass ihnen die Ringe zur Verfügung stehen. Die Ringe waren in den Canyon-Höhlen verborgen, wo man sie während der

Hexenjagd tief vergraben hatte. Ich habe sie entdeckt, indem ich die alten Schriften gelesen und die Anhaltspunkte entschlüsselt habe. Das war alles andere als einfach. Abgesehen davon hätte die Jagd die Ringe niemals benutzt, wenn sie gewusst hätten, dass sie von Hexen stammten.«

»Und wie haben Sie sie davon überzeugt, dass Sie lediglich eine Mystikerin waren?«, fragte Ottilie. »Jeder weiß, dass Mystiker im Grunde zu nichts in der Lage sind. Wie konnten sie dann glauben, dass die Ringe keine Hexenmagie waren?«

»Es ist erstaunlich, was die Menschen glauben, wenn es ihren Zwecken dient«, sagte Whistler und schaute Leo an.

»Was hat das denn damit zu tun, dass Sie alle in den Schlaf versetzt haben?«, fragte Leo.

»Um es mal abzukürzen: Die Ringe sind alle miteinander verbunden, und der erste war mit der Pfeife verschmolzen, um das Gift aus den Knochen der schlaflosen Hexe zu binden. Auf diese Weise konnte ein guter Mensch die Pfeife benutzen, ohne sich zu vergiften«, sagte Whistler.

»Also haben Sie sie mit der Pfeife zum Schlafen gebracht?«, fragte Ottilie.

»Schlau, was?«, meinte Whistler. »Man kann mit diesem Ding nicht nur die Schattenschlinger kontrollieren.« Sie holte die Pfeife aus der Tasche und umklammerte sie mit ihrem Ärmel. »Eigentlich ein Herstellungsfehler.«

»Und warum sollen nun alle schlafen?«, bohrte Leo weiter. »Warum haben Sie nicht einfach alle umgebracht und das war es dann?«

»Tss, tss, was für gewalttätige Gedanken für ein Kind!« Sie sprach langsamer, als hielte sie ihn für zurückgeblieben. »Die Ringe sind durch einen *Schutzzauber* verbunden, du halbwüchsiger Schlaks. Damit kann ich kein Unheil anrichten.«

Leo reichte es anscheinend. Er zielte mit einem Pfeil auf Whistler und sagte: »Wecken Sie sie wieder auf.«

Whistler antwortete nicht. Plötzlich raschelte es aus allen Richtungen. Ottilies Haut kribbelte. Ihr würde nicht übel werden! Nein, auf keinen Fall!

Maeve schwang sich von ihrem hohen Ast und blickte geradeaus.

In dem Moment erkannte Ottilie, was Maeve mit ihren Eulenaugen als Erste gesehen hatte. In einer Masse aus feurig orangefarbenem Fell schlichen Wyler durch die abgestorbenen Bäume herbei. Dicht hinter ihnen ritt Gracie auf dem weißen Wyler und führte an einem Seil eine schwankende Gestalt mit.

40

Nach dem Tod

»Ah, Varrio«, sagte Whistler. »Danke, dass du uns Gesellschaft leistest.«

Ottilie atmete gegen ihre Übelkeit und richtete den Blick auf den König.

Mit gefesselten Händen stolperte Varrio Sol durch den Matsch. Seine Haut war noch grüner als zuvor, und er hatte die Augen so weit aufgerissen, dass sein Gesicht völlig verzerrt wirkte. Er sah aus wie ein Mann, der gerade aus einem Albtraum erwacht war und nicht wusste, wie er in die Wirklichkeit zurückkehren sollte.

Ottilie konzentrierte sich wieder auf die Pfeife. Wenn sie sie Whistler irgendwie wegnehmen konnten, wäre Maeve vielleicht in der Lage, die Schlafenden aufzuwecken.

Whistler sah Gracie an. »Hat er dir Schwierigkeiten bereitet?«

Gracie neigte den Kopf und gab ein höchst sonderbares Geräusch von sich, das einem stillen Kreischen ähnelte.

Ottilie hatte einen Kloß im Hals. Wann hatte sie Gracie zum letzten Mal sprechen hören? Konnte sie es überhaupt noch? Whistler war ein Fiorn und konnte zwischen ihrer Hexengestalt und ihrer geflügelten Form wechseln, doch diese Verbindung, wie auch immer sie aussah und was sie mit den Knochensingern gemacht hatte, war etwas anderes. Als sie sich Whistler angeschlossen und sich bereit erklärt hatten, mit Blutbiestern verbunden zu werden – hatten sie gewusst, was aus ihnen werden würde?

»Fennix«, knurrte der König. »Befiehl dieser Kreatur, mich loszubinden!« Sein Blick glitt flackernd zu Gracie und wieder fort, als könnte er ihren Anblick nicht ertragen.

Whistler schwenkte ihren Ärmel. »Selbstverständlich.«

Bei Gracies Lächeln lief es Ottilie kalt den Rücken hinunter. Es drückte weder Heiterkeit noch Freude aus. Zu einem menschlichen Lächeln war sie nicht mehr fähig. Es war, als wüssten die Gesichtsmuskeln noch, wie es ging, doch ohne ein Gefühl dahinter. Hier bleckte ein Wesen die Zähne, mehr nicht.

Varrios Hände zitterten, als Gracie sanft die Fesseln löste. Jetzt hatte Whistler ihn in ihrer Gewalt. Während die Schattenschlinger die einzige Verteidigungslinie niederrissen, die sie von den Usklers trennte, würde sie mit ihm abrechnen.

Whistlers Augen funkelten nicht irgendwie magisch, sondern vor rasender, menschlicher Wut. »Weißt du, worauf ich hier stehe, Varrio?« Sie wartete seine Antwort nicht ab. »Ich stehe auf Maia.«

Der König wurde bleich. »Was redest du denn da?«, zischte er.

»Hast du sie bereits vergessen?«, fragte Whistler.

Ottilie spürte, wie Schwung in die Luft kam, die sich verdichtete und mit dem Gestank des Welkenden Waldes auf sie eindrang. Sie hustete, hinter ihr würgte Gully, doch Whistler schien das gar nicht zu merken.

»Klar, du hattest viel zu tun«, sagte sie zum König. »Wie ich hörte, hast du das Zweite von einem Pferd zu Tode trampeln lassen ... schlau, eine ganz andere Methode zu wählen als beim ersten Mal.«

Sie wusste es nicht. Whistler hatte keine Ahnung, dass die zweite Tochter des Königs noch lebte und dass sie sich kannten. Die ganze Zeit hatte sie das, wonach sie sich sehnte, direkt vor der Nase gehabt. Sie hatte in der falschen Richtung gesucht.

Als sie anfangs zur Jagd gekommen war, hatte Ottilie verheimlicht, dass sie ein Mädchen war. Ihr Täuschungsmanöver hatte Whistlers Aufmerksamkeit erregt, genau wie Maeves Außenseitertum und ihre Macht oder Gracies Grausamkeit. Trotz allem, obwohl sie sich als Freundin der Misshandelten und Unerwünschten sah, hatte Whistler Skip übersehen.

»Das war ein Unfall«, erwiderte der König. »Ich hatte nichts damit zu tun.« Er torkelte, als müsste er sich übergeben. »Genauso wenig wie mit Maias Krankheit«, stammelte er.

In dem Moment, in dem er ihren Namen aussprach,

rauschte es im welken Laub, und ein heißer Wind fuhr zwischen die Bäume.

»Mach schon!«, krächzte der König und packte sich an den Hals. »Du hast mich hergebracht, um mich zu töten. *Dann tu's gefälligst.*«

Whistler zwinkerte Gracie zu, die ihre Dolche hervorholte und sie in ihren Händen wirbeln ließ. Dann stürzte sie sich auf den König.

Varrio fiel jammernd auf die Knie. »Nein, bitte! *Verschon mich.* ICH WILL ALLES TUN!«

»Da haben wir ja unseren Feigling«, sagte Whistler. »Keine Angst, Varrio, ich bringe dich nicht um. Eher das Gegenteil.«

Sein Blick fiel auf den Kessel und einen Augenblick lang war nur das fröhliche Blubbern zu hören.

»Ich habe sehr lange darüber nachgedacht, wie ich dich bestrafen kann«, erklärte Whistler. »Erst fand ich den Tod recht passend … vor allem, wenn du hier dein Ende fändest.« Sie grub den Absatz in die faulende Erde. »Im Angesicht ewiger Qualen.« Sie schnalzte mit der Zunge. »Aber das ist das Problem. Wir können nicht sicher sein, was als Nächstes kommt. Niemand kann genau sagen, was nach dem Tod geschieht … wohin wir gehen. Es könnte rein gar nichts geschehen, und wir würden der Vergessenheit anheimfallen – und das wäre viel zu gut für dich. Doch dann dachte ich, *ewige Qualen* klingt echt schön, findest du nicht?«

Mit einem Knall und einem Knacken verwandelte Maeve sich wieder in ein Mädchen und stand nun zwischen Nox und Maestro. Ottilie versuchte, ihren Blick aufzufangen. Wieso hatte sie das getan?

Whistler nahm die Störung nicht zur Kenntnis. Sie warf lediglich einen freundlichen Blick auf Gracies Wyler und schwenkte den Ärmel über dem brodelnden Kessel. »Ich kann dich verlässlich in eine Welt endloser Schmerzen und Gewalt schicken, doch nachdem ich die Hölle gesehen habe, in die mein teuflischer Vater die Laklands verwandelt hat, wurde mir klar, dass ich diese Welt *zu dir* bringen kann.«

Ottilie war verblüfft. Damit hatte sie überhaupt nicht gerechnet. Whistler hatte gar nicht vor, selbst schlaflos zu werden – sie wollte es dem König antun!

»Und jetzt kommt das Beste«, sagte Whistler und zeigte mit der Pfeife auf den Kessel. »Es ist eine Schlaflosigkeit aus zweiter Hand, gebraucht und ein wenig verwässert.« Ein fröhliches Lächeln breitete sich auf ihrem Gesicht aus. »Du wirst ewig leben, aber du wirst nicht unverwüstlich sein. Du wirst zusammenbrechen. Ich sorge höchstpersönlich dafür. Dann wirst du immer wieder gesund …«

Varrios Gesicht zuckte vor Angst. Er spuckte auf den Boden. »Du bist *alt*, Hexe! Du wirst nicht ewig leben.«

»Weißt du, wie ich mein Leben verlängert habe?«, fragte Whistler. Es knackte und blitzte, als sie sich in das geflügelte Biest und im Bruchteil einer Sekunde wieder zurückverwandelte. »Schattenschlinger sterben nicht an Altersschwäche. Ich werde so lange leben, bis ich genug davon habe und meinem Leben mit salzgeschmiedetem Stahl ein

Ende bereite, aber *du* … Vorher werde ich dir noch etwas besonders Scheußliches antun. Und ich habe noch eine Ewigkeit Zeit, um mir etwas einfallen zu lassen.«

Der Zaubertrank erstrahlte mit einem Mal in glänzendem Weiß.

»Sieh da«, sagte Whistler. »Der Tee ist fertig.« Sie hielt die Pfeife über den brodelnden Trank.

Ottilies Herz raste. Sie musste verhindern, dass sie sie hineinwarf. Und wenn das nun die einzige Möglichkeit war, die Schlafenden wieder zu wecken? Sie spürte, dass Maeve sie ansah. Als ihre funkelnden Augen von Ottilie zum König glitten, verstand Ottilie ihre Botschaft. Sie spannte ihren Bogen und zielte nicht auf Whistler, sondern auf den König. »Wecken Sie sie«, sagte sie.

Whistler würdigte sie keines Blickes.

Auch Leo und Gully, der hinter Ottilie stand, legten einen Pfeil an. Maeve blieb unbewaffnet wie angewurzelt stehen und sah den König konzentriert an.

»Nicht so langsam, Ottilie«, sagte Whistler, als sie sich schließlich zu ihr umdrehte. »Wie oft habe ich deine Pfeile jetzt schon aufgehalten?«

Gully zielte nun auf Gracie und Leo auf Whistler selbst.

»Sie können nicht alle gleichzeitig aufhalten«, sagte Ottilie, obwohl sie es nicht wusste.

Doch Whistler zögerte tatsächlich. Sie sah sie alle an und blieb schließlich an Maeve hängen. Drei Pfeile und eine Hexe gegen sich – das Wagnis war groß. Ottilie hielt sich an dem Glauben fest, dass Whistler es nicht riskieren würde, den König zu verlieren. Dafür hatte sie zu lange gewartet, um sich die Rache in letzter Sekunde aus der Hand nehmen zu lassen.

»Wecken Sie sie«, wiederholte Ottilie und spannte den Bogen noch mehr.

Lächelnd hob Whistler die Pfeife an ihre Lippen.

Ottilie wurde nervös, als ein seltsames Lied erklang – wie der Ruf von etwas Uraltem erschallte es aus der Tiefe und glitt durch Spalten und Ritzen in die Welt. War es das? Weckte sie die Schläfer auf?

Nein, das wäre zu einfach gewesen.

Ottilie spürte sie, bevor sie sie sah, doch die Übelkeit hielt sich in Grenzen. Das Lied wurde deutlicher, als allmählich die dunklen Schatten von Schattenschlingern von allen Seiten auf sie zukamen. Sie waren ruhiger als zuletzt und trieben wie im Traum dahin.

»Sie hat etwas anderes gefordert«, sagte Leo mit zusammengebissenen Zähnen und zielte weiter auf Whistler.

»Es ist egal, wie viele Sie heraufbeschwören«, sagte Ottilie mit Blick auf den König. Die Übelkeit setzte ein. »Ich bin eine gute Schützin.«

Whistler gab keine Antwort. Als Ottilie ihr einen flüchtigen Blick zuwarf, sah sie förmlich ihre rasenden Gedanken. Sie wog das Risiko ab.

Schließlich verhärteten sich ihre Züge und sie blies noch einmal in die Pfeife. Ein schrilles Pfeifen gellte durch die Luft. Ottilie zuckte zusammen und wollte sich die Ohren zuhalten, doch sie zielte weiter eisern auf den König.

Als das Lied mitten im Ton aufhörte, spürte Ottilie ein merkwürdiges Kratzen und Mahlen in ihren Zähnen.

»Sie sind wach«, sagte Whistler kühl.

Das war noch kein Grund zum Feiern. Es gab nur eine Möglichkeit, es zu überprüfen. Ottilie stupste Gullys Fuß an, bis er nun den Pfeil auf den König richtete.

Sie holte ihren Ring aus der Tasche und schob ihn nach kurzem Zögern auf ihren Daumen. Die Erleichterung setzte unverzüglich ein. Nachdem die Bürde des Abwehrens von ihr genommen war, seufzte Ottilie und blieb hellwach.

Whistler ließ ihren Ärmel zurückfallen und enthüllte ihre verkrüppelte Hand. Mit einer Drehung des Handgelenks sorgte sie dafür, dass das Metallband sich von Seikas Pfeife löste wie ein mit spitzen Fingern entsorgtes Spinnennetz. Als Whistler die Finger ausstreckte, spritzten die Metallfäden wie Wasser von ihrer Haut. Und dann warf sie mit einem kleinen Platscher die Pfeife in den Kessel.

Ottilie verstand gar nichts mehr. Was wäre jetzt die richtige Reaktion? Sollten sie einen Fluchtversuch wagen? Oder nach Fiory zurückkehren, um Verstärkung zu holen?

Der Zaubertrank wurde glänzend schwarz. Es knackte, als würde ein Blitz in Fels einschlagen, und das Gefäß aus Knochen brach entzwei. Breit kräuselten sich dichte Rauchwolken über dem Kessel, bis Whistler die Hand darüber schwenkte und ein Glasfläschchen aus ihrem Ärmel auftauchte, das sich bis zum Rand mit schimmerndem Schwarz füllte.

Ottilie konnte den Blick nicht abwenden. Das waren die Überreste der schlafenden Hexe, die sich erneut verwandelt hatten. Nun waren es keine atmenden Knochen mehr sondern eine Flüssigkeit – eine immerwährende Strafe für den König.

Whistler hatte von der Unterhaltung offenbar genug. Es gab keine Geheimnisse mehr, die sie hätte aufklären können, keine Rede, die noch zu halten wäre. Sie verkorkte das Fläschchen und lächelte triumphierend. Mit einem letzten Blick zu Ottilie blitzten ihre Augen schwarz auf.

Es knurrte und grollte, es schrie und kreischte, und von allen Seiten rollte der Angriff der Schattenschlinger auf sie zu.

41

Der letzte Kampf

Ein Jivvie ging im Sturzflug auf Ottilie nieder und wurde augenblicklich abgeschossen. In ihrem Rücken hantierte Gully mit irgendetwas. Sie drehte sich zu ihm um und sah, dass er die letzte Schnalle löste und aus dem Sattel sprang.

»Was hast du vor?«

»Am Boden bin ich besser!«

»Nein, es sind zu viele!«

Sie hatten keine Zeit, sich zu streiten. Ottilie feuerte einen Pfeil nach dem anderen ab und hielt sich gut fest, während Nox abtauchte, sich durchschlängelte und auf Schuppen einschlug oder Knochen spaltete. Immer mehr Schattenschlinger kamen aus dem verfaulenden Wald. Gracie blieb in der Nähe des Königs, offenbar zu seinem Schutz, so wie Ottilie Leo gegen die Squails abgeschirmt hatte.

Whistler stand am Philoholzbaum und schaute Varrio an, der wie angewurzelt stehen geblieben war und vor Angst und Schrecken das Gesicht verzerrte. Vermutlich sah er zum ersten Mal, gegen welche Gegner seine Jagdleute antreten mussten.

Ottilie hatte keine Ahnung, wie sie sich aus dieser Situation retten sollten. Ein Wunder müsste geschehen. Über ihnen kreisten die geflügelten Schattenschlinger und versperrten jeden Fluchtweg. Maeve verwandelte sich und sauste nach oben, um mit ihnen zu kämpfen, doch sie war auch nur eine einzelne Eule.

Überall wimmelte es in den verkohlten Bäumen von Poben mit Reißzähnen, Yickern, Hackern und sogar Knopos. Und Whistler hielt das Fläschchen fest.

»Das ist deine Zukunft, Varrio«, übertönte sie das Getöse. »Gefällt sie dir?«

Als Maeve einen Jivvie in der Luft zerriss, wurde sie näher an Gracie herangetragen, die interessiert nach oben schaute. Sie verzog den Mund und schleuderte ihren Dolch direkt auf Maeve.

Ottilie erstarrte, als Maeve auswich und die Klinge nur die Spitze einer Feder erwischte.

Gracie Moravec gehörte eindeutig der Vergangenheit an. Bisher hatte sie Maeve niemals angegriffen, kein einziges Mal. Doch jetzt hatte es den Anschein, als sei auch der letzte Rest Menschlichkeit von der Dunkelheit aufgesogen worden.

Als Maeve einen Schmerzensschrei ausstieß, wusste Ottilie, dass es nicht nur an der körperlichen Verletzung lag.

Die schiere Masse der Ungeheuer verdichtete sich derart weiter, dass Ottilie Gracie und den König in dem Gewirr von Klauen und Flügeln aus den Augen verlor. Sie hatte nur einen letzten Pfeil, steckte ihn in Nox' Sattel und zückte ihr Buschmesser, das sie auf den Rücken geschnallt hatte.

Als ein Wyler nach ihrem Knöchel schnappte, wehrte Gully ihn erfolgreich ab.

»Gully!«, schrie Ottilie. »Komm wieder hoch!«

Doch es gab keinen Ausweg. Sie konnten nichts tun, außer weiterzukämpfen. Ottilie wollte, dass Gully bei ihr im Sattel saß, damit sie zusammen waren, wenn es zu Ende ging.

Das Kronendach aus Flügeln senkte sich immer tiefer. Die Jagdleute würden von allen Seiten gleichzeitig zerrissen werden. Ottilies Angst drohte sie zu überwältigen, sie wirkte wie Ketten, die über ihren Körper glitten und sie einschnürten und hinabzogen.

Plötzlich ertönte ein besonders lautes Kreischen von weiter oben. Ottilie riss den Kopf hoch und entdeckte durch den Vorhang aus Schuppen, Schatten und Flügeln die Vögel. Sie schossen durch die Dunkelheit und fegten die Schattenschlinger beiseite. Hunderte von Vögeln – Adler, Milane, Eulen aller Arten … alle kühnen Vogelarten, die Ottilie sich nur vorstellen konnte, flogen hin und her, spalteten den Schwarm der Schattenschlinger und pickten ihnen im Sturzflug die Augen aus, packten Ripperspitter, Morgies und Shanks, um sie mit ihren Krallen zu zerreißen.

Ottilies Herz machte einen Hüpfer. »*Bill*«, sagte sie. Bill hatte die Vögel in die Schlacht geschickt.

Als Whistler vor Wut aufkreischte, spürte Ottilie, wie

sich die Atmosphäre veränderte. Ihr Puls schnellte in die Höhe.

Es blitzte in der Dunkelheit als Vorbote von Whistlers Verwandlung, doch in den Sekunden davor verrenkte Bill sich in einem unmöglichen Winkel, beugte sich von einem Ast im Philoholzbaum herunter und schnappte Whistler das Fläschchen aus der Hand.

Das geflügelte Ungeheuer brüllte in einem derart donnernden Zorn auf, dass es Ottilie bis in die Knochen erschütterte. Whistler schlug mit den Flügeln und zerschmetterte die umliegenden Äste zu baumelnden Stöckchen. Sie flog so hoch, dass sie über Bill schwebte.

Vom Boden sprang ein Morgie Ottilie an, die in diesem Augenblick lautes Hufgetrappel hörte. Ottilie schlug mit dem Buschmesser zu, als Whistlers Krallen nur noch wenige Zentimeter von Bill entfernt waren. Der Morgie war erledigt, doch Ottilie hatte nicht genug Zeit, ihren letzten Pfeil abzuschießen.

»*Bill!*«, schrie sie.

Ihm durfte nichts passieren. Sie konnte ihn nicht verlieren.

Mit einem Mal sauste eine Lanze durch die Luft und bohrte ein Loch in Whistlers Flügel. Sie schwankte und zerquetschte ein Dutzend Schattenschlinger auf ihrem Kurs.

Ottilie sah sich rasch um. Ned galoppierte auf einem schwarzen Pferd heran und streckte den Arm nach Gully aus. Gully schwang sich in dem Moment hinter ihm in den

Sattel, als Echo und Warship die Lichtung erreichten. Preddy und Skip waren da.

»Wo ist Scoot?« Ottilie stellte sich in die Steigbügel und schaute sich um.

»Er ist dageblieben, um zu helfen«, antwortete Ned. »Die Schattenschlinger haben Fiory angegriffen.«

Mit einem ohrenbetäubenden Schrei richtete Whistler sich wieder auf und nahm sich erneut Bill vor.

Ottilie musste sie von ihm ablenken und dafür gab es nur ein einziges Mittel. »Bill!«, brüllte sie und hielt die Hände auf.

Von seinem Platz auf dem Ast warf Bill ihr das Fläschchen zu. Mit ihrem krummen Schnabel ahmte Whistler die Bewegung nach. Ottilie gab Nox einen harten Stups mit den Fersen, sodass sie abhob und durch den freien Fleck am Himmel, den die Vögel freigeschaufelt hatten, nach oben schoss.

Maestro flog ihr sofort nach, gefolgt von Whistler, deren Flügelschlag ungleichmäßig war.

Noch nie im Leben war Ottilie so schnell geflogen. Sie wollte Whistler möglichst weit von allen weglocken, die ihr am Herzen lagen. Sie wusste nicht einmal, wohin sie flog, bis sie weiter vorn den Abgrund der Dämmerungsklippen erkannte. Whistler holte auf, denn ihr Flügel verheilte bereits.

Maestro hatte Nox überholt, sodass Whistler jetzt direkt hinter ihr war. Maestro flog im Kreis zurück, damit Leo einen Pfeil nach dem anderen abschießen konnte, doch

Whistler wich aus oder schraubte sich seitwärts. Keiner seiner Pfeile traf.

Und Ottilie hatte nur noch einen einzigen Pfeil.

Laut kreischend warf Whistler sich auf Nox, die sich in der Luft drehte. Doch es gab kein Entkommen. Leo versuchte, sie aufzuhalten, schoss weiterhin Pfeile ab und konzentrierte sich derart darauf, genau zu zielen, dass er zu spät merkte, wie Whistler die Richtung änderte und stattdessen Maestro ins Visier nahm.

Als Maestro einen Satz nach hinten machte, krallte Whistler sich in seinen Flügel. Das Blut spritzte, und Ottilie schrie entsetzt auf, als der Wingerslink abwärtstaumelte. Leo hielt sich nur im Sattel, weil sein verletztes Bein angeschnallt war.

Maestros Schmerzensschrei zerriss Ottilie das Herz. Er konnte sich nicht wieder ins Gleichgewicht bringen, er konnte nicht mehr fliegen. Und nun vergrub Whistler im Flug die Krallen in seinem Hals.

»Nein!«, schrie Leo.

Hellrotes Blut tränkte Maestros Fell. Er wankte und fiel. Mit einem zerrissenen und geknickten Flügel schaukelte er in der Luft und versuchte, den tiefen Fall abzufedern.

Doch Whistler war noch nicht fertig mit ihm. Erneut stieß sie im Sturzflug auf den verletzten Wingerslink herab.

So viel Blut! So schwere Wunden! Ottilie musste verhindern, dass Whistler Maestro noch einmal erwischte! Sie biss die Zähne zusammen und zückte ihren letzten Pfeil.

Sie konnte nicht mehr denken, sie konnte nichts sehen. Wenn sie das Ziel verfehlte, war alles zu Ende.

Sie hatte zwar nicht gemerkt, dass sie geschossen hatte, doch ihre Finger hatten den Pfeil offenbar losgelassen. Sie konzentrierte sich und schaute zu, wie er traf.

Es fühlte sich wie eine Geschichte an. Sie stellte sich vor, wie Worte sich zu einer Welt verflochten. Der Fluss fing das Licht auf wie eine Schlange, die aus Sternen bestand. Die tödliche Stille. Der Pfeil der Jägerin, der mitten ins Herz des geflügelten Ungeheuers traf.

Whistler kreischte. Sie verrenkte sich und torkelte abwärts. Auf einmal wirkte sie größer, massiver, nur Ecken und Kanten, spitz und scharf. Nie hatte sie schlimmer ausgesehen, als würde sie nirgends hingehören. Als würde ein großes Stück eines Berges vom Himmel herabfallen.

Whistler fiel in den Sol River. Das Wasser spritzte wie Glasscherben.

Die Luft rauschte aus Ottilies Lunge. Beinahe hätte sie gewürgt oder sich übergeben. Oder schluchzte sie? Sie sank nach vorn, als würde plötzlich genau das fehlen, was sie aufrecht gehalten und angetrieben hatte.

Was hatte sie getan?

War es vorbei? Waren alle in Sicherheit? Es war so schnell gegangen. Was für eine kleine Sache – nur ein Pfeil und ein Ziel. Ein weiterer Schattenschlinger, den sie zur Strecke gebracht hatte – außer dass es kein gewöhnlicher Schattenschlinger war.

Es war eine gewaltige Angelegenheit, die Donner und

einen Wirbelsturm hätte aufrühren müssen, einen von Blitzen durchzuckten Himmel. Doch da war nur der Nachmittag mit klarem Wetter, einer blendenden Sonne, einem träge dahinfließenden Fluss ... Ottilie in der Luft, alle Pfeile verschossen, müde und voller Matsch, aber immerhin unverletzt ... Jemand war verletzt ... oder schlimmer ...

Maestro lag ausgestreckt am Flussufer. Leo war immer noch am Sattel festgebunden.

Ottilie konnte nicht mehr klar denken. Sie leitete Nox neben Maestro und hielt den Atem an, als Nox an seiner Wunde witterte. Maestro gab ein gebrochenes Knurren von sich. Rotes Blut rann über seine schönen silbernen Flügel und sammelte sich zu einer Lache im Jammermoos.

»Leo?« Sie sprang von Nox' Rücken.

Leo machte sich keuchend an den Riemen zu schaffen. Mit zitternden Händen half Ottilie ihm, sich zu befreien. Er wirkte benommen – lag es an dem freien Fall? Falls er verletzt war, hielt er es für nicht der Rede wert. Tränenüberströmt humpelte er nach vorn, um Maestro anzusehen.

»Er atmet«, sagte er.

»Wird er ... ist er ...?«

»Er atmet.« Mehr konnte Leo anscheinend nicht sagen. Er drückte die Hände auf die klaffenden Wunden an Maestros Hals. Der Wingerslink vergrub lautlos die Krallen in der Erde.

Er hätte knurren müssen. Wieso knurrte er nicht?

Etwas anderes erregte Ottilies Aufmerksamkeit. Auf das Schlimmste gefasst, hastete sie zum Wasser. Unter der

Oberfläche rumorte es. Ottilies Muskeln wärmten sich auf und erwachten. Sie ballte die Faust.

Whistlers große dunkle Gestalt war verschwunden. Das Wasser strudelte und wirbelte, bis ein riesiger Silberadler in einem Sprühregen wie aus Sternschnuppen aus dem Wasser in den Himmel schoss.

Heilwasser …

Der Schattenschlinger war ihr ausgetrieben worden. Dies musste Whistlers wahre Gestalt sein und Ottilie fand sie wunderbar und prächtig. Sie konnte nicht anders.

Der silberne Vogel verlor an Höhe und schwankte in der Luft vor und zurück. Obwohl Ottilie es kaum ertrug, dass erneut ein geflügeltes Wesen vom Himmel fiel, war sie nicht in der Lage, etwas dagegen zu unternehmen. Der Vogel kam ein wenig abseits am anderen Flussufer auf.

Ottilie schaute über das sanft dahinfließende Wasser auf den silbernen Vogel, der ein Spiegelbild von Maestro abgab. Er erschauerte auf sonderbare Weise, bevor die Federn ausfielen und der Rumpf schmaler wurde. Die Kreatur alterte. Whistlers Leben holte sie ein. Schließlich rührte sich nichts mehr.

Der Silberadler lag am Ufer, für immer reglos.

42

Ein Trümmerhaufen

Ottilie war sich über ihre Gefühle nicht im Klaren. War es Triumph? Trauer? Alles schien verkehrt.

Dies hätte das Ende des Krieges bedeuten müssen. Es war absurd, dass es nicht so war. Doch das Ableben der Hexe war kein magischer Hebel, der die Welt wieder ins Gleichgewicht rücken konnte.

Maestro wurde immer schwächer und die Schattenschlinger griffen Fiory an. Whistlers Tod reichte bei Weitem nicht aus, um das Geschehene wiedergutzumachen. Ottilie erinnerte sich an die welkenden Stellen bei den Sklavenhöhlen, aus denen die Schattenschlinger von selbst entstanden. Und sie dachte an die Tausende von Ungeheuern, die von den Knochensingern aus den Laklands in die Usklers geleitet worden waren.

Whistler hatte gesagt, die Usklers wären durch und durch verdorben. Ihrer Meinung nach gab es keine Möglichkeit, sie zu retten. Nur deshalb konnte sie derart furchtbare

Dinge tun. Vielleicht zählte deshalb am Ende nur noch ihre Rache. Es gab nichts, was sie beschützen wollte, und nichts, wofür es sich zu kämpfen lohnte.

Doch Ottilie sah das anders. Es gab immer etwas, wofür es sich zu kämpfen lohnte.

Sie drehte sich zu Maestro um. Er hatte den Kopf seitlich auf die Erde gelegt und regte sich nicht mehr. Leo war bei ihm und drückte weiterhin seine zitternden Hände auf die blutenden Wunden.

Maestro durfte nicht sterben. Sie würde es nicht zulassen. Ottilie blickte auf den Fluss. »Leo.«

Als er sich zu ihr umdrehte, mischten sich seine Tränen mit Schweiß und Schattenschlingerblut.

»Es war kein Fluch, der ihm das angetan hat – deshalb glaube ich, das Wasser könnte ihn heilen.«

Leo konnte nicht mehr sprechen, doch er verzog das Gesicht und gab ihr mit einem Nicken die Erlaubnis, es zu versuchen.

Ottilie legte die Hände zu einer Schale zusammen und wollte das Wasser zu Maestro tragen, aber das bisschen, was ihr nicht durch die Finger glitt, wusch höchstens eine Blutschicht ab. Die Verletzungen wogen zu schwer, die Wunden waren zu tief. Dennoch gab Ottilie nicht auf.

Plötzlich schluchzte sie laut.

Leo nahm ihr Handgelenk. »Hör auf«, krächzte er.

Sie schüttelte den Kopf. Sie hatte einen solchen Kloß im Hals, dass sie nicht sprechen konnte.

Ein Schauer lief durch Maestros massigen Körper und er

atmete seufzend aus. Leo und Ottilie erstarrten in der schrecklichen Befürchtung, dass dies das Ende war.

Ohne sie loszulassen, stand Leo auf. »Er muss ganz rein.«

Ottilie wandte sich dem Fluss zu. »Aber ...«

Leo bückte sich und legte die Hand auf das Fell, mit dem Maestros Gesicht bedeckt war. »Steh auf«, flüsterte er. »Steh auf, Maestro. Steh auf!«

Maestro bewegte den Kopf. Leo strich über sein Bein. »Steh auf.«

Der Wingerslink regte die Schultern. Er gab sich Mühe und hob eine Pfote, legte sie wieder hin.

»Du schaffst das«, sagte Ottilie.

Er wälzte sich herum und erschauderte erneut. Schnaubend schien er sich eher noch mehr in den Boden zu drücken.

Nox trottete mit angelegten Ohren heran. Maestro knurrte leise, um sie zu warnen, ja nicht näher zu kommen, doch Nox schenkte ihm keine Beachtung. Sie schob sich an Leo vorbei, packte mit den Zähnen Maestros Nackenfell und zog in dem Versuch, ihn auf die Beine zu stellen.

Ottilie hielt den Atem an. Leo legte eine Hand auf ihre Schulter, als liefe er Gefahr, das Gleichgewicht zu verlieren.

Maestro bewegte die Beine und kämpfte sich mit einem gequälten Knurren hoch.

Wenn sie Leo nicht hätte stützen müssen, wäre Ottilie auf die Knie gesunken.

Da Maestro zu groß war, musste Nox ihn kurz darauf loslassen. Mit gesenktem Kopf und starrem Blick wich sie ein Stück zurück. Maestros Unterkiefer hing schlaff herunter und von seinen Reißzähnen troff das Blut. Als Leo mit ausgestreckten Händen zu ihm ging, witterte der Wingerslink in seine Richtung und zog den gesunden Flügel ein. Der andere hing verdreht herunter.

Leo lief langsam rückwärts zum Ufer. Als er ins Wasser ging, rauschte der Fluss über seine Stiefel, doch er hielt das Gleichgewicht und bewegte sich weiter hinein. Gleichzeitig lockte er Maestro pfeifend mitzukommen.

Der Wingerslink sah aus, als wollte er Leo am liebsten den Kopf abreißen, aber er folgte ihm, wenn auch langsam und am ganzen Körper zitternd. Als Leo bis zur Brust im Fluss stand, musste er sich an dem massigen Wingerslink festhalten, um in der Strömung nicht umzufallen. Er redete Maestro gut zu, tiefer einzusinken, und schüttete ihm sanft Wasser über den verletzten Hals und den zerrissenen Flügel.

Ein weiterer Schauer überlief Maestro und er knurrte laut, als dunkler Dampf aus seinen Wunden aufstieg. Es funktionierte! Er sank noch tiefer ein, bis er beinahe vollkommen untergetaucht war.

Ottilie lächelte, als Maestro ins seichte Wasser zurücksprang und sich schüttelte. Das Wasser spritzte wie Rubine und Diamanten, und Leo, der vor Erleichterung strahlte, schmiegte lachend sein Gesicht an Maestros Fell.

Nox und Maestro flogen über das Sumpfgebiet am Fuß des Hügels, auf dem Fiory lag. Keine Spur von Stingern oder Olligogs. Nichts regte sich im Krippygras, die Teiche glichen blauen Spiegeln. Die Umgebung hätte rein und ungetrübt wirken können, wäre das Echo der Gräuel nicht gewesen, das den Hang hinunterdröhnte.

Ottilie hob den Blick vom Boden und ließ ihn über die Reihe der Bäume zu dem Stützpunkt auf dem Hügel schweifen. Selbst aus dieser Entfernung war deutlich zu erkennen, dass die Schattenschlinger die Grenzmauern durchbrochen hatten.

Als sie näher kamen, erkannte Ottilie Montie und mehrere befreite Knochensinger auf der Brüstung. Sie warfen Steinbrocken von der zerstörten Mauer auf die Ungeheuer, die aus dem Sumpf herbeiströmten.

Leo und Ottilie trennten sich, da die Schlacht sie in unterschiedliche Richtungen führte. Er hatte ihr die Hälfte der Pfeile gegeben, die er übrig hatte, doch das reichte bei Weitem nicht. Als Ottilie landete, blieb ihr erneut nur ein einziger Pfeil, mit dem sie einen Wyler abschoss, der sich von hinten an Hauptmann Leier angeschlichen hatte.

Sein schmales Schwert glänzte in der grellen Nachmittagssonne und sein blauer Mantel war mit schwarzem Blut verschmiert. Die Klinge blitzte auf, als er sich umdrehte und sie grimmig anlächelte. Ottilie war nicht in der Lage, sein Lächeln zu erwidern, sprang von Nox' Rücken und hastete zu der Waffenkammer, die hinter ihm lag.

»Ich passe auf«, sagte er, als Ottilie den Riegel löste und hineinging.

»Sollten Sie nicht in Arko sein?«, rief sie ihm zu.

»Ich war auf dem Weg dorthin, doch dann schliefen der Kutscher und ein Wachposten plötzlich ein.«

Ach ja, dachte sie, als sie ihren Köcher mit Pfeilen füllte. Hauptmann Leier war ein Sol und aus diesem Grund immun.

»Mir war klar, dass etwas Wichtiges passierte. Deshalb ließ ich die anderen Wachposten da, um die Schlafenden zu beschützen, und ritt auf einem ihrer Pferde geradewegs nach Fiory zurück. Kaum war ich angekommen, wachten bereits alle wieder auf.«

»Wir haben Whistler gezwungen, sie zu wecken.« Ottilie kam aus der Waffenkammer. »Sie ist tot«, fügte sie stirnrunzelnd hinzu. Was für ein seltsamer Satz. Whistler, die hinter all dieser Gewalt steckte, war gestorben, doch der Schaden war so immens, dass es nichts nützte, sie zur Strecke gebracht zu haben.

Hauptmann Leier blinzelte bei dieser Neuigkeit. »Und was ist mit Varrio?«

»Das weiß ich nicht.«

Auf einmal galoppierte Ramona auf Billow an ihnen vorbei. Ein Shank machte einen Purzelbaum, rollte seinen schmalen Körper zu einem Rad zusammen und stellte die Stacheln auf. Doch dann sprang Alba hinter der nächsten Ecke hervor, stellte ihm ein Bein und erstach ihn mit einem Dolch.

Ottilie legte die Waffen an und suchte im Außengelände nach einer Spur ihrer anderen Freunde. Lange musste sie den Blick nicht schweifen lassen. Ein Rudel Lycoats, in deren muschelartigem Panzer sich das Licht fing, schlich durchs Gras. Ottilie bereitete ihre Pfeile vor, doch die Mühe hätte sie sich sparen können. Nox schlug zu und fegte gleich drei mit ihrer gewaltigen Pfote durch die Luft, während Scoot und Gully das Rudel von hinten bedrängten und die Schwachstellen der Ungeheuer mit einer Genauigkeit trafen, die Ottilie verblüffte.

In ihrem Rücken kämpfte Hauptmann Leier gegen einen Oxie, als wäre es ein Fechtduell – glänzendes Geweih gegen funkelnde Klinge. Nox beschäftigte sich in der Luft mit einem Dreierpack Flare und Ottilie drängte mit Gully und Scoot weiter nach Osten.

Skip, Fawn und die anderen Teufelstöterinnen schufteten sich den Hügel hoch zu den Trainingsplätzen. Skip zwirbelte ihre Lanze und erledigte einen Scorver. Aus seiner gräulichen Haut sprühte giftige Pampe, als sein stacheliger Rücken sich in den Schlamm bohrte. In seinem erschlafften Maul prangten vier Zahnreihen, doch die gelben Reißzähne fielen wie schmelzende Eiszapfen, als der Scorver in dunkle Schatten und Knochen zerbarst.

Von hinten ertönte lautes Gebell. Heiße Luft rauschte in Ottilies Haar, und der Hügel schien zu erbeben, als ein Barroghoul wie ein Felsbrocken auf der Erde aufprallte. Nachdem er seine mit Schuppen versehenen Flügel eingezogen hatte, fletschte er seine säbelartigen Reißzähne und griff an. Ottilie musste abtauchen und den Hang hinunterkullern. Nachdem sie abgebremst hatte, musste sie ihre Angst herunterschlucken, denn der Barroghoul stützte sich ab, hob seinen Buckel, sträubte die schwarzen Fellhaare und richtete den Blick aus seinen blutigen Augen auf Gully.

Gully schnetzelte einen Yicker sauber in zwei Hälften und hob das Buschmesser gegen den aufragenden Barroghoul. Ottilie rappelte sich auf und schoss einen Pfeil den Hügel hoch. Obwohl er im Nacken des Ungeheuers stecken blieb, war die Wirkung kaum zu spüren. Sie spannte erneut den Bogen, doch der zweite Pfeil würde zu spät kommen.

Das Biest spannte die Muskeln an und machte sich sprungbereit. Gully riss die Augen auf. Ihm blieb keine Zeit zu entkommen.

Doch dann lief ein Zittern und Beben durch den Schattenschlinger, der ein gebrochenes Brüllen von sich gab, als sein Hinterbein zusammenbrach. In seinem Rücken tauchte Murphy Graves mit fliegenden Dolchen in den Händen auf. Ottilie schoss endlich den zweiten Pfeil ab und durchbohrte das blutrote Auge.

Murphy lächelte sie an, steckte ein Messer weg und packte Gullys Arm. »Das war knapp.«

»Danke«, sagte Gully, als der Barroghoul sich vor seinen Füßen auflöste.

Sie hatten kaum Zeit, tief Luft zu holen.

Pinguin raste mit drei anderen Shepherds vorbei, und Ottilie entdeckte Ned am Auenhain, wo ein Wylerrudel ihn zum Wald trieb.

Sie zückte ihr Buschmesser und sah sich entsetzt um. Wo war Gracie? Sie musste in der Nähe sein. Und schon streunte der weiße Wyler zwischen den Bäumen hervor, dicht gefolgt von Gracie.

Ned saß zwischen dem Rudel und dem Blutbiest in der Falle.

Ottilies Herz sprang ihr in die Kehle, als sie mit Gully, Murphy und Scoot zu Ned rannte, während das Rudel mit gefletschten schwarzen Reißzähnen von der anderen Seite gegen ihn vordrang.

Als der weiße Wyler zum Sprung ansetzte, schoss plötzlich ein gewaltiges helles Wesen aus der Luft herbei. Maestro ging tiefer. Ned packte Leos ausgestreckte Hand und schwang sich hinter ihm in den Sattel.

Ottilie hielt sich die Seite, vor Erleichterung mit den Nerven am Ende.

Sie, Gully, Murphy und Scoot stürzten sich auf die Wyler. Als auch Skip und die Teufelstöterinnen zu ihnen stießen, waren die Wyler ausnahmsweise einmal in der Unterzahl. Einer nach dem anderen brach zusammen. Ottilie schwang ihr Buschmesser und brachte einen Wyler zur Strecke, doch als sie aufblickte, rannte Scoot zu Gracie.

Gracie bleckte die Zähne und zückte wie üblich ihre beiden Dolche. Einen hatte Leo ihr gegeben und den anderen hatte sie Scoots Mentor Bayo Amadory abgenommen.

Ottilie konnte den Blick nicht abwenden. Scoot ging mit dem Buschmesser auf die beiden Dolche los, und das Klirren der Klingen unterbrach das Heulen der Wyler.

Erschöpft geriet Scoot ins Taumeln, doch er kämpfte tapfer weiter. Dann machte er einen Ausfallschritt nach hinten und schwang das Buschmesser so niedrig, dass Gracie einen Augenblick abgelenkt war und er ihr Bayos Dolch aus der Hand schlagen konnte. »Ha!«, schrie er triumphierend.

Gracies Augen funkelten zunächst vor Wut und dann strahlender in einem Rot, das nicht von dieser Welt war, vergleichbar nur mit Whistlers schwarzem Blitz.

Als Gracie einen Schritt von Scoot zurücktrat, musterte er sie verwirrt.

Ottilie sah es vor ihm kommen. »SCOOT!«

Der weiße Wyler stürzte sich auf ihn.

Ottilie blieb das Herz stehen.

Doch Scoot duckte sich und Hero sprang über seinen Kopf hinweg. Die Shepherd-Leopardin holte den weißen Wyler aus der Luft, drückte ihn gegen den Boden und biss ihm mit einem heiseren Knurren die Kehle durch.

Gracie schrie auf und taumelte. Nichts und niemand hatte sie berührt, sie fiel einfach um wie ein Kind, das im Matsch stolperte.

Sie und der weiße Wyler zerfielen nicht wie die anderen Schattenschlinger. Gracie kam unversehrt am Boden auf, doch dann schien ihre Haut zu brennen und zu verkohlen wie ein Holzscheit im Kamin.

43

Das Lied

Die Wyler liefen durcheinander, nachdem sie keine Macht mehr vereinte, und die Teufelstöterinnen schlachteten einen nach dem anderen ab. Ned und Leo waren am Boden und zogen Pfeile aus Knochenhaufen. Scoot hielt sich die Rippen, seine Kraft war beinahe aufgebraucht. Hinter ihnen schlugen Murphy und eine Gruppe von Jagdleuten eine Horde Horrahogs in die Flucht.

Ottilie wusste nicht, was sie noch unternehmen sollten. Die Schattenschlinger bedrängten sie unablässig. Es war niemand mehr da, der sie unter Kontrolle hielt oder der einen Rückzug anordnen würde. Sie würden einfach immer weiter angreifen bis zum bitteren Ende. Und sie waren haushoch in der Überzahl, was bedeutete, dass die Jagdleute nicht gewinnen konnten.

»Ottilie!«

Sie drehte sich um. Alba rief sie in den Auenhain und winkte auch Ned, Leo und Skip herbei.

Dort wartete Maeve vor dem verdrehten Stamm eines Vipernbaums.

Als sie Maeve sah, schlug Ottilie die Hand vor den Mund. »*Bill?*«, zischte sie durch ihre Finger hindurch. Sie hatte nicht eine Sekunde Zeit zum Nachdenken gehabt und merkte erst jetzt, dass sie nicht wusste, was aus ihm geworden war.

Maeve lächelte verhalten und zeigte nach oben. Bill hockte im Astwerk und hielt sich krampfhaft fest. »Er ist ein wenig verstört«, erklärte sie. »Es ist ihm nicht so gut bekommen, bei Skip mitzureiten.«

»Sie reitet *schnell*«, sagte Bill.

Als Ottilie sah, wie er die Finger um einen geschuppten Zweig schlang, merkte sie erst, dass sie den Atem angehalten hatte.

»Ich habe eine Idee«, drängte Alba. »Hast du das Fläschchen noch?«

Ottilie nickte. Sie hatte vollkommen vergessen, dass sie den widerlichen Zaubertrank mit sich führte. Die ganze Zeit hatte sie die schlaflose Hexe in der Tasche herumgetragen.

»Kann einer von euch gut schnitzen?«, fragte Alba. »Holz«, fügte sie hinzu, als die anderen verwirrt schwiegen.

»Ich«, meldete sich Ned. »Aber was … ist das jetzt der richtige Zeitpunkt?«

»Du sollst nur etwas schnitzen, das einen Klang hervorbringt«, sagte Alba. »Eine Flöte reicht. Aber bitte schnell.«

In Neds Augen war ein Hauch von Belustigung zu erkennen. »Okay«, sagte er, schnitt ohne weitere Fragen einen dicken Zweig ab, nahm das kleinste Messer, das er um seinen Unterarm geschnallt hatte, und machte sich an die Arbeit.

»Also … was wird das?«, fragte Ottilie und rutschte an einem Baumstamm nach unten. Sie bedauerte es in dem Moment, in dem sie den Rücken an die Borke lehnte. Ihre Erschöpfung drückte sie wie dicke Schlammschichten nieder.

»Wir machen eine Art … neue Pfeife«, sagte Alba. »Maeve meint, mit Whistlers Zaubertrank könnte sie etwas herstellen oder *wiederherstellen*, womit man die Schattenschlinger kontrollieren kann.«

Ottilie versuchte zu lächeln. Sie war zu müde, um beeindruckt zu sein. Ihr Verstand war verlangsamt, sie konnte sich nicht mehr konzentrieren. Es fühlte sich merkwürdig an, am Rande einer Schlacht zuzusehen, wie Ned eine Flöte schnitzte.

Skip räusperte sich und blickte von einem zum anderen. Alle waren wie angewurzelt dort stehen geblieben. »Aber wenn ich nicht gebraucht werde …« Sie wies vage in Richtung der Schlacht.

»Ganz meine Meinung«, sagte Leo und griff zu seinem Bogen.

Vom Himmel ertönte ein grässlicher Schrei und ein riesiges Wesen flog über sie hinweg.

Leo ging neben Ned in die Hocke. »Hübsche Schnitzerei, Mann«, sagte er und packte ihn am Arm. »Beeil dich lieber.«

Neds Miene schwankte zwischen Verärgerung und Belustigung, doch er konzentrierte sich, ohne zu antworten, auf sein Machwerk. Schließlich legte er den Zweig auf einen feuchten Holzklotz und schlug gegen die Rinde.

Leo und Skip liefen vom Auenhain zurück, doch Ottilie blieb – einerseits, weil sie so erschöpft war, dass sie sich kaum noch bewegen konnte, aber vor allem, weil sie genau wusste, was sie mit der Flöte tun mussten, die Ned schnitzte. Und dafür wurde ein Flieger gebraucht.

Endlich war Ned fertig. Das Ergebnis sah wie ein beschnippelter Zweig aus, doch als er an einem Ende hineinblies, kam ein schrilles Pfeifen heraus.

»Perfekt«, sagte Maeve, nahm ihm die Flöte ab und legte sie auf ihre flache Hand. Im ersten Moment geschah gar nichts, doch dann schwebte die Flöte in die Luft. Vorsichtig zog Maeve den Korken aus dem Fläschchen und schüttete den dunklen, glänzenden Inhalt auf das Holz. Flüssigkeit konnte man es eigentlich nicht nennen, es hatte mehr Ähnlichkeit mit Dampf oder Rauch, jedoch mit Gewicht.

Unter ihren Lidern zuckten Maeves Augen in rascher Folge hin und her, und ihre Hände zitterten, als dunkle Ranken sich um den Zweig wanden, durch die Löcher glitten und Adern in tiefstem Schwarz darauf zeichneten.

Maeve holte stockend Luft, öffnete die Augen und fragte: »Kannst du mir deinen Ring geben?«

Ottilie nahm ihn vom Daumen und gab ihn ihr. Sie erinnerte sich daran, dass Whistler gesagt hatte, niemand könne etwas derart Böses ohne Schutz benutzen.

Maeve hielt den Ring in der einen und die Flöte in der anderen Hand und schloss erneut die Augen. Nichts geschah.

In der Ferne wurde gebrüllt. Ein Mörd bellte, und Ottilie hörte das Getöse krachender Steine, als ein weiteres Stück Grenzmauer in sich zusammenfiel. Ihr Herz schlug schneller.

»Maeve?«, fragte sie und bemühte sich, nicht zu ungeduldig zu klingen.

»Es funktioniert nicht!«, sagte Maeve und ballte die Faust um Ottilies Ring.

Ottilie bemerkte leuchtende Augen in dem Wald in ihrem Rücken und hörte Knurren und Fauchen und donnernde Hufe. Weiter oben kreischte unverwechselbar ein Kappabak wie tausend Fledermäuse gleichzeitig.

Ottilie stand auf und griff mit Ned und Alba zu den Waffen.

Maeve schloss wieder die Augen.

»Wir müssen hier weg, Maeve!«, rief Ottilie.

Als Bill höher ins Geäst kletterte, sah Ottilie seinen Fuß mit den Schwimmhäuten zwischen den Blättern mit Fischschuppenmuster. In seinem hellen Fell fing sich das Licht. Sie fragte sich, ob es das Letzte sein würde, was sie von ihm sah. Blinzelnd verdrängte sie den Gedanken und wollte nach der Flöte greifen. Doch Maeve riss sie aus ihrer Reichweite.

»Niemand darf sie einfach so benutzen. Ich weiß nicht, was dann passiert«, sagte sie mit wildem Blick.

Ottilie hatte Verständnis für ihre Angst, doch andererseits half es nichts. »Ich trage den Ring«, sagte sie. »Das ist bestimmt gut.«

»Wovon redet ihr denn da?«, fragte Ned und sah von einer zur anderen.

Doch Ottilie erklärte es ihm nicht, denn für Diskussionen war es zu spät. Als etwas aus dem Dickicht stürmte, tauchte Ned ab und wehrte sich mit dem Dolch.

Ottilie schnappte sich die Flöte und diesmal protestierte Maeve nicht.

Whistler war es nur darum gegangen, den König zu bestrafen. Alles andere betrachtete sie als Kollateralschaden. Doch was die Schattenschlinger anging … Ranger Voilies hatte beim Training für die Grünschnabel-Prüfungen gesagt: »Es ist ihr Urinstinkt, uns in Stücke zu reißen.« Ungeheuer aus der Unterwelt, die von bösen Taten an die Oberfläche gerufen wurden. Ihr einziges Ziel bestand darin, zu zerstören und Herzen herauszureißen.

Das musste ein Ende haben.

Ottilie führte die Finger an ihre Lippen und rief Nox mit einem lauten Pfiff zu sich. Maeve trat zurück und wünschte ihr blinzelnd viel Glück. In Albas großen Augen standen Tränen. Ottilie nahm sie in den Arm und flüsterte: »Du bist ein Genie«, bevor sie aus dem Auenhain hastete.

Die Wingerslinke tauchte hinter einem Türmchen auf und landete im Matsch, der in alle Richtungen spritzte. Ottilie sprang in den Sattel, hob die Flöte und blies hinein.

Der Schmerz stach auf sie ein wie Asche, die ihr ins Gesicht flog. Es war falsch. Sie fühlte sich krank bis in die Fingerspitzen, die auf der Flöte zuckten, die sie schrecklich gern losgelassen hätte.

Der Klang, der jetzt ertönte, war nicht mehr das dünne Pfeifen, das Ned geschaffen hatte, sondern das jenseitige Lied der Schattenschlinger. Laut war es nicht, doch es klimperte in Ottilies Adern, durchdrang ihren Geist und verwob sich zu einem Tanz mit ihrem Atem. Über dem gleichmäßigen Takt kreischte und quietschte die Luft wie Krallen auf Stahl.

Die Wingerslinke und ihre Fliegerin flogen zwischen schneebedeckten Wipfeln und Schleiern von Bergnebel in der Farbe von rosa Blütenblättern hindurch. Nox landete am Rand der Klippen, die aufs Meer hinausgingen. Im Westen ging die Sonne unter. Ottilie kniff die Augen gegen ihre blendenden Strahlen zusammen und blies noch einmal auf der Flöte. Die Qualen verschärften sich, bis sie sich nur noch mühsam im Sattel halten konnte.

Sie versammelten sich um sie. Aus den Augenwinkeln konnte Ottilie ihre Schatten sehen, doch sie richtete den Blick aufs Meer, dessen Fluten sich mit dem Abend dunkel färbten.

Dann riss sie ihren Blick von den Wogen los, drehte sich um und schaute zu, wie sie kamen, entstellte Schatten, die an der Küste entlang krochen, flogen und glitten, über Kiesstrände immer weiter zum Rand der Klippen. Obwohl sie gewohnt schnell waren, waren sie gleichzeitig irgendwie nicht anwesend – verloren in einer verträumten Trance.

Ottilie wartete, bis fast keine Neuankömmlinge mehr zu sehen waren. Nicht alle Schattenschlinger waren dem Lockruf gefolgt, so viel war klar. Einige waren vielleicht zu langsam, andere zu weit entfernt, um das Lied zu hören. Sie schloss die Augen und betete, dass es funktionierte. Es musste einfach klappen. Ottilie blies noch einmal auf der Flöte und stupste Nox an, sich von der Klippe zu schwingen.

Nox flog einen Bogen und tauchte dann zu den wogenden Fluten hinab. Es fühlte sich an wie im freien Fall und Ottilie hielt sich krampfhaft am Sattel fest. Die Luft rauschte in ihren Ohren. Nox breitete ihre Flügel weit aus und bremste den Sturzflug kurz vor dem Aufprall auf dem dunklen Meer.

Ottilie schnappte nach Luft und beugte sich vor, bis sie sich flach an Nox' Rücken schmiegte, als Nox aufwärtsschoss und in einem weiten Bogen hinter die Ungeheuer flog. Ottilie konnte den Blick nicht von der Felskuppe abwenden, über deren Rand die dunklen Wesen taumelten.

Ottilie spürte einen kurzen, kräftigen Zug und glitt in die Dunkelheit, wo ein sonderbares Wissen von ihr Besitz ergriff. Sie hatte mehr Kontrolle, weil die Flöte nicht von dem Schutzzauber begrenzt war. Sie konnte sogar noch mehr Schattenschlinger erreichen und sie aus der Ferne in die Fluten locken.

Sie ließ den Blick schweifen und sah, wie sie von den Klippen in Richter und der Dschungelbucht ins Meer stürzten. Ottilie war sich nicht bewusst, ob sie das Geschehen nur bezeugte oder selbst verursachte, doch sie war sicher, dass es wirklich passierte.

Als sie noch einmal auf der Flöte blies, spürte sie eine grauenvolle Leichtigkeit. Es fühlte sich an, als wäre die Verbindung zu ihrem eigenen Körper abgerissen, doch *sie* konnte sie immer noch wahrnehmen ... Schritt für Schritt wurden sie ins Meer gesogen, einige glitten vom Strand aus hinein, andere sprangen von oben. Nur wenige geflügelte Schattenschlinger ergriffen die Flucht. Die meisten fielen, magisch von dem Lied angezogen, widerstandslos in die Wellen.

Eine Schar gezackter Wesen sauste herbei wie wahr gewordene Albträume. Nox flog im Kreis und ganz weit nach unten, bis sie ihre Krallen durchs Wasser zog. In ihrem Gefolge begannen die Schattenschlinger wild um sich zu schlagen, bis sie hineinfielen und hinuntergezerrt wurden. Die Wellen holten sie tosend aus der Luft.

Die Dämmerung verschleierte die Küstenlinie, doch Ottilie wusste, dass noch mehr kommen würden. Sie hob die Flöte, musste aber gleichzeitig hart darum kämpfen, das Gleichgewicht nicht zu verlieren. Ihr war unendlich übel.

Nox flog wieder höher und kreiste Richtung Land zurück. Ottilie war schwindelig. In ihrem Nacken lockerte sich etwas, ihre Schultern erbebten und ihr Hals beugte sich unter dem Gewicht ihres Kopfes, der hin und her rollte. Die Flöte glitt ihr aus den Händen und fiel ins Meer.

Nox knurrte. Als Ottilie es wie aus weiter Ferne hörte, wusste sie intuitiv, dass sie gemeint war. Die Wingerslinke verlor an Höhe. Ottilie rutschte seitlich weg. Nox raste aufs Land zu, doch unter ihr lag immer noch das Meer – Ottilie spürte seinen salzigen Atem.

Ottilie kippte und fiel. Sie versank in den Fluten. Sie konnte nichts sehen, konnte nicht atmen.

Etwas packte sie und nahm sie zwischen die Zähne.

Ein entsetzlicher Schmerz schoss in ihre Schulter.

Alles war schwarz.

44

Endlich schlafen

Die Sumpfwesen waren schwer beschäftigt. Ottilie sah ihrem bunten Treiben zu. Kleine braune Raupen mit Stacheln auf dem Rücken, graue Paddler mit Hörnern und etwas Größeres, Leiseres; sie alle trieben durch das Licht in der Tiefe. Sie hielt sich fester an dem klammen Ast und beugte sich weiter vor, um einen besseren Blick zu haben.

Es schüttete, der Regen machte einen Höllenlärm, und doch saß sie hier vollkommen im Trockenen. Die Sumpfgewässer waren glatt bis auf die wenigen sich kräuselnden Wellen, die von zarten Füßchen verursacht wurden. Ottilie blickte ins Wasser. In dem Fenster zwischen den Algen konnte sie normalerweise ihr Spiegelbild erkennen. Doch da war rein gar nichts.

Sie blinzelte. Der Sumpf war nicht mehr da. Nur noch Dunkelheit. Dunkelheit und starker Regen.

»Ottilie?«

Jemand sprach in weiter Ferne.

»Ich glaube, sie wacht auf!«, sagte eine vertraute Stimme.

Jemand fasste sie am Arm.

Langsam, als stieße sie durch sich lichtenden Nebel, konnte Ottilie seine Gestalt erkennen. Gully war bei ihr.

»Vorsicht! Achte auf ihre Schulter!«, sagte Leos Stimme.

Als ihre Sicht schärfer wurde, nahm sie auch mehr wahr. Ihre rechte Schulter schmerzte, als wäre sie von einer Lanze durchbohrt worden. Mit ihrer anderen Hand strich sie darüber. Die Stelle war wattiert und verbunden.

Mit zusammengekniffenen Augen sah Ottilie zu Leo. Er saß auf einem Stuhl auf der anderen Seite ihres Bettes.

»Nox«, bot er ihr als Erklärung an.

»Sie hat dich aus dem Wasser gefischt«, sagte Gully.

»Und dabei aus Versehen beinahe aufgefressen«, sagte Scoot vom anderen Ende des Zimmers.

Ottilie blinzelte ihm zu. Sie waren auf der Krankenstation.

»Sie hat einfach mit den Zähnen ein bisschen zu fest zugebissen«, sagte Gully und strich über seinen eigenen Arm. »Die Patchies sagen, es ist nichts Ernstes, aber die Heilung wird eine Weile dauern.«

Ottilie rieb sich die Augen. »Was ist passiert?«

»Du hast dich mit der bösen Flöte vergiftet und bist ins Meer gefallen«, sagte Scoot.

»Stimmt«, sagte Ottilie. Allmählich kam die Erinnerung zurück. »Wann …?«

»Vor einer guten Woche«, antwortete Gully. »Wir wussten nicht, ob du je wieder aufwachen würdest.«

Als sie sich aufsetzen wollte, protestierte ihre Schulter. »Eine Woche? Was ist danach passiert? Sind die Schattenschli–, sind alle …«

Leo rutschte auf seinem Stuhl herum. »Wir haben ein paar Jagdleute verloren«, sagte er ernst. »Aber wir sind alle …« Er konnte den Satz nicht beenden. »Jemand sollte den anderen Bescheid sagen.« Er zuckte zusammen, als wäre ihm etwas Dringendes eingefallen. »Gully, hol Ned! Er wird super sauer sein, weil er nicht dabei war, als sie aufgewacht ist!«

Gully sah ihn wütend an. »Geh doch *selbst* und hol ihn! Ich bleibe hier.«

»Ich sage es allen«, meinte Scoot und verdrehte die Augen.

Danach schwiegen sie eine Weile. Ottilies Gedanken gingen schleppend. Weiter oben waren die Fensterläden geschlossen und das tröstliche Rauschen des Regens brachte sie an den Rand des Schlafes. Sie wusste nicht, welche Tageszeit es war. Für sie konnte es auch mitten in der Nacht sein. Es war nicht wichtig genug, um sich zu erkundigen. Sie hatte dringendere Fragen.

»Wie ist es dem König ergangen?«

»Er ist nicht mehr hier«, antwortete Leo. »Also, er ist nicht gestorben, sondern in die Usklers zurückgekehrt.«

Ottilie versuchte noch einmal, sich aufzurichten. Gully half ihr, das Kissen so zurechtzurücken, dass ihr Kopf höher lag.

»Sie haben ihn aus dem Welkenden Wald gerettet«, erklärte Gully. »Maeve hat Gracie abgelenkt und Preddy ist mit ihm weggeritten.«

»Das heißt, es hat sich nichts geändert?«, fragte Ottilie, ohne zu wissen, was sie damit genau meinte.

»Oh doch, vieles hat sich geändert«, sagte Leo. »Weißt du überhaupt, dass du die Mehrheit der Schattenschlinger vernichtet hast? Kannst du dich daran erinnern?«

Als Ottilie gerade antworten wollte, stürmte Ned mit Pinguin herein. Die beiden rissen beinahe die Trennwände um und Ned grinste übers ganze Gesicht. Er rannte zum Bett, und Leo und Gully schrien: »*Vorsicht!*« Aber er blieb neben Gully stehen, bückte sich und nahm Ottilies Hand. »Hallo.«

Als er ihre Hand drückte, fragte sich Ottilie, ob es ihr für immer den Atem rauben würde.

Von draußen waren Schritte zu hören und dann stürmte Skip, dicht gefolgt von Preddy, Alba, Scoot und Maeve, herein.

»Du bist wieder da!«, sagte Skip und setzte sich ans Fußende ihres Bettes.

Alba wirkte ein wenig verheult und Preddy war blass. Maeve hatte eine undurchschaubare Miene aufgesetzt, doch Ottilie spürte eine Luftveränderung. Es fühlte sich an, wie wenn man an einem eiskalten Tag aus dem Schatten in die Sonne trat. Erleichterung und Freude und nur der Hauch einer Vorahnung, als drohten Wolken, sich erneut vor die Sonne zu schieben. Ottilie sah Maeve an und vermittelte ihr schweigend, dass es ihr genauso ging.

Sie wünschte, sie würde nicht dermaßen im Mittelpunkt stehen, und während sie von einem zum anderen schaute, begriff sie mit plötzlicher Bestürzung, dass jemand fehlte. »Wo ist Bill?«

Als Maeve und Skip einen Blick tauschten, wurde Ottilie blass.

»Es geht ihm gut«, versicherte ihr Ned. »Keine Angst. Er ist nur –«

»Nicht hier«, sagte Skip und verzog das Gesicht.

»Was meinst du damit? Wieso? Wo ist er denn?«

»Ramona ist schuld!«, sagte Skip. »Sie hat Hauptmann Leier von ihm erzählt.«

»Was?«, sagte Ottilie. »Und dann wurde er fortgeschickt?«

»Sozusagen«, sagte Skip ganz schnell. »Sie haben sich lange unterhalten, und Hauptmann Leier hat ihn überredet, sich in eine der königlichen Kutschen zu schleichen. Er wollte wirklich unbedingt hierbleiben und warten, bis du aufwachst, aber die Zeit drängte.«

»Was? Warum sollte er …?«

Maeve trat an ihr Bett. »Bill spioniert für Hauptmann Leier. Sie wollten mitbekommen, was geschieht, wenn der König nach All Kings Hill zurückkehrt. Nach all dem, was geschehen ist, dürfte das sehr interessant sein.« Sie schaute sich sorgenvoll um und senkte die Stimme. »Sie – Hauptmann Leier und Ramona und vermutlich ein paar andere – haben vor, ihn vom Thron zu stoßen. Ich glaube nicht, dass wir das wissen dürfen, aber Bill hat es mir erzählt, und sie haben es natürlich Skip mitgeteilt … weil sie wollen, dass sie mit ihnen nach Osten reist.«

Ottilie sah Skip an. »Du gehst weg?«

Skip nickte.

»Aber … dann … wenn sie den König absetzen, kommt dann nicht sein Cousin ersten Grades an die Macht?« Sie sah Leo an. »Odilo Sol?«

»Ich glaube, das wollen sie auch gleich noch verhindern«, sagte Preddy, der hinter Skip stand. »Hauptmann Leier soll als Regent eingesetzt werden, bis sie älter … und so weit ist.«

»Sie?«, fragte Ottilie und schaute wieder Skip an. »*Du?*«

»Lasst uns nichts überstürzen«, erwiderte Skip. »Ich habe mich bereit erklärt, mitzugehen, und sie können mir beibringen, was sie wollen … und dann sehen wir weiter …«

Das alles überstieg Ottilies Fassungsvermögen. Sie hatte wieder vor Augen, wie sie Skip kennengelernt hatte – als Skip sie in den Thermalquellen überrascht, mit der Wurzelbürste die Kacheln geputzt und gesagt hatte, sie würde gerne Schattenschlinger jagen. Ottilie hatte das Gefühl, ihr Kopf würde gleich platzen.

»Aber … was wird dann aus Fort Fiory? Was ist mit den übrigen Schattenschlingern? Wie geht es mit der Jagd weiter?«

»Wir haben eine ereignisreiche Woche hinter uns«, sagte Leo. »Ein paar Schattenschlinger sind noch übrig, wie viele wissen wir nicht, aber wir glauben, dass sie hauptsächlich in den Laklands leben. Der Welkende Wald und die welkende

Krankheit sind geblieben, doch wir sind nicht sicher, ob weitere Schattenschlinger entstehen können, ohne von Whistler heraufbeschworen zu werden – wie an der Stelle oberhalb der Sklavenhöhlen.« Er runzelte sorgenvoll die Stirn. »Außerdem machen wir ein paar Tests mit dem Flusswasser unterhalb der Dämmerungsklippen – mal schauen, ob es hilft. Und ein paar Knochensinger werden wohl auch noch draußen sein. Wir wollen sie mit ihren Blutbiestern aufspüren. Der Plan ist, Narroway in einen sicheren Landstreifen zu verwandeln und dann zu schauen, was wir für die Laklands tun können.«

»Die Jagd verändert sich«, sagte Skip. »Der König hat sie einfach in den Händen des Direktorats gelassen und ist nach Osten geflüchtet, so schnell er konnte. Aber Hauptmann Leier hat die Macht an sich gerissen. Das ist die erste Phase seines Aufstands. Er hat gesagt, seiner Meinung nach würde Narroway nicht mehr zum Herrschaftsgebiet des Königs gehören. Nach allem, was hier geschehen ist, wird der König nicht so dumm sein, es zurückerobern zu wollen – zumindest nicht jetzt.«

Ottilie wusste nicht, was sie davon halten sollte. Pinguin schnüffelte an ihrer Bettdecke und zog ihren Blick auf sich. Sie betrachtete Neds Arme, die er aufs Bett gelegt hatte. Die Ärmel waren aufgekrempelt und die sternförmigen Brandmale heilten endlich ab.

»Hauptmann Leier hat die ganze Woche damit verbracht, Leute zu entlassen«, berichtete Ned. »Edderfed ist draußen. Genau wie Yaist, Voilies, Kinney und Furdles … und das nur hier in Fiory. Keine Ahnung, wie viele er in Richter und Arko vor die Tür gesetzt hat. Die waren alle ganz schön überrascht, dass er ein Sol ist, aber die Verwirrung trug erheblich dazu bei, dass er die Macht ergreifen konnte. Abgesehen davon sind viele Erwachsene nicht mehr sonderlich scharf darauf, hierzubleiben – nicht, nachdem die Schattenschlinger die Stützpunkte angegriffen haben. Hauptmann Leier hat Ranger Morse zum neuen Kommandanten von Fiory ernannt.«

»Und sie haben verkündet, dass die Jagd nicht mehr verpflichtend, sondern freiwillig ist«, sagte Scoot grinsend. »Wer gehen will, kann das tun.«

»Mit der Pickerei ist auch Schluss«, sagte Ned. »Irgendwann werden sie die Nachricht verbreiten und neue Leute zum Training zulassen. Doch wenn sie jetzt Jagdleute anwerben würden, gäbe es Ärger mit dem König, deshalb warten sie damit noch.«

So viele Neuigkeiten auf einmal. Ottilie schwirrte der Kopf. Doch eins konnte sie ganz und gar nicht begreifen. »Ich fasse es nicht, dass du weggehst«, sagte sie und schaute Skip an.

Skip wand sich verlegen, und Ottilie hatte das Gefühl, sie hätte etwas nicht mitbekommen.

»Nicht nur Isla geht«, sagte Preddy. »Ich begleite sie zu ihrer Unterstützung.« Er warf einen Blick auf Alba.

Ottilie drehte sich zu ihr um und sagte: »Doch nicht du auch noch?«

Alba nickte mit hängenden Mundwinkeln. »Ich glaube,

da bin ich mehr von Nutzen, außerdem will ich Skip beistehen.«

»Und was ist mit Montie?«, fragte Ottilie.

»Die kommt auch mit.«

Für Ottilie brach die Welt zusammen. Bill war bereits fort und Skip, Preddy, Alba und Montie würden nach Osten gehen und sich den Aufständischen anschließen. Sie wusste nicht, was sie tun sollte. Oder was sie überhaupt wollte? Sie schaute von einem zum anderen und blieb schließlich an Leo hängen. Sollten sie alle mitgehen? Varrio Sol zu stürzen, war ein ehrenwertes Unterfangen.

Leo schien ihre Gedanken zu lesen und schüttelte den Kopf. Natürlich, er würde nicht weggehen wollen. Er wünschte sich nichts sehnlicher, als Schattenschlinger zu jagen. Gully musste sie auch nicht fragen, der würde sicher bleiben wollen. Aber was war mit Scoot? Scoot hatte sich als Mitglied der Jagd nie wirklich wohlgefühlt. Sie sah ihn an und zog fragend die Augenbrauen hoch.

»Ich bleibe hier, weil ich Lust habe, beim Aufräumen zu helfen«, sagte er und reckte kämpferisch das Kinn.

»Ich auch«, erklärte Maeve. »Ich bin der Meinung, dass nirgendwo mehr Magie gebraucht wird. Und in Narroway hat sich vieles in der Geschichte der Hexen ereignet – da gibt es noch einiges zu lernen.«

Ottilie sah Ned an.

»Ich gehe nach Hause, sobald sie mich entbehren können«, sagte er.

Sie sah ihn niedergeschlagen an.

»Aber nicht für lange«, fügte er hinzu. »Ich möchte meine Tante und meinen Bruder wiedersehen, aber dann komme ich zurück.«

Ottilie war hin- und hergerissen. Sie wollte hierbleiben. Sie wollte nach Osten ziehen. Sie wollte Old Moss und Mr Parch besuchen. Sie wollte sogar nach Sunken Sweep reisen und etwas Neues erleben. Sie wollte mit Nox über die Usklers hinwegfliegen und sich das Land ansehen, das sie gerettet hatte. Und weiter noch … nach Triptiquery und von dort landeinwärts, um zu sehen, was vom Wanderreich noch übrig war. Es gab so viel zu sehen.

Doch Gully blieb hier, damit war die Sache klar, oder? Sie würde auch bleiben müssen. Oder nicht? Sie sah ihn an. Er war nicht mehr so klein und er war einer der Sieger der Jagd von Narroway. Er konnte auf sich selbst aufpassen und allein war er auch nicht. Sie waren nicht mehr nur zu zweit. Leo würde hier sein, und Scoot und Maeve.

»Du musst dich nicht entscheiden«, sagte Gully.

Geistesabwesend tastete Ottilie über ihren Schulterverband. Ihr Magen knurrte. Sie hatte eine Woche lang nichts gegessen und war überhaupt nicht in der Verfassung, irgendwohin zu gehen oder irgendetwas zu unternehmen.

Hier und jetzt waren sie zusammen. Der Regen wurde stärker, und ihr erschöpfter Verstand blieb an einem einzigen Gedanken hängen: wie herrlich es war, sicher und warm im Bett zu liegen.

Nach einem letzten Blick zu Gully schloss sie die Augen.

Er hatte recht. Sie hatte die Freiheit, zu gehen, wohin sie wollte. Ihre Welt war jetzt viel größer. Sie konnte Schattenschlinger jagen, sich an einem Aufstand beteiligen und die Welt erforschen, wie es ihr beliebte.

Sie hatte Flügel.

Ende der Trilogie
»Wild Creatures«

Danksagung

Bei allen MitarbeiterInnen von Hardie Grant Egmont kann ich mich nicht genug bedanken. Marisa, Penny und Emma, es war ein absolutes Vergnügen, mit euch zusammenzuarbeiten – vielen Dank für alles. Großer Dank gebührt auch dir, Luna – unvorstellbar, wie die Bücher ohne dich aussehen würden! Und danke, Haylee, Tye, Ella und allen, die Ottilie auf ihrem Weg geholfen haben.

Außerdem bedanke ich mich bei allen RezensentInnen und BloggerInnen, die so freundlich waren, und bei den BibliothekarInnen, LehrerInnen, BuchhändlerInnen und allen anderen, die über die Reihe gesprochen oder sie weiterempfohlen haben.

Ein tief empfundenes Dankeschön gebührt Julia und Trish als meinen inoffiziellen Vertriebsspezialistinnen und meiner übrigen Familie, die mich so unglaublich unterstützt hat. Ich lebe für Geschichten vom »Onkelstolz«.

Ich weiß, dass meine Schwestern mich für ein sonderbares, versteinertes Wesen halten, das ihre Warmherzigkeit nicht verdient hat. Danke, dass ihr euch hierum, um mich und alles gekümmert habt.

Mum, danke für all die Dinge, von denen ich dir sage, dass du sie nicht tun sollst – dass du zwanghaft meine Bücher kaufst und sie anpreist, dass du Buchhandlungen, Bibliotheken und Schulen besuchst … Danke, Dad, dass du Titelbilder ausdruckst und geduldig wartest, bis du eine endgültige Fassung zu lesen bekommst.

Diese Reihe war hin und wieder selbst ein Monster, doch mitten in diesem Kampf waren immer ein Lächeln oder eine Schulter zum Anlehnen da. Ich bedanke mich bei all meinen wunderbaren FreundInnen, von denen ich gar nicht weiß, wie ich sie gefunden habe oder warum ihr immer noch für mich da seid.

Danke, Jack, dass du auf Flügen die Titel buchstabiert und diese Bücher allen Leuten aufgedrängt hast, denen du begegnet bist. Ich bin schrecklich dankbar für deine unermüdliche Aufmunterung. Danke, Carl, dafür, wie du mit meinen Zweifeln umgegangen bist – du bist so gut darin, Licht auf die Dinge zu werfen. Und Lu, du bist der Bill zu meiner Maeve, und ich hätte dieses Werk ohne dich niemals vollbracht.

Rhiannon Williams lebt und schreibt in Sydney, wo sie ihre Wohnung mit zwei Freunden teilt. Sie studierte Englisch und Geschichte an der Universität von Sydney und hat einen Bachelor in »Creative Arts«. Die Autorin hat bereits Erfahrungen am Theater gesammelt, ihre große Leidenschaft aber gilt dem Erfinden und Schreiben von Geschichten.

»Wild Creatures« ist ihr fantastisches Debüt, das mit dem begehrten »Ampersand Prize« ausgezeichnet wurde.

Anne Brauner studierte Romanistik, Germanistik und Geschichte. Sie übersetzt seit vielen Jahren Literatur aus dem Englischen, Französischen und Italienischen.

Bei diesem Buch wurden die durch das verwendete Material und die Produktion entstandenen CO_2-Emissionen ausgeglichen, indem der cbj Verlag ein Projekt zur Aufforstung in Brasilien unterstützt.
Weitere Informationen zu dem Projekt unter:
www.ClimatePartner.com/14044-1912-1001

MIX
Papier aus verantwortungsvollen Quellen
FSC® C014496
FSC www.fsc.org

Wir produzieren
Klimaneutral
ClimatePartner.com/14044-1912-1001
Druckprodukt

Penguin Random House Verlagsgruppe
FSC® N001967

1. Auflage 2021

Die Originalausgabe erschien 2021 unter dem Titel
»Ottilie Colter and the Withering World«
bei Hardie Grant Egmont
Übersetzung: Anne Brauner
Lektorat: Christiane Rittershausen
Umschlagillustration: Bente Schlick, www.benteschlick.com
Karte von Georg Behringer
Umschlaggestaltung: Geviert GbR, Grafik und Typografie
ah • Herstellung: bo
Satz & Druck: GGP Media GmbH, Pößneck
ISBN 978-3-570-16560-7
Printed in Germany

www.cbj-verlag.de
Dieses Buch ist auch als E-Book erhältlich.